RÉCONCILIATION

Du même auteur

Chez le même éditeur :

Le Bois du Seigneur
Traces de femmes d'Ardèche

Denise AVENAS

RÉCONCILIATION

Mountarem

Les Chants de la Terre

La Fontaine de Siloé

I.S.B.N. : 2-84206-228-0

Couvent des Dominicains, Vieille-Rue – 73800 Montmélian
☎ 04 79 84 27 24 – 🖷 04 19 84 21 86

TABLE DES CHAPITRES

L'été sur l'île, 1.

J'aime l'extrémité des terres, les espaces déserts, les cimes, que mon regard fuie loin sans rencontrer d'obstacle. Les lieux vides d'humains m'attirent de plus en plus, où la nature à elle-même abandonnée est tout simplement « là », inerte ou déchirée par ses convulsions propres, étrangère aux discours dont nous la surchargeons, telle pour ainsi dire qu'avant nous, hors de nous – telle que sous le regard de Dieu, si Dieu est. Elle m'est certes inaccessible, cette nature-là, pourtant il m'a semblé en capter quelque chose par les regs et les « rhauns » silencieux d'Islande, dans le creux d'un canyon écrasé de lumière de l'Utah, auprès de l'émeraude d'une mare sertie dans la caillasse sombre des abords du Mont Paramont. J'éprouve dans l'harmonie ou la suffocation l'étrangeté que cela soit, là, devant moi, ne s'offre même pas, soit seulement, dans l'évidence pour rien de Délicate Arch nimbée de l'or doux du couchant. Mais j'ai l'âme trop étriquée, pour hanter longuement ces lieux qui nous jettent au visage notre superfluité, la vanité de nos agitations, je ne fais que les effleurer pour revenir trop vite à la cohue de mes semblables. Plus je gagne en âge, pourtant, et plus j'ai besoin de savoir qu'ils existent, d'y venir quelques jours me repaître de vastitude, accueillir l'intuition fugitive de l'infini. Dans les moments de grande lassitude où l'hiver s'éternise, je rêve de chartreuse ou de lamaserie – dans la presse du métro le matin par exemple, quand la multitude qui court où la nécessité l'appelle m'évoque irrésistiblement un chaos de particules qui s'entrechoquent au hasard de leur précipitation, chacune convaincue de faire ce qu'elle veut ou doit quand elle n'obéit qu'à la loi des grands nombres, tandis que ceux qui n'ont plus lieu de se précipiter gisent dans l'odeur douceâtre de leur crasse et de leurs excréments, ne sortant de leur hébétude avinée que pour insulter les passants ou quelqu'invisible ennemi qui les a conduits là. Et je passe parmi les uns, devant les autres, étouffant dans mon impuissance un soupir de culpabilité molle dont nul n'a que faire, saisie du désir de m'enfuir, d'aller chercher la paix en quelqu'abbaye, ermitage, quand je m'apprête à rejoindre mon lycée comme devant.

Tant de lieux, dont l'éclat subsiste en ma mémoire, étrangement présents ! Étendues de roches colorées où de lourdes mouettes brunes s'élevèrent à notre approche en cercles menaçants, coulées de lave refroidie dont les jaillissements figés en plein essor s'arrachaient à la dévoration des mousses, failles noyant d'eau bleue fumante l'écartèlement des plaques tectoniques, falaises noires sur mer d'encre d'une somptueuse désolation, lacs de montagne au matin, d'une absolue limpidité, orange vif sur cobalt des Fiery Furnace au couchant... Tant de couleur, tant de lumière ! Et tellement de paysages à découvrir encore, pour tapisser le gris de mes hivers ! Pourtant, l'idée de demeurer dans cette inhumaine splendeur me transit d'effroi, je n'ai aucune disposition sérieuse à la méditation, je sais qu'un tête à tête prolongé avec moi-même ne révèlerait que l'intime fatras que je connais trop bien. Alors, je me contente de prendre un peu de distance parfois, pour m'arracher au « pâteux » de l'affect, aux piétinements de la vie, aux agressions soudaines de l'absurde. Dans les lieux que leur rudesse protège encore de la foule, je cherche dans la magnificence indifférente l'oubli momentané du monde tel qu'il se précipite à l'aveugle, des cadavres anciens ou frais tranchés à la machette, déchiquetés par les bombes ou les obus, des visages tordus de haines fanatiques ou luisants de suffisance repue, des squelettes vivants au regard de pure détresse ou des rires obscènes dont la télévision est si prodigue, et plus banalement, de la puanteur de la ville, de son vacarme, de l'épuisante vanité de mon métier, de la vacillation des sentiments. D'ailleurs, ce sont des simulacres, mes déserts, des taupinières, mes sommets – les véritables, je ne m'y suis jamais risquée, je n'ai jamais été assez aventureuse, j'ai manqué de force intérieure, ou bien de détermination. Mais ce sont des sommets, des déserts tout de même.

Pas la peine d'aller très loin, au demeurant, pour retrouver quelque légèreté ! l'île où je passe l'été en compagnie de mes parents y suffira. Une île minuscule et surpeuplée, mais il n'est que de lui tourner le dos pour se croire au commencement des temps.

La marée noie petit à petit les gigantesques gours dont sont creusées les marches de l'estran. Au gré de la murette qui isole du flux les eaux plates et cristallines de l'écluse à poissons, je parviens comme chaque soir tout au bout de ce bout du monde. L'île est rugueuse, ici, on pourrait la croire sauvage. Depuis des millénaires l'océan en rabote le socle, repousse la falaise sur laquelle se pressent les estivants. C'est à peine si la murette émerge, hérissée de minuscules moules et de balanes qui m'écorchent les pieds quand je trébuche. Les longs rubans visqueux des laminaires se déploient dans les mares qui s'emplissent, de petites méduses rayées de brun roulent sur elles-mêmes, dentelées et gracieuses, dans l'eau claire du bassin dont le front curviligne est léché par l'écume. J'aime regarder la mer, en contempler l'énigmatique fluidité, qu'elle s'enfle et fracasse sous les assauts du vent ou s'étale comme ce soir, pure moire de soie, en oscillations molles. Tout devient simple, l'espace d'un instant. Il ne m'est plus possible de m'asseoir mais je me tiens quelques minutes sur le seuil de l'illimité, tandis que le soleil achève sa course dans la rumeur tranquille des éléments.

Léa chemine vers le phare à pas lents. De trop pesantes nourritures, un travail harassant et les vissicitudes toujours recommencées de l'existence l'ont voûtée, des rhumatismes bloquent ses genoux et rendent difficile sa pérégrination mais elle va, et regarde, respire. C'est la première fois, à soixante-dix ans passés, qu'elle se trouve aussi loin de chez elle, que se découvre à elle l'océan, comme une récompense au bout de tant de labeur et de peines tenus pour presque rien. Le soir même de notre arrivée, elle s'est hâtée malgré la fatigue d'un long voyage vers la grève, et elle n'a su cacher son désappointement – le sinistre océan, l'océan prédateur, majestueux, féroce des poèmes de Victor Hugo appris dans son enfance, ce n'était que cela ? Là où elle attendait la fureur des rouleaux il n'y avait qu'une étendue puante, noire d'algues à l'agonie. Elle a froncé le nez, elle s'est tue, mais son visage la trahissait, toute cette route pour ça ! Ça ? Une fosse d'aisance piquetée de mouettes, on l'avait bien trompée ! Il fallut que monte le flot pour que renaisse son sourire, qu'elle se laisse prendre par la beauté des plages, la senteur des aiguilles de pin au soleil réchauffées ou l'odeur épicée des fleurettes rustiques qui poussent sur les dunes. Jour après jour depuis, elle a risqué ses vieilles jambes dans les vagues avec un bonheur enfantin, et elle a pris le pli, le repas terminé et la vaisselle faite, de parcourir le sentier qui longe les découpures de la côte en laissant s'imprimer en elle la douceur du jour finissant.

La lumière pâlit, la falaise se grise. La mer grignote les murettes toutes encoquillées des écluses à poissons qui disparaissent peu à peu. Elle distingue à peine sa fille qui se tient sur la ligne blanche des vagues, folle qu'elle est ! Une régate double doucement la pointe, faute de vent. Elle montre à Eugène qui suit tout essoufflé les voiles colorées, les pauvres, à cette allure, ils sont pas encore rendus ! Et Judith qui va se faire prendre par la marée ! Elle n'attend pas de réponse, le phare n'est plus très loin, ni la cabine téléphonique qui est le but inavoué de ses promenades vespérales, tant elle est en souci de ceux qu'elle a laissés. Elle soupire, même quand l'existence lui sourit, elle ne sait pas se rendre libre d'inquiètude, si elle osait, elle appellerait Catherine ou son frère, chaque soir. Aujourd'hui elle se raisonne, marche jusqu'aux étals de laides poteries, s'y attarde, n'achète rien, rejoint son époux fatigué sur le banc d'où il observe les cargos amarrés au large de la Rochelle à l'aide des jumelles de l'inconnu assis près de lui. Il a encore réussi à lier connaissance, ce bavard, il en a, de la chance, de ne jamais se faire de mauvais sang !

Elle « porte peine », Léa, depuis aussi longtemps qu'il m'en souvienne, depuis toujours. Porte peine comme elle ployait jadis sous les fagots de branches de fayard ou les ballots de foin, porte peine des siens comme du monde entier dont elle s'inflige soir après soir les plaies à la télévision. Mais la réalité la plus épouvantable ne lui suffit jamais, il lui faut encore l'orner des inlassables broderies de son imaginaire. Elle aurait pû en écrire, des romans, avec tous les malheurs dont elle nous a accablés en pensée, toutes les apocalypses qu'elle a prédites ! Comment vivre avec une femme qui ne sait que conduire des corbillards, gémit mon père ! Je me suis demandé souvent d'où lui vient le besoin de cultiver cette plante vénéneuse, le souci, cette propension à ne peindre le monde qu'en noir sur gris, en noir sur noir. Je l'ai maintes fois rabrouée, n'avait-elle son compte de chagrins, qu'il lui faille ainsi s'empoisonner l'humeur de malheurs fictifs ? Elle y trouve sans doute un obscur bénéfice, cela rend peut-être sa vie moins insignifiante à ses yeux, à moins que ce ne soit un trait de caractère, aggravé par la dépression qu'elle a toujours refusé de soigner. Quoi qu'il en soit, elle me l'a transmise, cette compulsion à tout dramatiser qui n'est peut-être que le revers de l'impuissance.

Eugène a le souffle trop court. Depuis que son cœur l'a trahi dans la fin des années soixante, il a failli mourir un bon nombre de fois. Les effluves de la tannerie, le tabac ont mis à mal ses bronches, ses artères, il n'a que trop tardé à cesser de fumer, mais est-ce vivre, que se priver de tout ? Il rend à l'homme ses jumelles et explique à sa femme ce qu'il a aperçu. Il sait tout. À peine installé dans la petite bergerie de pierres grises il s'est lié avec les autochtones, enquis des traditions et coutimes de l'île, désolé de l'abandon progressif des écluses que les touristes abîment sans vergogne, de l'arrachage obligé de la vigne, de la pêche qui ne rapporte plus. Il en va de même partout, partout se perdent les valeurs qu'on croyait les mieux éprouvées, les plus incontestables, les gestes ancestraux, les métiers dignes de ce nom. Et de dire à son tour son pays désolé, les terrasses éboulées envahies par les ronces et les usines mortes. « Ils » ont tout démoli, bouleversé, « ils » continuent, le monde court au désastre. Il faudrait... À vrai dire, il ne le sait plus trop, ce qu'il faudrait. S'en soucie-t-il vraiment encore ? Il a milité longtemps, il lui est même arrivé, dans sa fureur, de se dire prêt à prendre les armes, mais il a fini par capituler, il ne parle plus guère de politique, à présent, ne tempête ni n'invective les puissants. À qui donc se fier, d'ailleurs ? Il a cru en « François », qu'il admirait, il s'était facilement projeté, reconnu en lui – mais dans son for intérieur, il a du finir par admettre qu'il n'était pas l'homme de son combat à lui. Ce qu'il faudrait, quand ses petits enfants venus en âge de se faire une place en ce monde ont tant de mal à y parvenir, si modestes soient leurs ambitions ? Il n'en sait rien, vraiment. Et qu'y peut-il, de toutes les façons ?

Ce soir, il est plutôt allègre. Ses jambes le font moins souffrir, il respire mieux. Il commente à Léa le trafic du port qui se dessine, en face, avec une miraculeuse netteté, et il pourrait passer, sous sa casquette bleue, pour un insulaire en retraite. Elle l'écoute distraitement, sa facilité à enregistrer ce qu'il entend, l'entrelacer à ce qu'il sait déjà l'agace, qui l'amène à se conduire en perpétuel maître d'école, au bout d'un moment elle le coupe, le frustrant sans même s'en rendre compte de l'étalage de ses dernières découvertes. Elle s'en fiche bien, des problèmes de l'île, elle a assez des siens ! Elle se contente, en cet instant, d'admirer la ruée tranquille des rouleaux sur les murettes, une langue de craie plus résistante les tranche encore un peu puis renonce, comme c'est beau, murmure-t-elle, comme c'est beau... Puis, plus haut, ta fille a dû rester coincée, enfin, les chiens font pas des chats ! Il ne réplique rien, vexé – la pauvre, elle n'a en tête que des clichés d'école, rien n'intéresse vraiment, il ne le sait que trop ! A-t-il jamais partagé avec elle quoi que ce soit ? Ce n'est pas maintenant, au bout de presque cinquante ans de vie commune, qu'il peut espérer la changer ! Dépité, il se tourne vers de nouveaux venus, les salue, tandis qu'elle marmonne il est vraiment incorrigible, ce bonhomme ! Elle se lève, noue un foulard sur ses cheveux parce qu'il fraîchit, l'arrache à sa conversation, il faut rentrer, le soleil s'est perdu dans la brume.

Ils avancent à pas lents entre vignes assombries et luzernes éteintes, renoncent à gagner de vitesse la nuit. L'un ou l'autre parfois prononce quelques mots, qui se perdent dans le silence. Ils vont comme un vieux couple d'amoureux, côte à côte, et pourtant chacun enclos dans ses pensées, chacun secrètement fâché de l'autre, liés et désunis par près d'un demi-siècle d'éclats, de déchirures, retenus l'un à l'autre par le ressentiment autant que par l'amour, la complicité tissée par l'habitude. Je me demande, les regardant venir vers moi, lequel a gâché la vie de l'autre, elle, lourde de trop de négativité ? Lui, torturé par trop de violence intérieure ? Je me suis longtemps dit qu'il l'avait écrasée sous son savoir, son autorité, le joug de son maudit orgueil, qu'il s'était plu à la tourmenter pour se venger sur elle des cruautés du sort – mais c'est sans doute trop simple, ne s'est-elle ingéniée de toutes les manières à le clouer au sol ? Peut-être n'y eut-il victime ni bourreau, qui pourrait dire, maintenant, lequel a vaincu l'autre ? Pendant cinquante années de combats sans issue, leurs masques leur sont devenus une seconde peau, mais ne demeure de ce duel inachevable que d'imperceptibles échos, en fin de compte la vie les a terrassés l'un et l'autre, et c'est ce qui les réunit. Mon père a cessé définitivement de ruer dans les brancards quand il a renoncé à écrire à « cette femme », ma mère m'évoque une très antique tortue, lourde et résignée d'apparence, mais qui serait venue à bout des coups durs à force d'humilité stoïque – une vénérable tortue des Galapagos, tirant droit devant-elle malgré sa carapace toute marquée par les épreuves.

Comme c'était joli, la Rochelle, fait-elle mine de rien, on pourrait peut-être y aller un de ces jours ?

Toutes ces palabres, pour qu'ils consentent à venir jusqu'ici ! Y pensais-je, à leur âge, et dans cet état ? Je ne me rendais pas compte, décidément, j'oubliais que mon père avait manqué dix fois casser sa pipe, et son diabète à elle ! Ce n'était pas pour eux, un voyage pareil, ils se fâchèrent même, elle surtout, je lui faisais offense, en refusant de reconnaître à quel point ils étaient usés, usés jusqu'à la corde par la vie qu'ils avaient menée, qu'ils étaient complètement fichus. Ils ont fini par accepter, à ma grande surprise. Il y avait si longtemps que je n'avais pas réussi à les arracher à l'ennui de journées identiquement vides, au ressassement de leurs anciens griefs, à l'attente du cancer qui emporte l'un après l'autre leurs voisins ! Leur retraite n'est qu'une petite mort déjà, l'hiver surtout. Je n'aime pas voir Eugène tuer le temps très littéralement en se tournant les pouces des heures durant, tandis que Léa somnole dans son fauteuil devant le poste de télévision. Ils n'ont jamais rien entrepris pour se distraire, goûter aux joies du troisième âge, se laissent-ils tenter par une excursion, un voyage qu'aussitôt mille obstacles se dressent, son cœur à lui, ses jambes à elle, l'argent, tout leur est bon, l'inertie les confine dans leur salle à manger. C'est pas pour nous, voyons – et puis, avec le caractère de ton père ! Ta mère, va la décider ! Tu sais bien qu'il y a rien à faire ! Ils restent à se morfondre, se disputer l'espace trop restreint de la cuisine, se rejouer des scènes maintes fois répétées. La femme aimée jadis a croisé leur route pour le désespoir de ma mère, quelques années durant ils se sont torturés de ce spectre d'amour, puis il a disparu, ils se sont laissés accabler par l'âge qui a de plus en plus rapidement figé leur corps et enkysté leur âme, paralysé leur volonté. Certes, ils ont trop travaillé, et trop péniblement. Leurs jambes noircies par le sang qui circule mal, bosselées de varices se refusent souvent à eux. Mais c'est le désir, surtout, qui s'est amenuisé jusqu'à se perdre d'entreprendre quoi que ce soit – je leur en ai voulu, de se laisser immobiliser de la sorte, de s'installer trop vite dans la vie qui s'endort, souffle vaincu par la pesanteur de la matière. Pourtant, ils ont cédé, cette fois, bien qu'ils aient, parce qu'ils ont à les entendre un pied dans la tombe déjà. Et nous avons traversé le pays par canicule et petites étapes pour venir passer quelques semaines dans cette ancienne bergerie de pierre grise, où ils boivent la tisane du soir.

Autant de soustrait au rituel immuable de leurs journées ! Tôt levé, dès le café bu, Eugène nourrit ses oiseaux. Il n'en reste que trois, et lorsqu'ils seront morts il ne les remplacera pas. Il change l'épi de millet, moquant le fanfaron, tançant l'outrecuidant, encourageant l'aveugle, viens ici, Joselou, sors-toi de là, Pirate, laisse lui-en un peu ! – s'il est possible, il accroche la cage au soleil et se réjouit de leurs trilles, on ne lui savait pas tant de patience, de tendresse ! Puis, il remplit la gamelle du chat jaune et malgracieux qu'il a recueilli un jour, tourne en rond, scrute le baromètre, s'enferme dans sa chambre pour le recueillement et la prière du matin, descend chercher le journal et le pain si le temps le permet. Lit attentivement la chronique des funérailles, tandis qu'il prend un casse-croûte. Tiens, on enterre X, tu le savais, qu'il était mort, lance-t-il à Léa qui sort de la salle d'eau, les traits tirés par l'insomnie. Le fils Z a eu un accident dans le virage des Bréaux, quel âge il peut bien avoir ? Si c'est pas triste, tout de même ! Et ses pauvres parents ! renchérit-elle en se versant un grand bol de café, lasse dès le matin. Elle a passé, souvent, une moitié de la nuit à écouter la radio, à moins qu'elle ne se soit levée à quatre heures, comme au temps de l'usine, qu'elle ait pris une première collation avant de se remettre au lit. Les nouvelles commentées, il se lance dans ses éternels mots croisés, réussites, s'interrompt pour boire un verre, un tout petit, de temps en temps, jette un coup d'œil au ciel, caresse le chat, ouvre un livre, le ferme, tourne autour de la table comme un vieux tigre fatigué tandis qu'elle vaque au ménage, prépare le repas des heures à l'avance, ronchonne, morigène, mais pose-donc cette bouteille, tu seras jamais raisonnable ! Il n'en tient aucun compte, il a arrêté de fumer, un petit verre par-ci par-là, ça ne saurait faire de mal. Et le temps n'en finit pas de passer, tant et si bien qu'ils se mettent à table sans attendre le retour de Catherine, mais ça ne fait que rallonger l'après-midi... Toutes ces heures, à enfiler ! Ici, au moins, ils s'aèrent, ils s'occupent, je les trouve tout ragaillardis, j'ai bien fait d'insister autant.

Elle tricote sous la lampe, il bat ses cartes. La raille doucement pour sa belle couleur écrevisse, elle compte encore séduire, pour se rôtir comme une jeunesse ? Les avant-bras lui brûlent, le visage, mais elle refuse d'en convenir, elle est restée sagement sous le parasol, il faut toujours qu'il exagère ! Fâchée, elle se lève, va se préparer pour la nuit. Il continue à disposer sur la toile cirée ses cartes jaunies, recourbées d'avoir trop servi. Comme j'ai pû les détester, ces réussites qui ne symbolisaient que trop bien, à mes yeux, le temps mort, l'ennui, et l'échec, justement. Ça s'emmanche mal, comme d'habitude. Il soupire, ramasse le tout, bat et rebat, et recommence.

Peut-être que je noircis le tableau ?

Ils ont manifesté, c'est vrai, un talent peu commun pour se faire du mal, quand bien même l'âge aurait dû les assagir, mais n'est-ce la preuve qu'ils sont encore pleins de vie ? Ils ont très largement anticipé leur décrépitude physique, mais là-bas, dans la hlm, tout est-il aussi triste que je me l'imagine ? N'y-ont-ils pas leurs habitudes, leurs plaisirs, depuis tant d'années qu'ils l'habitent ? Les parties de pétanque ou de longue sous les sapins, les après-midi dans le pré, à tricoter en bavardant avec les voisines, les parties de belotte des jeudis d'hiver, ce train-train, pourquoi le juger à mon aune ? J'y suis attachée moi aussi, à cette cité, j'ai passé tant d'heures à lire, espérer, méditer parmi l'éxubérance joyeuse des impatiences, bégonias, géraniums que ma mère inondait copieusement chaque matin, tandis qu'il achevait ses mots croisés et qu'elle ronchonnait devant l'horreur télévisée du monde ! J'imagine difficilement qu'elle rejoindra bientôt la combe sous les tilleuls de mon enfance et la fermette sous le plateau de Saint-Estève où je suis née, ma hlm, que je ne verrai plus, les soirs d'avant la pluie, rosir les Alpes par delà les barres du Vercors, que je perdrai ce dernier point d'ancrage. Brève poignance, mélancolie – voix des blondinettes, en bas, qui se disputent avec l'accent traînant que je n'ai jamais eu, voix joyeuse de « la » Renée qui souhaite le bonsoir à l'époux de « la » Suzon en ramassant ses draps, on est bien, pas, avec ce petit vent ! Ce qu'il a fait chaud, aujourd'hui ! Ça oui, reprend « la » Berthe depuis le balcon du dessous, un peu d'orage, ça serait pas de reste ! Et plus loin, sur le jeu de boules, les jeunes s'esclaffent et s'ennuient comme nous autrefois... Peut-être ne les gâchent-ils pas autant que je le pense, leurs dernières années, mon père n'a-t-il accédé à une forme de fatalisme souriant, ma mère, pardonné ?

Ils sont contents d'être là, en tous cas. Le matin, Eugène part tôt, si la marée s'y prête, patouiller dans les flaques. Il devine les praires et les coques comme les champignons de ses bois, nous gave du fruit de ses cueillettes avec une fierté de gamin. Elle remet de l'ordre dans la maisonnette que l'on nous a prêtée, le jardinet, quand elle a couru à loisir les marchés. L'après-midi, nous allons nous baigner sur une plage ou l'autre, nous visitons les ports et les villages, ils font moisson d'images et d'anecdotes pour les longues soirées d'hiver. Le soir, il joue aux boules sur le chemin de terre avec moi, en riant de ses maladresses. Ils ont eu tort, tout de même, de renoncer si vite ! Il est vrai que la vie de mon père s'est brisée il y a bien vingt années, lorsqu'en dépit de quatorze mois de grève les tanneries qui l'employaient ont fermé leurs portes. Il aimait le travail du cuir, il en connaissait chaque étape, chaque outil, chaque geste, il savait en parler avec érudition, avec bonheur, et tout à coup, il s'est trouvé comme les autres bazardé, mis au rencart, on n'avait plus besoin de lui. Ce n'était pas seulement de gagne-pain qu'on le privait, mais de sa position sociale, on le vidait de sa substance pour faire de lui avant l'âge un assisté. C'est devenu tristement banal, ça ne l'était pas encore – il n'avait que cinquante six ans, il se sentait dans la plénitude de ses moyens, et les quatorze mois de lutte, de négociations qui n'avaient pas empéché ce triste résultat avaient réveillé son intelligence engourdie, il avait fait la preuve une nouvelle fois de ce dont il était capable, de ce dont il aurait été capable, si... Tout ça pour rien. Un jour il s'est réveillé inutile, de trop. Tout simplement de trop, dans un monde qui venait une nouvelle fois de changer de vitesse, et qui faisait de lui un vestige avant l'âge, butte témoin d'une classe ouvrière comme il n'en existerait bientôt plus, porteuse d'une identité, d'une culture positives, ancrées dans la conscience au moins diffuse d'être source de toute opulence, et qui venait sans le savoir de perdre un de ses derniers grands combats. Comment accepter cela, s'y résoudre, quand on a sa vie durant compté sur son seul travail pour vivre ? Donné son énergie et son intelligence ?

Né sous une mauvaise étoile, mon malheureux père ! Condamné à prendre, sa vie durant, des trains aiguillés sur des voies de garage. Au sortir de la guerre, il s'est voulu paysan lors même que l'agriculture familiale se mourait, il s'est fait ouvrier à la veille de la mutation qui viendrait à bout des métiers les plus nobles, et jetterait bientôt sur le pavé des hommes et des femmes par centaines de milliers. Privé de ses repères coutumiers, il a eu beaucoup de mal à retrouver un sens à l'existence, tout un temps il a rôdé par les décombres de son univers disparu en fulminant contre les responsables de ce gâchis, leur crapulerie, l'inanité des temps au nom de ces espèces de paradis perdus, la terre, puis l'usine, si rudes qu'ils aient été, justement parce qu'ils avaient été rudes. Qui l'éprouverait, à présent, la fierté du travail bellement accompli, du cuir souple, fin, sans défaut, palpé, humé avec une réelle jouissance ? Et de tâter la peau de mes chaussures, de mes sacs avec colère, avec dégoût, de la saloperie ! Et par delà, qui saurait se comporter « en homme », en ces temps d'argent gagné sans peine, volé sans honte, dont on exhibe les héros à la télévision, ces temps où le permis et l'interdit se sont faits incertains, l'avoir a tué l'être, la lutte collective perdu toute signification ? Comment aurait-il pu ne pas dévaluer à toute force le présent, quand il se retrouvait, lui connu comme le loup blanc à Albanay, son propre spectre avant même d'avoir été mis en bière ? Pour retrouver un peu de l'estime de soi perdue, il avait entrepris de reconstruire, d'enjoliver ce qui a été, de l'écrire, de le raconter sur les ondes d'une radio locale, tout en ne cessant de s'en prendre au dernier tiers du siècle, qui se vautrait dans l'éloge indécent de la facilité au moment même où tant étaient laissés pour compte, qui faisait fi des gens de son espèce ou bien ne consentait à leur prêter l'oreille qu'au titre de rescapés d'un monde révolu. Il a tâché de se reprendre, de faire front – mais la blessure était bien trop profonde, ses cheveux ont blanchi d'un coup, son corps malmené a cédé, des infarctus en série lui ont valu des mois d'hospitalisation, une opération plus lourde que les autres dont il a eu du mal à se remettre.

Peu à peu, il n'y a plus eu que sursauts, clapotis, la fureur s'est éteinte, la révolte devant le monde devenu indéchiffrable. Il s'est mis à attendre la mort en paix. C'est du moins ce qu'il prétend, mais puis-je le croire ? À le regarder faire tranquillement sa réussite, je me dis que peut-être, maintenant. Me revient une journée redoutable d'hiver, j'avais sept ans, huit ans ? Nous habitions la maison humide sous les tilleuls, le ruisseau était pris, les arbres éclataient, leur sève muée en glace. Il était au lit, accablé par la fièvre, et tout à coup il s'est levé, il a entouré ses reins de sa ceinture de flanelle en repoussant les supplications de Léa, enfilé un lourd chandail gris et par dessus sa canadienne, chaussé ses bottes de caoutchouc, avalé deux verres de rhum et s'en est allé couper un frêne que le gel rendait dangereux. Il crèverait ou guérirait ! Les toubibs étaient tous des incapables, mieux valait s'en remettre au bon Dieu qui avait décidé de toute éternité de le sauver ou de le perdre. Il s'en est tiré. Je l'avais vu tuer avec la même hache notre chien qui tombait raide sur le sol en écumant, atteint peut-être de la rage, et voilà qu'il avait bravé sa propre mort. Où ma mère n'avait vu qu'une preuve supplémentaire de sa folie, j'ai déjà trouvé de la grandeur, et cette image s'est incrustée profondément en moi, du père provoquant le silence de son Dieu.

Pas peur de la mort, donc. Au contraire. Quand il s'est retrouvé en pré-retraite, il a même affirmé la désirer, plus vite elle viendrait, mieux ce serait. Cependant, lorsqu'il s'est écroulé en ramassant des girolles dans un coin connu de lui seul, le bras gauche paralysé d'une douleur terrible, il a rassemblé la force de se hisser dans la vieille deux-chevaux, de conduire jusqu'à la hlm, de grimper les étages avant de s'effondrer sur son lit. Il n'avait plus envie de mourir, tout à coup, il s'est plié docilement à tout ce qu'on a exigé de lui. Un ou deux ans plus tard, encore mal remis du cauchemar de deux interminables semaines de réanimation, il a fait à sa femme une scène comme elle ne pensait plus qu'elle devrait en supporter, après quoi il s'en est allé pour ne plus revenir, il le jurait. Mes frères l'ont retrouvé quelques heures plus tard arpentant les berges du Rhône, furieux contre lui-même et le je-ne-sais-quoi qui l'avait retenu de s'y précipiter, furieux et penaud, incapable de se représenter ce qui s'était produit. Pas si simple, finalement. Il va mieux, à présent qu'il a fait sa paix avec lui-même, avec son Dieu, il se dit prêt à lui rendre son âme, mais il n'en semble pas trop pressé.

Léa a mieux vieilli que lui, même si elle a souffert de l'irruption de cette femme, il y a quelques années, qui la reléguait au rang de pis aller, elle en était certaine. Malgré ce mauvais coup, elle s'est mieux survécu. C'est qu'il lui a fallu répondre vaille que vaille aux contraintes inépuisables de l'ordinaire, les courses, les repas, le ménage, n'est-ce l'obligation faite aux femmes depuis toujours d'assumer le poids de la vie qui leur donne la force d'endurer qu'elle lit chaque soir sur les visages de celles qui font les frais des folies guerrières des mâles ? Et puis, elle a pour elle une sorte de persistante naïveté, un sens aigû de son bon droit, une solidité intérieure que les épreuves ont entamée, jamais brisée. Au lieu d'agiter vainement, comme Eugène, les hochets de l'ambition, elle s'est contentée de conduire comme il se doit son humble existence, aussi la retraite ne l'a-t-elle pas atteinte dans son être même, comme lui, l'âge l'a tout simplement rendue à sa maison, à ses petits enfants. Certes, c'est avec un pincement qu'elle a quitté l'atelier, elle avait souffert, sous cette verrière crasseuse, sué, peiné, mais ri, aussi, bataillé ferme – mais elle est partie conscience en paix. Pour elle, tout est dans l'ordre, son malheur, si malheur il y a, elle le doit seulement à son mariage...

Ils prennent le frais de la nuit dans le jardinet, sous l'hibiscus. Tu crois que c'est la même lune que chez nous ? plaisante-t-il – ah, tais-toi donc, bougre d'âne, tu l'as déjà dit mille fois !

Je marche vers la mer, dans le clair de la lune pleine, songeant qu'en fait, leur univers est resté mien, un univers mental où le devoir va de soi, le dévouement, la gratitude filiale, une honnêteté scrupuleuse et le sens de sa dignité, moins éloigné à tout prendre de l'idéal révolutionnaire d'hier qui n'a fait qu'en changer la forme, que de la destructuration morale d'aujourd'hui. Le flux accéléré du temps m'a abandonnée sur la même rive qu'eux, à l'image de ces méduses qui s'échouent parfois sur les plages par dizaines. Mais j'accepte de meilleur gré que l'empreinte du donné familial s'avive au lieu de s'effacer avec les ans, que les amarres que j'ai voulu, cru rompre en les quittant n'aient fait que se distendre, élastiques, pour mieux me tirer en arrière le moment venu. Il m'est évident tout à coup qu'elle l'emporte, cette empreinte, sur l'emprise manifeste ou subreptice de l'époque, qui m'a faite enthousiaste avec l'ensemble de ma génération, perplexe et sceptique avec elle. Je ne suis certes pas revenue au point de mon départ, mais je pense apprécier plus lucidement ce que je leur dois, à ces deux qui devisent sur le petit banc, à l'abri du mur de pierres sèches. Qu'est-ce que dire « je », au bout du compte ? Qui, celle que je suis, née de cet homme, cette femme, en ce lieu, ce milieu et ce temps ? J'ai tellement changé qu'il me semble parfois avoir vécu deux ou trois existences, et cependant, si peu ! Je me le demande plus tranquillement, aujourd'hui, mais longtemps, j'ai vécu dans l'angoisse, le vertige cette quête sans cesse reprise, l'irrépressible désir de me retourner comme un gant, afin de percer l'énigme que j'étais pour moi-même, combler cette faille, en mon être, qui engendrait une perpétuelle inquiétude.

La mer gronde paisiblement, l'écume des rouleaux blanchoie sous la lumière de la lune, le hameau dort, derrière moi. J'aime la nuit, la respiration lente de la nature ensommeillée, soulignée par la stridulation douce et monotone des grillons, cette paix si profonde qui émane des choses, même si cela finit toujours par me peser. Il en est dont je garde un souvenir précieux de plénitude, celle, si pure, où Luc vint à moi dans la candeur de ses vingt ans, magie de son sourire vert sous le scintillement des constellations de décembre qui semblaient à portée de main – cette autre, bien longtemps après, passée à regarder pleuvoir les étoiles filantes sur les cactées du Colorado, en harmonie profonde malgré l'usure de notre lien... On y voit presque comme en plein jour, mais rien ne blesse, ne dissonne, je décide de descendre m'asseoir un moment sur la plage, pas si souvent, que la lune s'offre ainsi en majesté !

Mystère de la filiation.

Qu'est-ce qui leur donne, aux liens du sang, cette prégnance que je ressens si fort, depuis que je suis ici avec eux ? Pourquoi m'ont-ils été plus souvent fardeau que berceau, ces deux qui m'ont donné le jour, point d'arrivée plutôt que de départ, dans le sentiment étouffant de parcourir sans fin le même cercle ? J'ai grandi dans l'admiration mêlée de crainte d'un homme coléreux, violent, mais tellement plus intelligent que les pères de mes amies ! Je lui ai toujours su gré de m'avoir poussée aux études quand j'étais fille, et l'aînée de surcroît, en un temps, un milieu où ce n'était pas commun. Grandissant, je me suis sentie de son bord à lui, « sa » fille, plutôt que celle de ma mère qui se vengeait à sa façon de se sentir mise à l'écart. Fais-toi un nom, petite, distingue-toi, sors, toi au moins, de la masse humiliée d'où nous sommes ! Ah, l'injonction du père de « monter », de lui donner sa revanche sur le sort, comme je l'ai ressentie impérieusement ! Je me suis efforcée d'y répondre de gré comme de force, avais-je le choix ? J'ai faite mienne sa « folie », si accablante qu'elle ait dû devenir – comme j'ai été fière de le voir fier de moi, lisant mon nom, le sien, sur la couverture de quelque livre ! Elle m'a portée, propulsée, son ambition frustrée, mais comme je l'ai payé cher ! Combien férocement nous nous sommes dressés l'un contre l'autre, quand la haine a pris le relais de la crainte enfantine, une haine insupportablement véhémente et coupable ! Je suffoquais d'indignation, à vingt ans, de l'entendre vitupérer le présent sans la moindre nuance au nom de traditions que j'estimais caduques, je ne cessais de m'emporter contre son obstination à camper dans un cimetière de valeurs révolues, ses outrances, certaines de ses diatribes politiques, sa mauvaise foi. Nous n'avons pu, des décennies durant, nous rencontrer sans que fasse irruption tôt ou tard en coulées dévastatrices cette haine, sans commune mesure avec l'objet de nos dissentiments. Il y allait sans doute de choses qui ne se pouvaient dire, de lui pour moi, de moi pour lui, dans l'impulsion immaîtrisable qui nous jetait périodiquement l'un contre l'autre, mais aussi, d'une réciproque déception, d'une commune obstination, d'un identique orgueil. Trop semblables, au fond, par delà le contentieux très ancien et trop lourd qui se débondait en flots destructeurs.

Ma mère se désolait, pleurait, mais ne lui réponds pas, tu sais bien qu'il aura toujours le dernier mot ! Je refusais de m'incliner, je me défendais de mon mieux de ses attaques, prenais le contrepied systématique de ses proclamations, fallait-il que nous pliions tous devant cet irascible qui n'entendait personne, dans sa logique solipsiste ? Que je le laisse proférer des énormités sans protester ? Accabler la pauvre Léa ? Comme je la plaignais, d'être condamnée à subir ses tirades aigries et sa rancœur ! Comment pouvait-elle le supporter ? J'aurais mieux fait de me taire, sans doute, de louvoyer – mais j'étais jeune, intransigeante, je ne comprenais pas qu'il s'en prenait à moi avec tant de violence parce que j'incarnais à ses yeux le monde vers lequel il m'avait poussée et qui l'écrasait, lui – ce monde que symbolisait la capitale, mère de tous les mépris et de toutes les spoliations. Dans sa colère, quelques verres aidant, il m'identifiait purement et simplement à l'Ennemi, n'avais-je trahi mes origines ? Ma classe, ma terre, ma langue ? Ne m'étais-je rangée parmi ces « intellos » qu'il exécrait, parmi ces révolutionnaires de trois sous qui s'étaient montrés incapables de changer quoi que ce soit au monde ? Et c'était pour ce beau résultat qu'il s'était saigné aux quatre veines ? Me poussant à m'instruire il m'avait perdue, et il m'en voulait d'autant plus que je lui tenais lieu cependant, malgré lui, de revanche sociale, que j'étais tout de même ce qu'il eût voulu être, reconnue tant soit peu, ma très modeste réussite soulignant la conviction qu'il avait de l'injustice à lui faite. Au lieu de comprendre le désespoir qu'il exprimait ainsi, je me dressais sur mes ergots exactement comme lui, en réaction aveugle à ses provocations.

De telles scènes me démolissaient, j'étais moins solide que je ne l'affectais, prompte à céder aux assauts d'une culpabilité qui fructifiait en grappes pesantes sur le terreau de mon incertitude de moi-même. Il fallait quelques jours, quelques semaines, pour que s'évanouisse le malaise dans lequel elles me plongeaient. Je souffrais dans mon coin et lui aussi, dans son orgueil et sa paranoïa il poursuivait pour lui tout seul ses invectives, je m'efforçais de refaire surface avec peine, disloquée par cette plongée brutale dans les abysses œdipiens. Tant de malentendus s'étaient, en outre, accumulés entre nous ! Comment venir à bout de pareil embrouillamini ? Venir à bout de lui en moi ? Vers trente ans, sous les coups conjugués d'un nouvel accès de déprime et du féminisme montant, j'ai même cru discerner en lui l'antique figure du Destin – quelle femme pourrais-je bien être, qui ne soit habitée par lui ? Possédée, comme on disait autrefois des démons ? Je le retrouvais dans l'acharnement que j'avais mis à me faire reconnaître par mes écrits de l'époque, derrière la violence que je contenais mal ou que je retournais contre moi, au cœur du désir contradictoire d'exister en première personne et de m'abolir dans le « nous » de l'organisation politique à laquelle j'appartenais – quel exorcisme inventer, pour me rendre à « moi-même », si cela avait sens ?

Il me semblait, alors, que ma mère m'avait moins pesé. En fait, je ne l'ai découverte en moi que récemment, quand je me suis éprouvée aussi foncièrement négative, portée comme elle à anticiper les désastres jusqu'à les provoquer parfois, encline à la réprobation au nom d'un semblable sens du devoir. Plus proche d'elle que de lui, en définitive ? Socle véritable de celle que je suis ? Pas tout à fait. Les liens du sang, quelque chose, plutôt, comme l'analogue psychique du mariage des gamètes qui fait la singularité des corps. Aucune chance de s'émanciper de l'héritage parental. N'ai-je souvent croisé dans le miroir, avec un sentiment de pénible sujétion, les yeux du père, son regard à la place des miens, au plus intense de mes délabrements ? Ressenti de l'intérieur sur mon visage la moue désenchantée de Léa ? N'ai-je éprouvé jusqu'au vertige la fatalité filiale ? C'est un si lourd vocable, « sang », il charrie plus de résonnances équivoques que fleuve en crue de débris, il en a la puissance, le caractère irrésistible. Ils se sont affrontés en moi, mes parents, bien après que j'aie cessé de leur en vouloir, sans doute-ils continuent-ils, comme Marc et moi nous affrontons je suppose en Cécile. Je l'ai éprouvé si absolu quelquefois, ce déterminisme ! Mais quelle vanité, de se vouloir auteur exclusif de soi-même ! Pourquoi ne pas faire avec, bien plutôt ? Car je ne me réduis tout de même pas toute à cette trame, pas plus qu'aux circonstances de ma vie ! Quelque chose forcément y échappe, qui s'édifie au fur et à mesure du temps, comme une concrétion d'images, stalactite fragile qu'éclaire quelquefois le faisceau lumineux de ma conscience, et que je suis, irréductiblement.

La lune qui va, son orbe circulaire déverse sa lumière blanche sans compter. Assise sur un bloc de calcaire au pied de la falaise, je me recroqueville, minuscule comme jamais – mais ce n'est qu'un tressaillement, une trace affaiblie des angoisses d'antan. Eux, moi... Pourquoi tant de mécontentement de moi-même ? Et mécontentement de quoi ? Comme disait ma mère aux temps anciens, je n'ai jamais eu, n'ai à me plaindre que d'être trop bien ! Quinze jours sous une benne, et tu verrais ! concluait-elle exaspérée. Trop bien, sans aucun doute. Abritée, protégée jusqu'à ce jour du malheur vrai, du malheur nu, la mort du plus proche qui foudroie en plein élan, la déchéance de la misère – ni chômeuse ni SDF ni sidéenne ni Rwandaise, petite bourgeoise qui mène une vie tranquillette dans le cocon de son appartement sous les toits, même mes inquiétudes sont confortables, alors quoi ? Pourquoi ai-je eu, ai-je encore tant de mal à acquiescer au presque-rien que je suis ? Pourquoi le pathos m'a-t-il happée aussi souvent, même après que j'aie appris à faire la part des choses, sachant que ça finissait par passer ? Pourquoi, vers novembre, le sens du monde s'évaporait-il, et l'énergie me manquait-elle d'ordonner les pièces de mon puzzle mental ? Jusqu'il y a peu, l'automne venu, tout se brouillait immanquablement, je m'engluais dans les vases de mes tréfonds comme insecte dans un pot de miel. C'est en vain que mon esprit s'agitait, je perdais pied, je m'enfonçais, m'affolais, de nihilistes évidences m'enfermaient dans leurs logiques péremptoires, les constructions de l'insomnie me conduisaient tout droit vers la certitude du pire. J'enviais ceux qui vont conquérants, l'esprit clair, la volonté ferme quoi qu'il advienne du monde ou de leur vie, ceux qui avaient le goût, mieux, le génie rare du bonheur, qui n'avaient pas besoin du carburant de l'illusion pour entreprendre – ceux qui savaient tenir leurs doutes en lisière, s'en enrichir plutôt que de s'en plaindre, qui se seraient ri de mes glus et de mes marais, s'ils en avaient eu la moindre idée, et qui bondissaient, le pied léger, de cime en cime.

Je sombre moins longtemps, moins profond, maintenant, la tentation un temps caressée du suicide s'est évanouie le soir où elle m'a frôlée d'assez près pour que j'éprouve du fond de mes tripes mon attachement à la vie, mais je sombre encore quelquefois, tout à coup, la membrane devient trop mince, qui sépare ma raison des bouillonnements de l'affect, elle cède, et je dérape, je patauge, je coule, ma confusion s'augmente de celle du monde, entre en résonnance avec chacune des calamités qui l'accablent, puis elle se rafistole tout aussi mystérieusement qu'elle s'est trouée, tout se remet en place, la détresse ambiante cesse de m'oppresser, je me dis que les choses vont ainsi depuis toujours, atrocement là, mieux ailleurs, l'histoire ne fait que suivre son éternel mouvement de pendule. Peut-être que je me réduis aux obscures régulations glandulaires qui commandent mon humeur, toute déplaisante que me soit cette idée. Si seulement je pouvais accéder à la simplicité !

La mer est pleine, haute. Il est temps de rentrer, si Léa s'éveille, elle va s'affoler de mon absence, et je me sens vulnérable soudain, moins à d'improbables rôdeurs qu'à l'immensité vide, à la splendide indifférence de la nuit. Seule, toute petite. Un vent léger caresse les luzernes, les grillons se sont tus, on n'entend que le raclement des galets – je jette un dernier regard sur l'eau zébrée de franges d'écume, c'est facile, ici, de décider d'être simple, mais là-bas, mais après...

Combes.

Je suis née un printemps d'après-guerre à l'orée d'un vallon perdu sous les hauteurs venteuses du plateau ardéchois. C'est à peine aujourd'hui si le viaduc émerge du fouillis de branchages qui dissimule le ruisseau, les rails ont été arrachés, les deux-pièces qui abritèrent mes premières années béent, vides de tout vestige, au bas de la maison crépie de rose et la grille rouillée du petit cimetière envahi d'orties et de ronces s'effrite, à-demi descellée. En ce temps-là, des prés, des champs d'orge et de pommes de terre, un peu de blé, des choux, des châtaigners soigneusement tenus se nichaient dans les creux ou s'agrippaient aux pentes, une dizaine de ménages s'obstinait à disputer à la nature sa pitance, dont les traces finissent de disparaître. Ce n'est pas même qu'elle ait vaincu, comme il pourrait sembler à l'épaisseur de la jungle que traverse le viaduc inutile, elle s'est contentée de recouvrir les marques du labeur millénaire des anonymes qui se sont échinés ici et dont je suis issue, contraints finalement de capituler. Il ne reste que deux maisons intactes et soigneusement closes, les autres se sont effondrées dans les broussailles.

Tel est mon sol natal. J'y ai passé trois ou quatre années indistinctes, je ne connais personne au village, plus bas, je ne saurais pas même retrouver les arpents de ronces et de sapins qui appartiennent à ma famille, et pourtant, je me sens d'ici, ça me chagrine, que ce vallon se perde sous la friche, il est lieux qui n'ont sens qu'habités. Ce qui m'attache à cette maisonnette, ce ravin, et par delà à cette terre rude à vivre est si ténu, distendu qu'on pourrait le croire vidé d'affect, et cependant, il s'agit d'un lien profond, quasi-charnel et mental à la fois. Ça ne laisse pas d'être étrange – même si c'est ici que le hasard m'a jetée en ce monde, que j'ai vécu ma préhistoire, je lui préfère les espaces ouverts à tous les vents des plateaux, ou les abrupts qui plongent sur la vallée du Rhône. Mon père l'a fui, ce pays, et moi, plus loin encore, alors, d'où me vient la persistante fierté d'être d'ici, le sentiment d'avoir des droits sur ces coteaux, ces terrasses éboulées et ces granits rousseâtres ? Serait-ce parce qu'être « d'ici », ce n'est pas seulement y née, mais pouvoir reprendre à mon compte l'épopée héroïque des huguenots de ce fond de vallée, arrière-histoire transmise moins par des récits que par une atmosphère, l'implicite de mon éducation, l'imagerie voilée des guerres de religion confondue à l'aura de résistance des pasteurs et des paysans de par ici, qui se sont attachés à sauver des enfants, des familles juives de l'abomination et l'ont tu pudiquement avant que les média ne s'en emparent ?

Être « d'ici », c'est bel et bien m'éprouver « protestante » d'esprit, même si je ne crois plus en Dieu et si j'ignore le dogme en son détail. Résister, tel est le maître-mot de cet ethos, celui-là même que Marie Durand grava dans la pierre de sa geôle – résister à l'oppression, bien sûr, mais surtout à l'adversité, à ses propres démons. Faire face, *endurer*, encore et toujours. Montrer dans l'épreuve ce qu'on est, ce qu'on vaut, afin de mériter ce bien le plus précieux de tous qu'est l'estime de soi. Bien sûr, aussi fière devise s'est considérablement affadie de n'être plus, pour moi, confrontée au péril de la mort violente, du dénuement, de n'être plus étayée par une foi très exigeante, mais j'en perpétue quelque chose pour ainsi dire malgré moi, dans mon honnêteté tâtillonne, par exemple, mon sens excessif du devoir, ma façon de prendre l'existence beaucoup trop au sérieux, voire au tragique, l'obsession névrotique de la transparence à soi que j'ai substituée, peut-être, à une longue habitude de l'examen de conscience quotidien. Pour ne rien dire de ce puritanisme, de cet orgueil, du sentiment compensatoire que nourrissent les persécutés d'être d'essence plus noble que leurs bourreaux, eux qui sont les « élus ». Dans ces roches, ces gorges, ces étendues de genêts et de ronces, ces châtaigneraies à l'abandon et ces fermes en ruine, je crois lire la marque d'un refus obstiné de la facilité, qu'il s'agisse de pourvoir aux besoins du corps ou d'assurer le salut de son âme, d'un mépris teinté de compassion pour ceux qui se contentent d'à-peu-près, de cette stupéfiante prétention à une vertu qui n'attend récompense des hommes ni du Tout Puissant. Être d'ici, c'est me sentir inscrite dans une tradition dont les rites se sont perdus mais dont l'esprit subsiste, les principes majeurs, résumés dans la sècheresse de l'impératif kantien, la volonté aussi résolue qu'impraticable de conquérir sa pleine autonomie sur l'engluement dans le réel. Je ne sais si Marie Durand fait partie de mes ancêtres comme ma tante Ruth l'assurait, je la trouve assez peu sympathique au demeurant, dans son rigorisme héroïque, mais son ombre plane sur ma vie comme l'exigence impossible et la réprobation inévitable, pourquoi m'étonner de m'être sentie tellement coupable d'exister ?

Être « protestante » a été longtemps pour moi vivre comme Caïn sous l'œil omniprésent de Dieu. Point n'est besoin, encore maintenant, de supposer l'existence d'un Père Suprême pour que cet œil me traque ! Père et mère suffisent, pour que l'Impératif Catégorique brille de l'éclat glacial des étoiles en hiver en un ciel désenchanté – fais ce que dois, advienne que pourra ! La loi morale est bel et bien inscrite en moi comme dans les chairs de la victime de la machine de Kafka la sentence, ne serait-ce que pour me permettre de mesurer mes écarts d'avec elle ! Ma mère me l'a transmise comme elle la tenait des siens, sous la forme naïve de l'évidence inquestionnée. Elle en était si intimement pénétrée qu'elle lui paraissait naturelle, elle lui obéissait sans discussion, ne la transgressait qu'en vétilles. Ce n'est que sous le poids de ses malheurs qu'elle se pétrifia en l'idée fixe de faire ce qu'il « fallait » en toutes circonstances. Mon père était plus raisonneur, il y voyait l'exigence permanente de battre en brèche ses impulsions mauvaises, de faire acte d'un peu de libre arbitre, dût-il le conjuguer à la toute puissance de l'Éternel. Car nous étions seuls responsables de nous-mêmes, et du mal que nous pouvions faire. Mais je l'ai moins reçue sans doute de l'éducation parentale ou de l'école du dimanche que du simple mode d'être des paysans inconnus dont je descends, pauvres, persécutés, mais opiniâtres et fiers, trop fiers, qui ont vécu dans cette combe.

Pareil héritage est bien lourd ! Comme elles m'ont pesé, des décennies durant, l'exigence morale, la foi du père, la réprobation de la mère ! Je comprends que tant la haïssent, la paradoxale contrainte engendrée par cette liberté-là, elle suppose tellement de fermeté intérieure que j'ai souvent été tentée de m'en remettre à qui me dispenserait de trancher, de vouloir, de penser. Mais je ne saurais le déposer, le fardeau de la responsabilité de soi et de ses actes, je me contente d'ironiser quelquefois sur ma manière de ployer au dessous comme mule sous sa charge. Je l'assume tant bien que mal, même si je sais que l'intention n'est jamais « pure » et l'acte a fortiori, que la main droite ne saurait ignorer ce que fait la gauche, la volonté être simplement bonne, en conséquence de quoi on fait facilement le mal au nom du bien, preuve d'orgueil lors même que l'on se croit humble. Premier sol, première strate. « Parpaillote », accablée de l'être, et si fière, en même temps.

Cependant, il n'y a pas que l'aura huguenote si profondément imprimée dans ce paysage – ou sur lui projetée par mon imaginaire, n'est-on catholique à deux pas ? – qui me conduise à me sentir « d'ici », il y a que ce vallon, ces terrasses à l'abandon, ces sapinières sont indissociables, en moi, de l'empreinte maternelle, comme il m'est apparu toujours plus nettement. Ici, mon père n'a fait que passer, elle y est née, y a grandi, souffert et espéré. Cet endroit a été sa punition à lui, quand il est d'abord pour elle la terre des promesses adolescentes que l'existence n'a pas tenues. Sur ces chemins, par ces prés trop pentus, ces bois de fayards, de sapins, elle a gardé les bêtes, charrié des faix, connu, aussi, ses premiers émois, protégée par sa simplicité rieuse de trop d'austérité. Il a toujours trouvé quelque chose d'étroit, de bigot, dans ce cul-de-sac, lui plus ouvert au monde, plus ambitieux, aussi n'a-t-il, le peu d'années qu'il dut y vivre, aspiré qu'à reprendre son vol, s'évader des carcans conjugués de la misère et de la famille, tandis qu'elle serait volontiers restée dans l'une de ces fermettes aux murs épais, dont les lourdes toitures de lauzes semblent à l'épreuve de tout, et qui pourtant finissent par s'écrouler un jour. Me sentir « d'ici », c'est repérer ce que je tiens d'elle, mais aussi, mettre le doigt sur la source, peut-être, de mon balancement perpétuel entre demeurer et fuir, m'ancrer et me hisser, savourer les joies simples de l'existence ou traquer la vaine gloriole des reconnaissances sociales, exister « comme » tous les autres ou les dépasser d'une tête, qu'ils me voient, qu'ils me densifient de leur regard.

Chaque fois que Léa se fait conduire sur ses terres, le temps où le possible était devant lui revient plus distinctement, elle nous surprend d'une multitude d'historiettes par lesquelles elle ressuscite avec une nostalgie amusée une jeunesse plus insouciante qu'on ne l'aurait pû croire, comme pour nous prendre à témoin une fois de plus de sa malchance, d'être tombée amoureuse de cet homme-là. La vie était dure, mais elle savait rire, tout de même, elle n'en ratait aucune occasion. Elle était honnête, mais on la regardait, la courtisait, qu'on ne croie pas, surtout, qu'elle ait attendu après Eugène, il avait même dû la disputer aux gars d'ici, à Samuel, par exemple, qui lui donnait rendez-vous le dimanche à cette croisée de chemins, à Bertrand des Tourasses, cette grosse ferme, là-bas. C'est qu'elle était jolie, à dix-huit ans ! Eugène sourit, il se revoit conquérant, jeune, lui aussi, d'un accord tacite, ils se retrouvent dans le regret des belles années enfuies. Sur le seuil des deux pièces vides où ils ont vécu les débuts de leur vie conjugale agitée, ce n'est pas leur mariage mal accordé qu'ils évoquent, mais le travail, ce travail si pénible, et pour si peu ! Tu te rappelles, cette peine pour quatre choux, là-haut ? Et tout ce bois qu'on descendait sur notre dos, tu te rends compte ! Ah, on était costauds, de ce temps, s'il fallait recommencer ça ! Et de se sourire, fiers du labeur passé, complices en dépit de tout, de sorte qu'à les écouter égrener leurs souvenirs, on pourrait croire qu'ils ont vécu ici en tourtereaux, ne pas s'apercevoir de la revanche subtile qu'elle essaie de prendre sur lui, mais il n'est pas tout à fait dupe, il sent que se réappropriant cette terre elle s'affirme contre lui et s'efforce de m'annexer. Et de fait, c'est ici que je reviens, jamais dans la vallée paternelle, un peu plus loin, dont m'ont exclue les rapports compliqués d'Eugène avec les siens.

Quoi qu'il en soit, cet endroit me parle par leur bouche, leur mémoire, un peu d'histoire. Il n'est mien, ce coin d'Ardèche, que parce que j'y déchiffre leur jeunesse, leurs espérances vite déçues. Je l'y déchiffre elle, surtout, dont c'est le lieu en quelque sorte « naturel ».

Léa a fort à faire pour me garder en vie. Lors de sa première grossesse, elle a cru mourir saignée par une fausse-couche après être tombée de cheval, et le premier enfant qu'elle ait porté à terme n'est qu'une chétive petiote qui refuse avec obstination de digérer son lait. Les parents, les voisins hochent la tête devant le berceau, elle n'a pas de chance, la pauvre, entre son homme dont les emportements sont déjà fameux jusqu'au bourg et la piètre créature qui somnole entre les draps brodés, toute maigre et si pâlichonne ! Mais c'est compter sans son amour et son obstination, elle est bien décidée à me tirer d'affaire. Je refuse son lait ? Elle essaye du lait de vache, puis de chèvre. Je persiste à le restituer ? Elle ne se laisse pas démonter, elle continue, patiente, à nettoyer mes vomissures, lessiver ma layette, ma literie, s'efforçant de me tenir propre malgré tout. Je ne « profite » guère, ni ne dépéris, je stagne dans l'odeur aigrelette du lait régurgité, ne pesant rien, oscillant entre vivre et m'esquiver déjà. Pour finir, négligeant les avis du médecin, elle me met au bouillon de légumes – bref, elle fait si bien que la menace disparait, à six mois je suis dodue à souhait sous mon bonnet à oreilles de chat.

Ce n'est qu'à la naissance de ma propre fille qu'elle m'a raconté ce commencement sans conviction – j'ai tout essayé, tu sais, j'allais traire la chèvre dans le pré et je mettais le lait tout chaud dans le biberon, je pensais que tu le garderais, frais, mais rien à faire ! C'est le grand air qui t'a élevée, on m'avait fait tellement peur, on m'avait dit que tu avais une malformation de l'estomac, qu'il faudrait t'amener à Lyon pour t'opérer, il fallait te changer dix fois par jour, heureusement, tu en avais, des bavoirs, des brassières ! Madame Desrieux m'en avait donné des tas, je les lavais à l'eau tiède et au savon, je les étendais sur l'herbe pour que ça sente pas, imagine un peu le travail ! Vous en avez, de la chance, aujourd'hui ! Jusque là, j'avais tâché en vain de retrouver Léa parmi les souvenirs d'une enfance trop encombrée par les éclats paternels, sa tendresse s'était effacée derrière tant de fureur, rien n'affleurait, aucune image, alors que j'en avais de très précoces de mon père, et voici qu'elle m'était rendue, cette mère occultée, par la grâce de mon propre accouchement. Non seulement elle m'avait aimée, mignotée comme elle faisait de sa petite fille avec délice, mais je lui devais deux fois la vie. Pour la première fois, je me suis sentie véritablement proche d'elle, communiant en quelque sorte dans la maternité – j'ai cédé à un élan vers elle, heureuse que nous ayons une expérience à partager, m'initiant aux rudiments du maternage elle se sentait enfin indispensable, et nous pouvions parler de femme à femme, sans réticences.

Donc, elle entame sa carrière de mère en me mettant au monde, moi guère décidée à y rester. Mon père est décu, qui a déjà tant à se plaindre des femmes. Il ne peut se dissimuler davantage, l'euphorie des amours commençantes définitivement enfuie, que l'accouchée ne sera jamais la compagne qu'il avait trouvée en la première femme qu'il ait aimée, et qui le comprenait si bien ! Certes, il n'a rien à reprocher à Léa, elle travaille d'arrache-pied, elle tient proprement son ménage, elle l'aime à sa façon – mais elle est incapable de le suivre dans des rêves qu'elle ne partage pas, rien ne semble l'intéresser au delà du hameau, de sa famille. Elle n'a, en vérité, aucune foi en lui, elle réduit d'un mot à l'état de chimère chacun de ses projets, et c'est pour elle qu'il s'est brouillé avec sa mère, quand il ne l'a pas osé pour Lucie ! Pour elle qu'il est venu se perdre ici, où la terre ne donne rien qui soit à la mesure du labeur consenti, le diable même ne pourrait féconder cette caillasse ! En un garçon, il se serait projeté plus facilement, ça l'aurait consolé de ses désillusions, mais elle n'a su lui donner qu'une fille, et pas trop drue, encore. Enfin, il faut bien accepter qui le Seigneur envoie. Sur la plus ancienne photo que j'aie de moi, il me tient dans ses bras, souriant, au pied du viaduc.

La vie devient toujours plus difficile. Il a beau se démener, s'obstiner sur ces schistes et ces granits relève de la folie pure. Tandis qu'il laboure, épierre, sème, sarcle sous le ciel imperturbable, il se prend à blasphémer, l'existence lui apparaît comme une gigantesque duperie. Il s'est rêvé ingénieur agronome, et le voilà à tirer de malheureux sillons dans la pierraille, à affûter sa faux sur des prés impossibles pour trois bottes de foin, trimballer des hottes de terre sur son dos pour refaire les chambas après l'orage ! Pourtant, il ne veut encore rien entendre de la ville, de l'usine où tout le pousse, ici, il est son propre maître, au moins, et il n'offrira pas à Marthe la jubilation de sa défaîte, moins encore ne s'humiliera-t-il à lui emprunter de l'argent. Le soir, fourbu, il ne peut s'empêcher d'accabler son épouse sous la masse de ses récriminations. Elle apprend à courber le dos sous ses reproches les plus injustes, ses colères impromptues, il ne sert à rien d'essayer de lui faire entendre raison. Ça finira par s'arranger, ce n'est qu'une mauvaise passe ! Ils trouveront tôt ou tard une meilleure ferme, gagneront davantage, et tout s'éclairera. C'est sa belle-mère la coupable, qui s'ingénie perversement à la persécuter à distance, elle comprend qu'il étouffe, ici, qu'il aurait préféré rester au Champ de l'Être, mais supporter la tyrannie de Marthe, qui l'aurait pu ?

Elle est enceinte à nouveau. Cette fois, Dieu lui sourira peut-être, elle aura un garçon, et bien portant. Le petit frère nous arrive par une nuit de plein hiver. Eugène m'arrache à la chaleur crissante de ma paillasse bourrée de feuilles de fayard au milieu de la nuit pour me conduire chez notre voisine, puis il s'en va, affolé, chercher la sage-femme sous la bise. Léa vient de ressentir de violentes douleurs, elle a trop vite perdu les eaux, découvert que l'enfant se présente bizarrement, tendant un pied, une menotte, cette fois, elle y passera, c'est sûr ! Dès le début de sa grossesse, elle a eu un mauvais pressentiment – il faut dire qu'elle a trouvé, menant les bêtes aux champs, le cadavre d'une vieille allongée à plat-ventre dans la boue du ruisseau, le visage dans l'eau. Plutôt que d'aller tout de suite chercher de l'aide, elle a retourné la malheureuse que le chagrin avait réduite à venir se détruire là – ah, ces yeux grand ouverts ! Plantant là vaches, moutons et chèvres, elle a couru comme une folle, couru à en perdre le petit qui grossissait son ventre, pour s'abattre finalement devant son mari stupéfait. Nuit après nuit, pendant un bon mois, elle a revu le vieux visage boursoufflé et les yeux fixes, craint que le bébé en naisse marqué. Il est venu à l'heure, et bien constitué, mais de travers. À force de manipulations, la sage-femme a réussi à le tourner un peu, mais il est né quand même par le siège, au prix d'une torture interminable, à perdre la raison.

Cette naissance, elle me l'a racontée aussi. Nous ne connaissions pas notre chance, de ne porter que des enfants choisis et d'accoucher dans le confort de l'hôpital ! Elle avait dû faire bon accueil à tous les gosses que l'égoïsme propre aux hommes lui avait envoyés dans son lit, elle. Quand j'ai senti ce pied, cette main ! Tu te rends compte, dans cette ferme, sans anesthésie ! La sage-femme faisait ce qu'elle pouvait, ton père, ta grand-mère me tenaient les bras et les jambes, je hurlais, j'aurais voulu crever ! Ton frère est enfin sorti, il était tout bleu, on a cru qu'il était mort, il a fallu lui jeter de l'eau, le gifler, moi, je m'étais évanouie. Quand je suis revenue à moi, j'ai pas même demandé ce que c'était, j'avais bien trop souffert, je voulais juste dormir, dormir ! Elle rit – ah non, vous la connaissez pas, votre chance, vous savez pas ce que c'est, que de souffrir ! Il y a dans sa voix une nuance de mépris, cette souffrance-là signifie encore pour elle quelque chose de l'expiation biblique. L'écoutant, je me suis représenté mon père rôdant dans la cuisine, avant qu'on ne l'appelle à la rescousse. Coupable, j'en étais sûre – malheureux en tous cas de ne pouvoir prendre sur lui cette douleur, prêt à renoncer aux plaisirs fugaces de la chair pour ne plus provoquer cet écartèlement, ces cris qui n'en finissaient pas. Dieu était bien vindicatif, d'avoir voulu que notre espèce se perpétue de la sorte ! Peut-être la malédiction d'être femme lui est-elle apparue dans toute son ampleur, cette nuit-là, ô combien disproportionnée à la faute originelle ! Les douleurs de l'enfantement, mais aussi tout l'ensemble de l'ordinaire servitude accepté comme allant de soi, la solitude. Il a eu honte sans doute de l'avoir aussi mal traitée, de lui imputer la responsabilité de tout ce qui avait mal tourné dans sa vie – les cris qui venaient de la chambre, il n'avait entendu aucune bête les pousser !

Elle survit, et le petit frère a droit à quelques mois de trêve. Il est heureux d'avoir un fils, il s'est promis de s'amender, ses principes sont assez prégnants pour attiser ses remords, quand il se laisse aller à les trahir. Ne sait-il mieux que quiconque où sont le mal, le bien, lui qui prêche au temple le dimanche quand le pasteur doit s'absenter ? Les gens du hameau, du village font l'éloge de ses bonnes idées, quel dommage qu'il soit aussi entêté, disputeur ! Il refuse de faire baptiser le nouveau-né, comme il a fait pour moi. Ma mère rechigne, mais s'incline – elle n'aime pas les qu'en dira-t-on, mais qu'objecter à ses arguments ? Tiens, on lui met pas l'eau, chuchotent les gens quand on le présente au Temple, elle se détourne, génée, il a encore une fois trouvé moyen de ne rien faire comme les autres. Mais il est convaincu d'avoir raison, le baptême est chose trop sérieuse pour qu'on engage à leur insu des nourrissons.

Bien vite, l'existence reprend son cours ordinaire. La mauvaiseté qu'il déplore si fort, qu'il sait au fond de lui tapie, prompte à toutes les ruses pour tromper sa volonté, le tenaille à nouveau. Champ de bataille il s'éprouve, entre l'aspiration qui le tire vers la lumière, le beau et le bon, vers son Dieu, et les séductions louches du

Malin, qui finissent toujours par l'emporter. Se conduire en bon époux, comme il se l'est juré lors de la naissance de Jacques, demande trop de vigilance, l'ennemi est rusé, les opportunités lui sont bien trop nombreuses, en cette vie de chien, il prend même l'apparence du bon sens, quelquefois, de la pure logique, comme le mensonge celle de la vérité. Un nouvel enfant s'annonce, d'eux au moins la nature n'est point avare. Cette fois, la ferme est indiscutablement trop petite pour nourrir tout ce petit monde, il ne lui reste qu'à trouver un travail en ville comme tant d'autres. Il hésite encore, cependant, et quand il croit lire dans les yeux de Léa ce qu'il se reproche lui-même, se convainc qu'elle le tient pour bon à rien, sauf pérorer, il lui en veut davantage, s'emporte contre le monde entier. Il maigrit, une inquiétante fixité hante parfois son regard. Il s'en prend à Fanny, c'est elle qui l'a attiré dans ce trou par l'entremise de sa fille et l'y retient. Ma mère prend peur, comment peut-il cracher tant de venin contre une pauvre femme sans défense qui ne songe guère à se mêler de ce qui ne la regarde pas, quoi qu'elle en pense ? C'est bien plutôt sa mère à lui qui le monte contre elle ! Des années durant, je les entendrais se jeter leur belles-mères à la tête, dans leur désespoir de se savoir liés à vie, elle, à un homme sans foi malgré les apparences, lui, à cette femme qui ne comprend jamais rien. Que n'a-t-elle écouté la cousine Mélie, qui l'avait prévenue ! Et lui, attendu plus longtemps avant de se passer la corde au cou !

Qu'il accuse sa mère de vouloir détruire leur foyer est plus que Léa ne peut supporter, elle se surprend à le haïr. Lorsqu'elle se trouve seule, elle parle à voix haute pour alléger le fardeau de sa vie, en longues doléances, elle prend à témoin un Dieu dont elle espère encore la miséricorde. Qu'il abaisse son regard sur elle, qu'a-t-elle fait pour mériter ça ? Parmi tous les hommes possibles, pourquoi a-t-il fallu qu'elle s'éprenne de celui-là ? Ah, il en a fait, des chatteries, après la naissance du petit, cet hypocrite ! Il est si beau parleur ! Il jure si bien qu'il l'aime, que plus jamais ! Il peut prêcher, le dimanche, semer la bonne parole, ça ne l'étouffe pas, de faire tout le contraire de ce qu'il dit ! Si les gens savaient ! Elle-même, quelle imbécile, de se laisser prendre à chaque fois à son bagout ! Chattemite ! Tout ce qu'elle a gagné, c'est d'attendre encore un gosse ! Si seulement elle avait su ! La vie n'était pas drôle, quand elle était bonne chez les Desrieux, Monsieur, un grand bourgeois guindé, la blessait en toute occasion, elle avait bien souvent pleuré, les premiers temps, tremblé de briser les tasses de porcelaine ou de brûler les nappes damassées, les chemisiers de soie, mais elle y était mieux qu'ici, si pénible qu'il ait été d'encaustiquer les parquets, briquer les cuivres, l'argenterie, repasser des corbeilles et des corbeilles de linge et de draps ! Comme elle les regrette, à présent, ces années d'insouciance, malgré la guerre ! Au moins, on l'estimait, dans la grande maison, Madame l'avait prise en affection, la vieille Demoiselle aussi, on appréciait son travail, on l'en félicitait ! Et il y avait Paul, le neveu trop vite disparu de ses patrons, qui venait sans façon l'aider à la cuisine, qui s'indignait, mais on vous laisse à peine respirer ! Un soir, il l'a rejointe au jardin, lui a dit qu'elle lui plaisait... Mais il s'est fait tuer peu après, il gît quelque part sur le plateau du Vercors. Si elle avait épousé celui-là, elle serait une dame, à présent, mais le sort lui a réservé cet entêté, la vie est mal faite, vraiment trop mal. Sans les petits, ceux déjà là, celui à naître, elle serait déjà allée se flanquer dans un trou d'eau, comme la vieille de la ravine ! J'ai bientôt trois ans. J'écoute, sans comprendre – plus mon père se fait méchant, plus il crie le soir, plus elle se perd en monologues, je ne compte plus pour rien, Jacques non plus.

Il ne me reste de cette aube que des bribes, dont je ne saurais dire si elles sont souvenirs authentiques, quelques anecdotes rapportées par mes parents – mes désespoirs d'automne, par exemple, quand les pommes barulaient au ruisseau où elles allaient toutes se « gapiller », mes échappées vers la maison de Fanny, les soirées chez notre voisine, passées à trier des haricots secs de toutes les couleurs, ce jour d'été où Léa faillit mourir de peur en me voyant jouer avec une vipère, morte, le ciel en soit loué ! Ces heures, surtout, passées sous un sapin entre les grilles du petit cimetière du fond du jardin à tricoter des bouts de laine avec des hampes de feuilles de châtaignier. Où vas-tu donc, petite ? Eh, je vais à la cimetière, chercher des babelous... Sourire de ma mère, petit frémissement, en moi, cette dernière image n'est pas pour me déplaire, de la fillette de trois, quatre ans, faisant sa « brouchilla » dans l'enclos familier des morts. Cependant, mes images à moi sont plus brutales, plus troublantes, qui touchent au don la vie, de la mort. Un jour, je vois mon père abattre sous mes yeux la chienne Cybèle revenue de ses courses erratiques sur les moignons de ses pattes de devant sectionnées par la micheline, un autre, je l'épie qui aide une vache à vêler. Je me suis faufilée dans l'étable interdite, et s'enfle encore en ma mémoire la membrane bleuâtre du placenta, s'enfle et se ratatine, gluante et molle, tandis que tonne la voix paternelle, mais veux-tu filer d'ici ! Il y a aussi cette fois où je le surprends nu, en se changeant dans la chambrette où je fais ma sieste il m'a réveillée, et se découvre à mon regard incrédule ce qui doit demeurer caché... Ils sont neutres à présent et déchargés d'affect, ces débris de prime enfance, ils ne l'ont pas toujours été. J'ai fini par les épingler sur la toile de fond de mon aube indistincte comme un entomologiste des papillons une planche, ils ne me parlent plus, ni ne m'émeuvent, ils ne sont à peine des images, plutôt des assemblages de vocables morts.

La ville industrieuse où ma famille s'établit renaît des vicissitudes de la guerre, des cohortes toujours plus nombreuses de paysans croupissent dans les taudis de ses venelles tandis que les bourgeois continuent d'habiter les hauts, près des couvents, hors de portée des odeurs nauséabondes qui montent des eaux corrompues des deux rivières et des fumées des hautes cheminées de briques rouges cerclées de fer. Mes parents la connaissent bien, cette petite ville noire et triste, jeune encore, il y portait les produits de la ferme maternelle, elle y a été domestique. Monsieur Desrieux a offert à Eugène une place de contremaître, en sus du salaire il nous loge dans les dépendances de la grande maison, nous disposons d'un jardin, d'un verger, d'un champ de pommes de terre, Léa lui est reconnaissante d'avoir pensé à nous, la vie, ici, devrait être plus douce !

Deuxième sol, deuxième strate. La combe sous les tilleuls m'a faite « fille d'ouvriers » d'une façon aussi indélébile que les Boutières, huguenote.

Mon père trouve tout de même à sa reddition quelques motifs de fierté. Non seulement il n'a rien demandé à sa mère, pas un sou, mais il est mieux loti que bien d'autres. Toute sa vie il s'est fait gloire de cela, il ne possèdait rien, pas même un toit pour abriter ses vieux jours, mais il n'avait jamais rien demandé, jamais il ne s'était abaissé à *quémander*, ni même à emprunter. Le sort avait pu s'acharner, en refusant d'aliéner son indépendance il avait conservé sa conscience pour lui, cultivé le sentiment du devoir accompli sans faiblesse, tout le monde ne pouvait pas en dire autant. Puisqu'il avait engendré quatre enfants, il les installerait dans la vie, les pousserait aussi loin qu'ils voudraient bien aller. Il l'a fait, mais c'était sans doute trop d'orgueil, il l'a bien cher payé, et nous aussi – mais telle était l'idée qu'il se faisait de l'honneur, qu'il m'a transmise. L'obligation morale de ne rien devoir à quiconque lui était, m'est dans une moindre mesure ferment inépuisable d'auto-justification, plutôt n'arriver pas qu'à n'importe quel prix! Tant de rigidité n'a pas toujours suffi à contrecarrer le soupçon qu'il avait par sa faute raté sa vie, qu'avec un peu plus de souplesse... Mais plutôt que de le reconnaître, il se prenait de dépit contre tel de ses cousins qui avait mieux réussi. J'ai dû bien souvent, pour ma part, réprimer l'envie qui me venait de la réussite de tel ou tel, qui s'était distingué au prix d'un compromis qui n'avait rien de déshonorant.

Je me l'étais bêtement refusé, mais tant de rigorisme servait sans doute d'alibi à ma terreur pathologique de « manquer », si je quittais les rails de mon métier, si peu gratifiant fut-il. Quoi qu'il en soit, pareille « vertu », si c'en est, constitue plutôt une faiblesse, Eugène n'a pu empêcher cette fierté de ne rien devoir qu'à lui-même de tourner à l'aigre, je me suis ingéniée à me mettre des bâtons dans les roues et à organiser moi-même mes impasses, mais il était, je suis ainsi faite, il n'y pouvait, je n'y peux rien. Il n'a pu, quoi qu'il ait entrepris, briser les barrières de l'enclos trop étroit où les circonstances l'avaient parqué, il est tout juste parvenu à s'élever de la franche misère à une pauvreté décente, et si j'ai mieux « réussi » que lui, j'ai laissé fuir tant d'opportunités que j'aurais bien mauvaise grâce de me plaindre.

On appelle « Croix de mission » la rue abrupte sur laquelle s'ouvre l'usine. Ce n'est pas son nom véritable, et d'ailleurs elle ne s'orne d'aucune croix, le temps a du passer par là et on l'appelle ainsi par la force de l'habitude. Elle prend naissance, sur le plateau, de la route de la montagne, paresse quelques kilomètres entre les hauts murs ébréchés propices au lierre et aux fougères des propriétés des maîtres de la ville, où de vastes demeures assoupies sous les cèdres bleus vivent leurs derniers beaux jours, puis elle plonge sur la ville entre deux égoûts à ciel ouvert où de gluantes eaux noirâtres entraînent d'indescriptibles immondices, et les jours d'abattage chez un charcutier en gros, des flots de sang de porc. Les rats y prospèrent, obèses et galeux, qui se faufilent en couinant d'une rigole l'autre pour notre effroi. Elle est si raide, la Croix de mission, si tortueuse, qu'aucune charette, pas même une voiture ne saurait l'emprunter. Elle s'assagit pourtant devant l'entrée béante de l'usine

Desrieux, peu pressée dirait-on d'aller mourir entre les bistrots de la place Gaston Colas, face aux tanneries qui enserrent la rivière en un canyon crasseux.

Notre nouveau logis est bâti à l'ombre de vénérables tilleuls, dans le fond d'une autre combe – il semble que nous soyions voués aux creux. La maison est tout à fait quelconque. Côté ruisseau, elle présente deux étages au dessus de la cave, côté colline, le niveau supérieur ouvre sur une cour. Nous la partageons avec un vieux couple paisible qui a la charge des magnifiques percherons de l'usine.

La cave fleure l'odeur douceâtre des betteraves sucrières que ces énormes bêtes affectionnent, les pommes de terre, le charbon et le vin qu'on tire au tonneau. Léa y a tremblé pendant la guerre, elle nous l'a conté souvent – quand les Allemands sont venus nous nous sommes cachés là, Madame Desrieux, la vieille Demoiselle et les enfants, nous pensions que nous serions plus en sûreté que dans la grande maison, mais pensez-vous ! Ils fonçaient comme des sauvages, en criant « rauf, rauf », comme ils font, ils saccageaient tout, on nous avait dit... Mais ils sont arrivés par là, ils se sont battus dans les vignes, en face, partout. De la cave, on entendait tout, on priait. Tout à coup ils ont enfoncé le portail, envahi la propriété, rauf, rauf, ils sont entrés dans la maison, ils ont fouillé, renversé les meubles, cassé la vaisselle, puis ils sont descendus, il y en a un qui a flanqué un grand coup de pied dans la porte, j'avais la main sur la bouche de la petite, la vieille Demoiselle priait toujours, Madame Desrieux tenait son fils sur ses genoux, toute pâle, je vous dis pas la frousse qu'on avait ! Mais on leur a donné un ordre, ils sont partis, le château des Fautrier leur a semblé plus intéressant, ils l'ont tout dévasté !

Au dessus de la cave, un appartement vide sert de débarras. Le plus invraisemblable bric-à-brac s'y amoncelle sous la poussière et les toiles d'araignée. Nous y jouons les jours de pluie, mais il ne s'anime vraiment qu'en août, pour la cérémonie du miel. On ouvre tout grand les volets, les fenêtres, on découvre l'extracteur qui trône dans un coin sous une toile cirée, on y entasse les cadres ruisselants dans le bourdonnement des bestioles pillées qui protestent en vain. Le reste du temps, il est caverne d'Ali-Baba ou bien entre antre de l'ogre, au choix. Nous habitons trois pièces, au dessus. Par un auvent fleuri qui abrite un téléphone incongru, on pénétre dans une cuisine aux murs fanés où il n'y a pas même l'eau courante. Il faut aller la chercher à la pompe sous le tilleul, la charrier dans des brocs, des seaux, aussi ne nous lave-t-on qu'une fois par semaine dans un baquet, et l'hiver, moins souvent encore, parce que le gel l'interdit, ce qui ne manque pas de nous humilier, les jours de visite médicale impromptue. Une pièce un peu plus grande sert de salle à manger, qui a été meublée d'un buffet jaune sombre strié de brun, d'une grande table carrée et de six chaises assorties, ainsi que d'un divan où je dors. Les petits partagent la chambre des parents, une pièce sur pilotis qu'on a ajoutée à l'ensemble, dont les murs de mœllons n'empêchent pas le papier peint de se couvrir l'hiver d'une pellicule de glace, tandis que l'eau gèle la nuit dans les bouillotes. Ce n'est pas le confort, donc, mais c'est le paradis, à côté des logements immondes où s'entassent les ouvriers qui viennent comme nous de quitter les campagnes environnantes, nous avons de la place, ce n'est pas tout à fait la ville. Mon père peut continuer, sa journée terminée, à faire le paysan, et nous, qui grandissons, à jouer les explorateurs dans le boqueteau aux mahonias, les jungles qui bordent le ruisseau.

M'arrive-t-il aujourd'hui de prendre le chemin des Clavelles qui conduit tout droit de la combe à l'école, que je ne reconnais pratiquement plus rien. On l'a asphalté sur une bonne part de sa longueur, dissimulant les larges marches pavées sur lesquelles nous glissions les matins de verglas d'hiver, les murs qui me cachaient, enfant, les étagements de la ville me semblent étrangement bas, les lierres moins touffus, les orangers ont disparu, qui laissaient choir de la terrasse du château Fautrier de minuscules fruits immangeables, les vignes, les jardins. Un peu plus haut, il surplombe toujours la propriété, mais le regard ne plonge que sur les broussailles et les sureaux qui ont tout envahi, la vieille maison, l'écurie ont été vendues et refaites à neuf. Presque plus rien, de la combe aux tilleuls de mon enfance ! Elle ne survit qu'en ma mémoire, marquée par la véhémence contradictoire du père tantôt priant, et s'efforçant au bien, tantôt vociférant comme un possédé, tandis que la malheureuse Léa s'enfonçait dans son chagrin. Pareille enfance, je ne la souhaiterais à personne, même s'il en fut sans doute de bien pires, mais je ne l'échangerais, non plus, contre aucune autre. Elle m'est devenue, d'une réécriture l'autre, une manière de roman dans lequel je suis bien incapable de faire la part du réel, bien que j'aie de cette époque là des souvenirs très nets.

Tout va mieux, au début. Eugène est plutôt satisfait de sa nouvelle vie. Il sait parler, écrire un français impeccable, quand ses semblables bafouillent en patois, intimidés par l'inconnu, il a de l'ambition, des convictions solides. Il s'est vite brouillé avec les pasteurs des deux Églises réformées de la ville, qui ont trahi selon lui l'enseignement du Christ tout autant que la catholique, et il repeint le soir, après l'usine, les taudis qui bordent la rivière. Se sentant reconnu à sa juste valeur par son patron, il pâlit nuitamment sur des livres, histoire d'en remontrer au chimiste et parce qu'il s'est pris d'intérêt pour les métamorphoses de la matière. On fabrique chez Desrieux de la gélatine photographique à partir des monceaux de tripes verdâtres qui empuantissent la cour, dont nos chiens s'empoisonnent. Il se sent responsable de la bonne marche des choses, les dosages, c'est lui qui les fait, il n'est pas peu fier que l'observation, le savoir empirique issu du travail même lui permettent à l'occasion de rectifier les consignes reçues. Tout compte fait, mieux vaut gagner sa vie de cette manière que de se crever pour rien sur une terre trop avare, on y trouve au moins à s'instruire ! Léa respire – peut-être vont-ils vivre en paix.

Mon deuxième frère nait peu après notre déménagement. Un après-midi, Fanny nous retient dans la cabane à outils du jardin bien après que la pluie ait cessé. Lorsqu'elle nous libère enfin, il y a dans le berceau une petite chose vagissante, cueillie soit-disant dans un chou. Mais alors, pourquoi nous a-t-on enfermés si longtemps ? Et pourquoi notre mère est-elle couchée, toute pâle ? Je garde pour moi mes questions, on n'y répondrait pas, je le pressens, et le mystère reste entier, il ne m'effleure pas qu'il en va des humains comme des animaux que j'ai vus, pourtant, donner vie. Ma mère avait le ventre tout gonflé, il y a ce nouveau bébé, mais je ne fais aucun rapprochement, et d'ailleurs je n'y songe bientôt plus, le printemps est là, mon père m'a bêché un coin de terre pour y semer les graines de mon choix, donné deux lapins et un cochon d'inde, j'ai donc assez à faire. Le soir, Fanny nous raconte comment, bergère, elle bravait le loup, le sanglier, aidée du chien Fidèle, nous jouons au « mettez » ou aux petits chevaux, bref, nous vivons tranquillement, famille ouvrière comme tant d'autres. L'année d'après, une petite sœur s'annonce, qu'on cueillera, elle, parmi les roses.

Quelques années d'accalmie, donc. Mais à l'approche de la quarantaine, mon père cède à nouveau au trop plein de violence qu'il porte en lui, peut-être boit-il trop, sans être jamais ivre ? Peut-être est-ce la chasteté qu'il s'impose après la naissance de la petite sœur qui le tourmente ? Ou alors, le désespoir de sentir qu'il touche à des limites qu'il ne pourra plus repousser ? Tout cela à la fois ? Comment savoir ? Le fait est qu'à la moindre occasion son visage se congestionne, il fulmine comme le dieu de l'Ancien Testament, déversant sur la famille atterrée une ire incompréhensible. Quand la colère le prend, on dirait qu'un torrent d'après orage le traverse, qu'une puissance maléfique se saisit de lui, éructe par sa bouche. Il perd toute maîtrise de lui-même, gesticule, hurle, et notre mère lui fait face, elle en a assez enduré sans rien dire, elle se défend à présent, la pression monte, le ton aussi, les insultes volent, et les malédictions. J'ai sept, huit ans, je les déteste de se laisser aller à ces emportements. Je me sauve, les jours de crise aigüe, je m'en vais par les champs dire au vent mon malheur de petite fille condamnée à habiter avec ces deux furieux la « maison de la haine », comme j'ai baptisé la masure sous les tilleuls. Ça résonne de façon délicieusement tragique à mes oreilles, comme le titre d'un de ces romans-photos que ma meilleure amie d'école dérobe à sa mère. Elle ne fait que croître, cette haine dont j'ignore ce qui la motive. Mon père se sent persécuté, son intelligence inemployée lui désigne des ennemis dont il est convaincu qu'ils conspirent à son encontre, sa belle-mère, sa belle-sœur sont comme d'habitude boucs-émissaires faciles, mais aussi les grands de ce monde, il se brouillerait volontiers avec la terre entière, comme il l'a fait avec les pasteurs. Il faut bien que tout et tous se soient ligués contre lui, pour que rien ne se passe jamais comme il le voudrait ! La frontière est si floue, qui sépare le légitime orgueil de la paranoïa ! Rien ne le protège, quand la rage le prend, de ce qui confine au délire qu'un sursaut quasi-instinctif, plutôt que de céder aux impulsions brutales qui l'assaillent il s'en va en claquant la porte, enfourche sa moto, et le silence règne, un silence de mort, troublé par les sanglots de ma mère et des petits.

La maison de la haine, c'est exactement ça. Comme je le déteste, moi aussi ! Comme je les déteste tous les deux, qui paraissent se soucier si peu de nous, pris comme ils le sont dans la dynamique de leurs querelles incompréhensibles ! Je suis sûre que personne au monde n'est aussi malheureux que moi, un jour, je partirai, pour les punir. Je fuirai dans les bois, où je subsisterai de baies et de racines, ils me chercheront en vain, et ce sera bien fait pour eux. Ou bien, je m'imagine le jour de leur enterrement, je les ai fait périr d'une façon quelconque, un accident, un incendie, et je me vois élevant les petits dans l'admiration générale. La seule chose qui me gêne, c'est que je ne pourrai m'arracher une larme devant la fosse ouverte, il me faudra, pour faire la mine de circonstance, cacher un oignon dans ma poche. Je ne me suis jamais enfuie, pas plus qu'ils ne sont l'un ou l'autre partis se jeter dans le fleuve, n'ont divorcé. Des mots, tout ça. Mais j'ai commencé à me sentir coupable, déchirée, ne devait-on, comme on me l'enseignait à l'école du dimanche, aimer et réverer ses parents ?

J'ai peine à les reconstituer aujourd'hui, les terribles scènes qui ont jalonné notre enfance. L'une m'est restée, paroxystique – l'usine Desrieux avait fermé, mon père se retrouvait au chômage. Ma mère avait trop salé la soupe, ou tisonné le poèle trop fort, toute occasion lui était bonne, soudain, il s'est mis à l'injurier plus violemment que jamais, la traîner dans la boue, blessée, elle le lui a copieusement rendu, j'allais sur mes dix ans, je crois, je me suis jetée entre eux qui menaçaient d'en venir aux coups, dégrisé, il est resté stupide, puis il s'en est allé, on a entendu sa moto vrombir, et Léa m'a prise à témoin, il est fou, tu vois bien, il faudrait le faire enfermer, mais qu'est-ce que j'ai fait au bon dieu !!! Je n'ai rien dit, j'éprouvais le sentiment confus d'avoir été manipulée, interférant dans leur cirque conjugal. Il n'avait jamais porté la main sur elle, il ne l'aurait pas fait cette fois non plus, je m'étais juste tournée en ridicule en me jetant sur lui, je suis allée me coucher en souhaitant qu'il ne reparaisse jamais. Toute la nuit, de l'autre côté de la cloison, j'ai entendu ma mère sangloter, pleurer sur elle, sur lui – je ne comprenais pas, elle le détestait, ou non ? Elle voulait divorcer, ou non ? Ah, qu'ils disparaissent tous les deux, que le sol se fende sous leurs pas ! Je n'en pouvais plus, moi non plus. Il est revenu le lendemain, le visage fermé. Comme d'habitude, elle a fini par mendier une réconciliation. Comme d'habitude, il a boudé une semaine ou deux avant de lui céder, et la vie a repris son cours jusqu'à la prochaine éruption.

La violence nous est si familière que la paix nous parait étrange, elle n'est jamais, nous le savons, qu'intermède entre deux assauts. Dès qu'il y a menace, je me renferme comme une clématite, j'attends que ça passe, et ça passe, mais toujours ça revient. Aujourd'hui encore, il n'est rien que je craigne autant que les déferlements de haine, rien qui me laisse démunie comme la violence nue, fut-elle mienne. Qu'est-ce qui peut bien l'empoigner, mon père ? Le mettre aussi littéralement hors de lui ? Faire exploser son vernis de civilisé ? Il se débat, pourtant, contre ce mauvais autre qui l'investit périodiquement, que ne donnerait-il pour s'en défaire ! Tout au désir de s'amender, il se laisse séduire par une communauté religieuse de l'espèce des Témoins de Jéhovah, dont le maître à penser se dit l'envoyé de l'Éternel. C'est qu'il a de plus en plus soif de transcendance et de justice, ce colérique qui voudrait n'être que bon, ses impulsions lui font peur, il craint de n'en pouvoir venir à bout sans aide plus qu'humaine. Jamais il n'a douté de l'existence de Dieu, mais il a besoin de raisons plus précises d'espérer, et comme les églises officielles l'ont déçu, il croit les trouver dans les écrits de ces gens qui se disent frères, discutent avec lui théologie, il est tellement épris d'harmonie et de paix! Il aime leur vision du Royaume, qu'il m'explique en me commentant une image où l'on voit un enfant en robe blanche paître des agneaux parmi les lions et les loups, un rameau d'olivier à la main. Ce n'est pas là le moindre de ses paradoxes à mes yeux – si emporté, si terrible, et tout à coup, tendre, soucieux de me convaincre, de me faire partager sa vision.

Mon père, Dieu, et moi... A huit, neuf ans il m'explique pourquoi je ne peux pas aller au catéchisme avec mes camarades de classe, ni ne ferai avec elles ma première communion : nous ne sommes pas de leur religion, il me faudra attendre d'être en âge de comprendre, de demander le baptême de mon plein gré, on ne vient pas au Bon Dieu pour une robe blanche et une montre ! Mais je n'ai rien à craindre, il m'a « présentée » à Lui. Cette étonnante déclaration le conforte dans l'éminente position où je l'ai déjà placé, voilà bien une preuve, s'il m'en fallait une, qu'il n'est pas un homme ordinaire, s'il peut attirer sur ses enfants l'attention du Créateur ! Les autres peuvent me menacer de l'enfer ! J'ai joué très longtemps avec cette idée, du père me « présentant » à Dieu, jusqu'à ce que je découvre que ce n'était pas une innovation audacieuse de sa part, mais un recours possible dans la religion réformée, ça collait tellement bien avec le reste de mes fantasmes ! Je me suis sentie très vite fière qu'il ait respecté ma liberté future de m'engager, où non, dans la communauté des chrétiens. C'était ainsi que je l'aimais, respectueux des valeurs établies, mais aussi longtemps seulement qu'elles ne heurtaient pas son entendement, l'idée qu'il se faisait de notre liberté, une trop haute idée peut-être, mais à laquelle je tiens, ne serait-ce que parce qu'elle nous tire tant soit peu vers le haut.

Chrétien toute sa vie, Eugène, même dans les moments de moindre ferveur. Vers la fin de sa route, il a confié à ses cahiers qu'il avait pressenti Dieu dans son émerveillement de garçonnet devant la magnificence de la nature. Il était né dans la noirceur d'une ville minière, et chez ses grands-parents, auxquels on l'avait confié pour quelques temps, il avait découvert avec le grand air les couleurs, les odeurs puissantes de la montagne, adhéré tout de suite aux belles histoires que la femme du pasteur contait lors de chacune de ses visites. Cette foi enfantine a crû au fil des ans, puis elle s'est affaiblie, au fur et à mesure des vents contraires, mais elle ne l'a jamais abandonné tout à fait, elle a rejailli plus vive aux entours de la quarantaine, puis, dans ses dernières années. Il avait tant besoin d'être entendu, compris et pardonné ! Ce qu'il ne pouvait attendre de ses enfants trop jeunes, de sa femme trop différente de lui, il n'a cessé de l'espérer de ses « frères », même si leur lien s'est longtemps distendu. Il les savait quelque part, leur domaine lui serait refuge, au besoin, ça l'aidait à tenir dans les mauvais jours. Il s'est efforcé de guider mes pas d'adolescente vers ce Dieu, qui faisait fi des institutions corrompues, un dieu exigeant, mais enclin à la grâce si l'on s'en remettait à lui – mais je l'ai perdu très vite, et de son fait : ne m'a-t-il toujours invitée à réfléchir, plutôt que de me contenter de croire ? J'ai encore le souvenir très vif des longues conversations que nous avions, vers quinze, seize ans, et qui exaspéraient ma mère. Il s'efforçait de me montrer qu'il fallait revenir à l'enseignement christique dans sa pureté, chasser encore une fois les marchands du temple. S'il revenait, Jésus, affirmait-il, on le fusillerait sans barguigner, ce trouble-fête. Et j'acquiesçais, c'était tellement évident ! Pourtant, la foi m'a désertée lorsque j'ai découvert, un peu plus tard, l'amplitude du mal, elle ne m'est jamais revenue. Il l'a déploré bien souvent, vers sa fin, mais si j'ai essayé de le comprendre, je n'ai pu partager l'interpellation qui n'avait cessé de retentir en lui, pour son remords longtemps, pour sa paix, sur le tard, par un Juge qui sondait les cœurs et les reins avec équité, dans lequel je n'ai jamais perçu que la voix sublimée de sa conscience torturée. Parcourant les terres en gestation d'Islande, j'ai « éprouvé » si j'ose dire, le dieu-nature de Spinoza, pure immanence impersonnelle, mais celui d'Eugène, jamais, dont Primo Lévi a si bien lu l'inexistence dans ce que des hommes ont pu commettre sur d'autres hommes, commettent toujours.

Nous déjeunons avec les « frères ». Léa marmonne à la cuisine quel hypocrite, avec sa voix sucrée ! Ah, je t'en ficherais, moi, des chers frères ! S'ils savaient ! Elle grommelle, mais elle les reçoit, les nourrit, nous regardons avec étonnement le père doux comme un agneau, nous l'écoutons dire une prière avant de rompre le pain, est-ce bien le même homme, qui se fait obséquieux envers ces étranges invités ? Notre mère a raison, ce ne sont que des simagrées, nous savons bien qu'eux partis tout recommencera – nous avons même hâte qu'ils partent, à tout prendre, nous préférons la tension habituelle à ces bondieuseries. Hypocrite, il ne l'est pas, mais je suis encore bien trop jeune pour connaître les méandres de l'âme. Je lis la prose de ces gens aux cabinets, ils envoient leur journal en cinq exemplaires, mais le prosélytisme n'est pas le fort d'Eugène, et Léa les suspend à un fil de fer dans le seul endroit où ils puissent avoir un usage. On y trouve chaque fois l'histoire édifiante d'une conversion, bien souvent, il s'agit d'un couple déchiré qui, touché par la grâce, rencontre la paix en même temps que le Seigneur. Je me dis que ça arrivera peut-être à mes parents, mais non, quelqu'effort qu'il puisse faire. Un jour, il décide même de nous mettre au régime végétarien que doivent suivre les disciples du maître, trois bouillies de céréales par jour, que ma mère passe au moulin à café en pestant. Ça ne tient guère au ventre, c'est parfaitement insipide, l'expérience tourne vite court. Mais il n'ose congédier les « frères », il ne reconnaîtrait pour rien au monde s'être trompé, il les reçoit comme si de rien n'était, bénit avec eux le repas chaque fois qu'ils se présentent. Dans le secret de son âme, il en veut peut-être au Tout Puissant de ne pas se manifester, de le laisser se débrouiller seul de l'adversité, seul affronter la sauvagerie des pulsions qui l'amènent quoi qu'il en aie à blesser, à détruire. Quand il fait honnêtement son examen de conscience, il lui faut convenir que Léa n'est pas la première responsable de son malheur, c'est lui qui l'a recherchée, courtisée, elle mène une vie encore moins drôle que la sienne, dans cette maison insalubre où les gosses sont toujours malades – mais rien à faire, il ne peut s'empêcher de lui chercher noise, de lui en faire voir de toutes les couleurs. S'il se démène en vain contre le cours indifférent des choses, trop intelligent pour se contenter de la place qu'il occupe, trop honnête et surtout pas assez instruit pour pouvoir la quitter, désespérément agrippé à ses grands principes alors que tous les dés sont pipés, elle n'y est pour rien. Malheureux tous les deux comme ne le sont pas les pierres du chemin. Il faudrait tout planter là, partir. Ou bien, se supprimer. Mais il n'en a pas le droit, il y a les gamins qui n'ont pas demandé à naître et qu'il faut élever, de la lâcheté pure et simple, que de se jeter dans le Rhône ou de trouver refuge chez les « frères ». Si seulement il avait quelqu'un à qui parler ! Judith est encore trop petite, il n'a pas d'amis, il se sent plus seul qu'un chien. « Le chien », c'est d'ailleurs ainsi qu'il se désigne, quand il part en claquant la porte.

Oui, c'est bien la maison de la haine. Je n'ose pas souvent inviter mes camarades de classe, le père est tellement imprévisible ! Pourtant, tout n'est pas toujours sombre, ainsi, il s'est improvisé apiculteur, le jour venu de priver ses abeilles du fruit de leur labeur, c'est fête ! On tire l'extracteur au milieu de l'entresol, les parents s'attifent hermétiquement, le visage protégé par un bout de vieux rideau, dûment gantés et chapeautés, l'enfumoir à la main, ils vont vider la ruche tandis que nous restons prudemment à l'écart, et bientôt le miel coule de la centrifugeuse dans les grosses « biches » de grès brun, nous suçons des morceaux de cire avec délectation tout en tournant la manivelle. Un jour, il entreprend d'endormir les insectes par la seule fumée de sa pipe, il a lu quelque part que c'était suffisant. Mal lui en prend, ils l'assaillent et il ne doit son salut qu'au ruisseau proche. Chaque fois qu'il sort la tête du trou d'eau, l'essaim se précipite sur lui et il replonge, nous n'en pouvons plus de rire, à le voir reprendre son souffle et remettre aussitôt la tête sous l'eau, et quand enfin les abeilles se lassent, il rit, lui aussi. Toute une poussière d'embellies me vient en mémoire, et ce sont ces petites choses, les parties de pêche sur les lônes, les vacances chez les tantes ou les grand-mères, les « licounettes » que la mère fabriquait avec la voisine, de l'angélique, du vin de noix, le chien Pintole qui courait après sa queue ou le « chat bleu » qui terrifiait mon frère, quand il fallait aller aux cabinets derrière l'écurie par nuit noire, les histoires de Fanny, qui ont rendu, finalement, cette enfance moins sombre qu'on ne le pourrait croire.

J'ai six, sept ans. Le monde se scinde pour moi en quatre parts d'inégale valeur : la maison et ses dépendances, humble domaine de ma mère où le père irascible fait figure de tourbillon dévastateur, l'usine, où Eugène règne à mes yeux juste au dessous des maîtres, l'école, et le salon de la grande maison des Desrieux. Ma mère a vite déchanté, dans la combe sous les tilleuls ! Les enfants qui grandissent dévorent le salaire de son homme et les allocations en rien de temps, les jours filent, l'un tout pareil à l'autre, dans le tunnel sans fin du travail domestique. Elle ne sait pas, quelquefois, le matin, ce qui lui donne le courage de frotter les planchers immuablement gris de la vieille bicoque en se demandant ce qu'elle pourrait bien « mettre » pour midi, de lessiver, de coudre, après avoir passé une nuit blanche, une de plus, à veiller nos fièvres. Elle broge, soupire, tout ça sans un mot gentil, un sourire, ça leur est dû, aux mioches, à Eugène, pourquoi songeraient-ils à lui dire merci ? Je ne l'aide guère, il faut le dire. Je passe le plus clair de mon temps à courir par monts et par vaux, tandis qu'elle va son train, assujettie à sa marmaille, aux corvées quotidiennes, aux humeurs de son homme – elle plie bien souvent, mais ne rompt pas, malgré la vie qui colle aux doigts comme pâte à tarte ratée. Elle s'est remise à parler à voix haute, quand elle est ou se croit seule dans sa cuisine, à prendre le bon Dieu à témoin de ses misères, mais il s'en fiche bien, le bon Dieu, y croit-elle seulement encore ? Elle ne prie plus depuis longtemps, elle n'ose plus aller au temple à cause des coups d'éclats de son mari, elle se contente de jeter dans le vide les longues plaintes qui naissent de sa souffrance, si seulement elle pouvait aller se fiche au Rhône, ou sous le train ! Ils verraient, alors, ils verraient ! Mais il y a les petits, mais il y a elle ne sait trop quoi qui la retient en vie, l'amour de cet homme, peut-être, malgré tout, alors elle reprend le collier, l'âme rompue.

Ah non, il n'est pas rose, le domaine de Léa ! Les jours de lessive d'hiver, il faut briser la glace du ruisseau pour y rincer les draps, les bleus d'Eugène, les nippes des gamins, les reins moulus, les mains violacées et gercées, tandis que nous menons des danses de sauvages autour de la lessiveuse. Elle ne peut même pas s'offrir les services d'une femme de peine, il faut rogner sur tout, elle n'a eu droit à une « laveuse » qu'à la fin de sa dernière grossesse. Et de plonger les draps de plomb dans l'eau glacée, les battre sur la planche, les laisser s'éployer dans le courant, les ramener, les battre encore, les genoux douloureux malgré la paille, les essorer enfin, tandis que nous courons, rions autour du feu, y ajoutant des bûches en prenant garde aux bouffées d'eau bouillante, dans l'odeur âcre de la vapeur. Corvée pour elle, fête pour nous, que les jours de grande lessive. Un jour, Jacques juché sur un vélo beaucoup trop grand pour lui dérape sur le petit pont verglacé et plonge la tête la première dans la vasque, sous la cascade, dans un grand bruit d'éclaboussures et de stalactites brisées. Elle le tire de l'eau tout ahuri, ce sale gosse n'en fera jamais d'autres, il a failli se noyer, il va attraper la mort, et le linge est tout sale de nouveau, ils finiront par avoir sa peau, tous autant qu'ils sont ! Fanny en tombe malade d'émotion, et le petit, qui s'en est tiré sans un rhume, va répétant à qui veut l'entendre dis, pourquoi c'est les femmes qui sont malades, quand tu tombes dans l'eau ?

Les malades, c'est tout de même nous, le plus souvent. La ravine est tellement humide, la maison si froide que nous allons neuf mois l'an d'une angine l'autre, quand ce ne sont la coqueluche, la varicelle, les oreillons. La typhoïde nous terrasse l'un après l'autre, l'eau du puits est malsaine, mon plus jeune frère manque même d'en mourir. Bientôt, les diagnostics maternels sont aussi sûrs que ceux du docteur, elle pourrait se passer de lui, sans le besoin des ordonnances. Nous partageons très volontiers microbes et virus, alors elle nous soigne avec un dévouement inlassable, passe une nuit après l'autre à notre chevet en ravaudant nos frusques, en tricotant des pulls et des chaussettes de laine grasse, en nous brûlant le dos à force de ventouses ou de cataplasme de moutarde ou de farine de lin. À peine l'un est-il guéri que l'autre s'y met, il n'y a de rémission que de juin à septembre. Et je m'étonne qu'elle ait tellement de talent pour broyer du noir ? Toutes ces nuits, qu'elle a passées à porter peine, craignant de deviner la mort parfois sur nos visages enfiévrés, dans nos halètements ! Pourtant, si peu qu'elle ait dormi, elle devait se remettre au ménage, en souci du repas, jour après jour. Si peu de plaisirs, dans sa vie ! Les séjours de Fanny, le voyage dans la montagne, l'été venu, pour voir sa sœur, les visites, quelquefois, de Madame Desrieux, le café avec Maria... Mais bon, c'est son lot, c'est sa vie, nul n'y peut rien. L'image de son beau résistant s'est envolée, il faut juste supporter.

Je fuis le plus possible son univers sans joie, têtue comme une mule malgré les coups de ceinturon du père sur les fesses, renfermée, solitaire. Plutôt que de jouer à la poupée avec mes camarades de classe, je préfère grimper aux arbres, courir les bois environnants, regarder les chevaux à la pâture, dont j'aime la beauté puissante. Mais surtout, je vais à l'école. J'y ai fait de piteux débuts, lorsque vers mes cinq ans on m'a inscrite à la maternelle. Je n'avais jamais vu tant de gosses à la fois, je me sentais gourde, empotée parmi les fillettes piaillantes et les garçons braillards, dans mes souliers trop raides et mon tablier neuf. Je ne pouvais tout de même pas pleurer comme les tous petits, mais je me trouvais parfaitement déplacée dans cet univers trop pimpant, trop net. Ce sentiment ne s'effacerait plus jamais, de n'être pas tout à fait à ma place. La directrice n'a rien fait pour me mettre à l'aise, me confondant dans le troupeau des gosses de pauvres sur qui tranchaient les rejetons mieux vêtus, mieux chaussés des employés, des commerçants. Je n'osais parler à personne, ni bouger, de peur de m'attirer le regard englacé de cette femme trop fardée, parfumée, qui m'évoquait une vieille volaille, et que je haïssais. Mais j'ai vite découvert que mon père s'intéressait de près à ce que j'apprenais, qu'il s'énorgueillissait de me voir tracer les lettres de mon nom, de m'entendre réciter par cœur poèsies et comptines. Cette attention nouvelle, ces compliments me payaient au centuple du sentiment diffus d'humiliation que j'éprouvais, là-bas, j'ai entrepris de faire de mon de mon mieux pour lui plaire.

L'école matérialise on ne peut mieux le rêve d'ascension sociale d'Eugène. Pour accéder à la maternelle, il faut déjà escalader une volée de marche. Au dessus, l'école de filles. Au dessus encore, celle des garçons, où je ferai plus tard ma classe de philosophie – ensuite, il faudra m'en aller ailleurs. Mountarin ! (nous monterons). L'instruction fait tout, elle balaie les hasards de la naissance, elle met en avant le mérite et les talents de chacun ! Ce n'est qu'au cours préparatoire que j'adhère vraiment à ce credo, même sans m'en douter, me livrant au bonheur neuf des mots. Je sais lire, le monde commence à s'élargir, on me dit intelligente et ça me flatte, me console de me sentir aussi godiche quand il s'agit de danser ou de faire de la gymnastique, et j'aime ma nouvelle maîtresse, qui porte le beau nom de Madame Printemps. Le temps de franchir les trois divisions de sa classe, je me suis ralliée au camp du père, apprends, ma fille, fais ta vie mieux que moi ! Je m'y rends seule, avant d'y devoir conduire mon frère. Je prends le chemin des Clavelles, c'est plus court, mais je reviens par la Croix de Mission, sous le prétexte de ramener le pain. J'en profite pour traverser l'usine, chercher mon père dans le vacarme, les abîmes ténébreux de la soute à charbon me fascinent, la chaudière où brûle un feu d'enfer, je risque un regard par des portes entrebaillées sur les bacs d'aluminium où se figent des masses translucides de toutes les couleurs, voilà ce que deviennent les tripes de la cour ! Au passage, je demande aux uns ou aux autres si mon grand homme n'est pas là, j'espère qu'il acceptera de m'emmener vers le cœur palpitant de la fabrique, la machine à vapeur qui trône à l'étage sur son socle de ciment. Cette puissante mécanique m'impressionne, je l'écoute respirer avec une terreur respectueuse, tandis qu'il m'en explique le mouvement. Il sait tout, même les secrets des gélatines qui coagulent en bas – être coiffeur, ou boucher, ou gendarme, comme les pères de mes amies, peut-on s'en vanter sérieusement ? Toute à ma dévotion, je le suis comme un petit chien. Là, à l'usine, il donne toute sa mesure, lui qui sait commander aux hommes comme aux machines, et même aux étranges transmutations de la matière ! Il rit de mes effarements, de mes bévues, le voilà patient et blagueur, tout content de mon plaisir. Quelquefois, il m'emmène dans son petit bureau, sous la haute cheminée qui penche dangereusement. Comme il se trouve juste au dessus de la chaudière, il y fait une chaleur suffocante, mais qu'importe ! Je le regarde avec admiration recouvrir d'énormes registres de sa belle écriture violette, tandis que les chevaux de Joseph tirent jusque sur la balance leurs lourds plateaux de gélatine. Il consigne méticuleusement mots barbares et chiffres, mais il s'amuse de me voir essayer d'attraper les boulettes de mercure échappées d'un thermomètre cassé dans un tiroir, sans le moindre succès bien sûr. Il est un autre homme, ici, un homme sûr de lui, considéré, autoritaire et souriant, il n'a pas besoin de crier, Monsieur Desrieux lui-même recherche ses conseils. S'il est tout le temps en colère, à la maison, c'est la faute de ma mère, à coup sûr.

Hélas, il n'a pas souvent le temps de s'occuper de moi. Sans lui, tout dans l'usine devient inquiétant, les cuves où macèrent les tripes sussurent des malédictions, les benoîtes bombonnes d'acide me rappellent cruellement le jour où ma curiosité a été punie d'une horrible sensation de brûlure dans le nez, dans les bronches, les perles de mercure restent dissimulées dans leur tiroir, dans le bureau fermé. Sans le père, tout n'est que piège, chausse-trappes, la mère reprend le dessus, mais dépêche-toi donc, me souffle sa voix lasse, j'ai besoin de toi, comment veux-tu que je m'en sorte ! Tu as encore déchiré ta blouse ? Mais qu'est-ce que j'ai fait au bon Dieu... Je me dépêche, je salue à peine les ouvriers, je passe sans m'arrêter devant la menuiserie où siffle Brin d'Amour, je ne jette pas un regard sur la Talbot du patron dans son hangar, qui nous conduit l'été chez la tante de la montagne, et j'atteins enfin les vergers. Là, je peux reprendre haleine, j'ai réintégré le giron maternel, je me sens en sécurité. Je traîne, écoutant l'oiseau de la pluie égrener son chant mélancolique, je cueille des violettes sous les buissons, ou bien des cerises, des pommes, des feuilles mortes, avant de rentrer dévorer ma tartine de chocolat.

Le dernier quart de l'univers de mon enfance, ce sont les vastes demeures des Desrieux, celle de la mauvaise saison, au bas de la Croix de Mission, et la résidence d'été, sous les cèdres des hauts. Vue du dehors, la première est bien laide, mais dès l'immense vestibule, quelle splendeur ! On nous y reçoit, mon frère cadet et moi, deux ou trois fois l'an. Nous nous risquons timidement sur le parquet glissant qui fleure la cire d'abeille, nous offrons notre joue au baiser frais de la maîtresse de maison, qui nous accueille gentiment de sa voix roucoulante, nous presse de venir goûter dans la cuisine, avant de passer au salon pour dire des poésies devant la vieille Demoiselle. C'est mon moment de gloire. Je récite, je réponds aux questions, je rougis sous les compliments. Puis, on nous laisse jouer dans la buanderie où Léa a pleuré sur les plastrons à petits plis de Monsieur. Tout nous éblouit dans cette maison, les petites voitures de métal, les poupées aux dizaines de robes d'organdi, de satin, de dentelle, mais surtout, la masse imposante des tentures retenues par des colliers de coquillages, les meubles, le piano à queue dont Madame Desrieux joue si bien, la reluisante propreté et le luxe tranquille de toutes choses. Ici, personne ne crie, ne gesticule. La jeune fille de la maison est simple et souriante, qui m'a taillé un jour, sous un cèdre de la belle maison d'été, une jupe virevoltante dans un tissu blanc à pois verts. Il arrive qu'on nous donne un bain, lorsque nous nous sommes trop échauffés au jardin. Nous ôtons nos habits avec gêne, mais la voix de Madame Desrieux est tellement chaleureuse, son invite si pleine d'allant que nous nous abandonnons entre ses mains dans la mousse parfumée. J'aime ces deux maisons, ces espaces de paix et de beauté. Ce n'est pas par charité qu'elle nous y reçoit, mais par affection vraie pour nous, pour notre mère qui a su trouver les mots lorsqu'elle la découvrait en pleurs en lui portant le plateau du petit déjeuner. Le luxe ne suffit à faire le bonheur, nous disait-elle. Vous comprenez, elle a grandi à Tahiti, où son père était missionnaire, c'est de là qu'elle a rapporté les coquillages. Tahiti, ajoutait-elle, du rêve plein la voix, c'est une grande île très très loin, de l'autre côté de la terre, où les sauvages vont presque nus des colliers de fleurs autour du cou, Madame Desrieux y a grandi libre et sans souci, là-bas, elle courait pieds nus avec les gosses des indigènes, elle se baignait dans les cascades, alors, quand elle a du porter un corset, des bottines ! J'ai retrouvé ces images de liberté innocente dans la nature quasi-vierge sur les toiles de Gauguin, bien plus tard, mais elles ont bercé mon jeune âge, un jour, j'irais moi aussi, et j'aurais bien voulu quelquefois être la fille de cette belle dame si douce.

À côté de notre baraque, ces deux maisons représentaient pour l'enfant que j'étais le maximum de l'opulence. J'y avais découvert l'agrément des artifices, des parures, tous les charmes du superflu, quand nous manquions de l'indispensable. Mon père, bien que socialiste, n'avait pas d'animosité envers les patrons, pour peu qu'ils ne rechignent pas à mettre la main à la pâte. Je pouvais légitimement aspirer à pareille vie. À vingt ans, saisie de la rage iconoclaste d'alors, je me suis efforcée de lire dans ce luxe le symbole de l'oppression que nous devions combattre. Mais je suis restée partagée, si ardent ait été mon « gauchisme » d'alors – c'est que j'avais réellement aimé cette maison, ses occupants, je ne pouvais éprouver haine de classe aussi pure que je croyais le devoir – les tiraillements de mon père se perpétuaient en moi. Une nuit de ces années-là, j'ai rêvé que j'y pénétrais emportée par le flot de mes camarades – mais il n'y avait plus personne à l'intérieur, ni plus rien. J'étais peut-être arrivée au « sommet », mais je n'y règnerais que sur du vide...

L'été sur l'île, 2.

Dans la douceur brumeuse du début du jour, le canal s'emplit doucement. D'ici une heure ou deux il nappera d'eau glauque les marais salants à l'abandon derrière leurs bossis recouverts de roseaux et de ronces. Sur les levées de terre qui les bordent se dressent des cahutes flanquées d'un court ponton qui porte un carrelet, hors d'usage le plus souvent. Il n'y a personne encore, les stands de la fête foraine qui jouxte le petit port sont clos, comme la guinguette blanche sous les pins parasol. Avec des gestes gourds, Eugène rassemble ses affaires, jette sur ses épaules son panier de pêcheur et s'en va par le sentier étroit qui se faufile tout le long de l'étier entre les herbes hautes et les broussailles. L'eau flue, couvrant la vase tout petit à petit d'un voile vert opaque. Il gagne à pas prudents « sa » place en face d'un ponton à demi-effondré, dont les tiges de métal rouillé supportent un filet curieusement intact. La dernière fois, il a pris deux anguilles, il a décidé de retenter sa chance au même endroit.

Quand il a disparu derrière les arbustes, je démarre. Par le travers de l'île qui s'éveille, des vignobles austèrement taillés, des blés murs, des masses ondoyantes des luzernes et le jaune insolent des tournesols, je conduis Léa à la Rochelle pour la promenade tant convoitée. Tout heureuse, elle s'exclame devant chacune des petites maisons où il ferait bon vivre, chaulée de frais, volets bleu et roses trémières qui haussent jusqu'au toit leurs corolles pourpres, un petit bois de pins torturé par les vents de l'hiver qui s'échevèle, un vol d'oiseaux de mer. Il est tellement rare qu'elle s'offre un plaisir sans son homme qu'elle n'en veut rien laisser perdre, mais elle glisse incidemment il doit être content, ton père, y-a qu'à la pêche qu'il est bien, comme s'il lui fallait se disculper de l'escapade qu'elle a réussi à m'extorquer. La plus contente, c'est elle, il va sans dire. Il n'est rien qu'elle aime davantage que courir les boutiques, les marchés, voir du monde. Je préfère l'île en hiver, quand les rigueurs du temps la rendent aux autochtones, j'aime parcourir l'étendue déserte de ses plages, la pointe rocailleuse restituée aux mouettes, les pinèdes que ne pénêtre pas le vent glacé – respirer les ajoncs en fleurs, les mimosas. Mais la joie de ma vieille mère vaut bien de faire face aux encombrements de l'été, qui ramène sur son visage un peu de la gaieté de la jeune fille aux tresses blondes des photographies d'antan.

Je ne l'ai que trop figée en mater dolorosa ! Un monolithe de chagrin, de souci, de réprobation, j'en ai fait ! Il faut dire que la part d'elle-même tissée d'insouciance, d'appêtit pour les plaisirs simples et la beauté des choses qu'elle tient de Fanny est tellement ensevelie sous les strates amoncelées de la pauvreté, des malheurs, de l'usure et de la déprime que nul ne la soupçonnerait, qui ne l'aurait surprise. Il faut très littéralement l'arracher à son quotidien, pour qu'elle s'épanouisse. Son ravissement me ramène quinze années en arrière. Nous marchons par des prairies alpestres constellées de fleurettes. Elle est encore leste, elle s'est tordu les chevilles pendant des heures par un sentier pierreux, insoucieuse des pointes de douleur dans ses genoux, et elle atteint, toute fière, la langue du glacier – se peut-il que le monde soit si beau, et la vie si amère ! Tant de magnificence excède son vocabulaire, elle se contente de promener longuement sur les cimes d'en face, les séracs, les crevasses son regard de petite fille éblouie. Au retour, dans son allégresse, elle cueille autant de renoncules, de marguerites, myosotis, d'œillets sauvages et de pensées qu'elle en peut tenir dans ses mains, s'extasie sur le bleu dur des gentianes interdites, le velours des édelweiss, de toutes ces fleurs joyeusement bigarrées elle fera des tableaux, elle les arrange déjà dans sa tête en bouquets qu'elle sèchera, elle rit de contentement, et soudain, si tu m'avais vue, à quinze ans ! Elle en pouffe encore. Je la regarde, stupéfaite, l'ai-je jamais entendue rire d'aussi bon cœur ? Gémir, oui, pleurer, maudire, mais rire ? J'aurais juré qu'elle avait passé sa vie entière sous le signe de l'accablement, et voilà qu'elle me raconte avoir été une gamine espiègle, qui allait en cachette du père à la fête du village avec ses amies, qui s'amusait d'un rien. Tu te rappelles ces cartes postales d'autrefois, avec des amoureux, des cœurs ? On en avait cloué plein les arbres du chemin, pour faire une farce à un berger un peu benêt. On en clouait une chaque jour, le pauvre se demandait qui c'était, il allait répétant y en a une qui m'aime, et nous riions dans son dos, le pauvre bougre ! Quand mon père l'a appris, je te dis pas la rouste. Mais on l'avait bien fait tourner en bourrique ! Elle en jubile encore, à peine consciente de la méchanceté de cette blague – quand même, ce qu'on allait chercher...

J'ai peine à en croire mes oreilles – j'ai beau fouiller le passé à mon tour en quête d'une mère plus riante, d'une enfance, d'une adolescence moins rudes que celles dont je garde mémoire, je ne réussis à ramener de cette plongée que de rares et minuscules joies, la violence du père écrase tout. Ainsi, il y a eu un « avant », elle n'était pas vouée par essence à souffrir, et toutes ces virtualités inemployées ont persisté comme brandons sous la cendre, il suffisait de leur donner une occasion de s'exprimer. Quel gâchis, tout de même ! Elle est artiste, à sa façon, elle aime tant ce qui était beau, elle aurait bien mérité d'être heureuse, mais heureuse, elle n'aurait pû l'être qu'avec un autre qu'Eugène. Non, ce est pas cette femme inconnue qui m'a élevée, mais bien l'autre, l'habituelle, enlisée jusqu'au cou dans le ressassement de ses peines, de ses sombres prédictions. Pourtant, la joie qu'elle vient de laisser percer continue de briller comme un indice des possibles exclus. Sans les signes fugaces de ce qui aurait pû être, ne serions-nous que mécaniques allant passivement au bout de leur ressort ? Elle est celle-ci et celle-là, ma mère, je l'ai trop longtemps regardée avec les yeux d'Eugène, réduite comme lui à celles des facettes qui nous arrangeaient, qui confortaient nos narcissismes, comme lui jugée incapable d'élever son esprit jusqu'aux pensées sublimes que nous échangions, croyions-nous, incapable, plus simplement, de goûter au meilleur de l'existence, rivée à la peine par vocation plutôt que contrainte par les circonstances. Je ne me suis souciée que très tard de ce qu'elle pouvait éprouver, désirer en son for intérieur, je l'ai ramenée trop volontiers à ses dehors, à ses devoirs, à ses plaintes. Trop d'années, elle n'a été, pour moi comme pour le reste de la famille, que « la mère », et non un être humain à part entière, avec sa part d'énigme et d'élans réprimés.

Les fleurs se sont fanées, cet été-là, sans qu'elle en fasse rien, mais elle avait tout de même ajouté une perle au collier des petits bonheurs.

Visages de Léa... Celui, incliné sur l'épaule, grave et contemplatif de la petite fille encore toute étonnée d'être au monde d'une très vieille photographie d'école, celui, pensif, de la jeune épousée encore toute aux promesses qui ne seraient pas tenues, celui, défait, d'il y a quelques années, lorsqu'elle me tendit les lettres de Lucie qu'elle avait recopiées de sa main, dans le déchirement et la stupéfaction qu'il puisse lui arriver ça, et celui d'à présent, presqu'apaisé, que le trajet ranime. Elle a eu tant de mal à se remettre du dernier coup que son mari lui a asséné ! Je l'entends encore me dire, abasourdie, il a toujours été un sale type, ton père, mais quand même ! Et maintenant qu'on pourrait être bien ! À ce sale type, elle a sacrifié sa vie, et pour toute récompense, ces lettres qu'elle me tend, tiens, lis, si c'est pas des lettres d'amour ! Je les ai copiées pour que tu les lises ! Elle tremble d'indignation, cette torture que ç'a dû être, de les recopier pour que je la croie, pour graver plus profondément encore dans son âme meurtrie l'offense qui lui est faite ! Elle veut me convaincre de prendre son parti, c'est que je suis capable de l'amnistier, avec mes drôles de principes, alors, elle est venue preuves en main. En un sursaut de... loyauté ? – je refuse de lire ces lettres adressées à mon père, mais je l'assure qu'elle n'aurait pas dû s'infliger ce surcroît de chagrin, je la crois, je comprends ce qu'elle ressent devant pareille trahison. Et de fait, je me dis que le souvenir de tout ce qu'elle a enduré à ses côtés, du calvaire qu'a été parfois l'existence avec lui, elle l'a supporté parce que le temps émousse tout, tandis qu'elle ne peut accepter, je le lis sur son visage ravagé, dans son accablement incrédule, que tant d'abnégation ait compté pour rien, que son mariage n'ait pas été fondé seulement sur une erreur, comme elle s'en est vite aperçue, mais sur un mensonge. Comment s'y résoudre, à ce qu'il ne l'ait jamais aimée, elle, comme elle en est à présent convaincue, mais toujours sa Lucie ? Se résoudre à n'être qu'obstacle, entre eux, maintenant ?

Comme elle souffre ! Ainsi, elle l'aime encore, elle l'aime malgré tout. Ainsi, mes père et mère ne sont pas seulement mes géniteurs, mais un homme, une femme dont l'histoire a commencé avant notre naissance, s'est poursuivie nous partis – une histoire compliquée, douloureuse, dont le temps n'a rien effacé, belle et tragique à sa manière, et qui éclaire un peu les tumultes subis dans nos jeunes années.

Photo de mariage, sur leur table de nuit. Elle y esquisse un sourire très doux, ses yeux se perdent dans le vague de l'espérance sous les tresses blondes relevées en couronne qui cernent l'ovale pur de son visage lisse de jeune femme amoureuse. On y lit à quel point elle s'est laissée prendre au charme du jeune homme au regard vif qui se tient auprès d'elle, auquel elle vient de s'unir pour la vie. Cette photo arrangée respire un bonheur que je ne leur ai pas connu, ils ont bien dû s'aimer d'amour, si brève ait été leur romance ! Mais j'ai peine à les imaginer, mon père faisant sa cour, elle se laissant bercer par ses paroles, ses promesses, ils étaient si peu faits pour s'entendre, elle ignorante et lui curieux de tout, elle lente, circonspecte, lui, impulsif, elle humble, convaincue d'occuper en ce monde la place qui lui revenait, lui, désireux de se hisser un peu plus haut ! L'étonnant n'est pas qu'ils se soient choisis, l'élection est toujours improbable, l'étonnant, c'est qu'ils aient tenu bon près d'un demi-siècle, qu'ils s'apprêtent avec fierté à fêter bientôt leurs noces d'or, alors qu'ils ont déployé tant d'énergie à se martyriser l'un l'autre, et encore sur le tard. Car le bonheur n'a pas duré longtemps...

Que serait-elle sans lui devenue ? Ou bien, l'ayant quitté, ayant enfin demandé le divorce ? Vaine question, bien entendu, qui m'effleure pourtant lorsqu'il m'advient de rencontrer telle femme de son âge, pimpante et gaie comme si les années ni le monde n'avaient eu prise sur elle, comme si de la vie elle n'avait retenu que les meilleurs moments et ses rides, le rire. Au vrai, il est plus usé que ridé, le visage de ma mère, comme délavé et poli par les larmes. Il s'est fané plus qu'il ne s'est creusé, ses traits se sont brouillés dans l'amertume, l'ovale s'est défait dans une rondeur molle, même si vient y errer quelquefois le fantôme de la douceur rêveuse d'antan. Il s'est alangui dans une dolence qui n'a plus d'objet précis, figé dans une sorte de masque triste. C'est pourquoi je suis si contente de la voir rayonner, toute à la perspective de cette journée. Si ça se trouve, ton père est déjà au bistrot, fait-elle soudain, on peut pas le laisser seul, il est pire qu'un gosse !

Pas facile, d'essayer d'entrer dans leur drame ! De tenter de l'éclairer de l'intérieur. Surtout qu'ils ne m'en ont rien dit, je n'en ai saisi que des bribes, de-ci de-là. Léa me tend les lettres de Lucie, elle est si bouleversée, désemparée que je lui prend la main dans un élan de compassion, de solidarité de femme à femme plutôt que de mère à fille. Mes propres blessures amoureuses pâlissent, en regard de tant de douleur, je voudrais effacer cet affront qui lui tombe dessus à l'improviste, qu'elle n'aurait jamais imaginé, malgré toute son habileté à mettre en scène des désastres. Ce « retour » l'a prise de court et frappée au plus vulnérable, l'estime d'elle-même, le besoin qu'elle a de sentir son existence « récompensée », d'avoir été si difficile, par quelque chose comme de la reconnaissance, au moins, la paix de ses vieux jours, l'amour qu'elle éprouve encore pour lui. Et ce qu'il lui répond ! Il m'oblige à le lire, pour que j'aille pas croire... De l'amitié, qu'il dit, juste de l'amitié. Tu ferais quoi, à ma place ? Pourquoi il me fait ça, maintenant ?

Ça me tue, tu vois pas ? Je le vois, en effet, que cette réapparition la tue, il suffit de regarder son vieux visage chiffonné de chagrin, ses épaules affaissées. Je m'en étonne, je peux concevoir que l'amour-propre piétiné, la dignité d'épouse bafouée, le dévouement de toute une vie balayé par cette correspondance la désespèrent, mais qu'elle se montre aussi jalouse ! Elle l'aime donc toujours, et malgré tout. Ce n'est pas seulement blessure narcissique, que cette jalousie de l'autre qui, n'ayant pas eu à pâtir du trivial de la vie, a tiré le meilleur lot, mais de l'amour profond, solide, qui a résisté même à la haine qui l'a dissimulé souvent, à la colère accablée qui le dissimule encore, tandis qu'elle me supplie de me ranger à ses côtés – mais dis-lui quelque chose, toi, il t'écoutera... Elle n'est donc pas restée avec lui toutes ces années seulement par convention, nécessité ou habitude, comme j'ai eu la paresse de le croire, mais parce qu'elle a continué à l'aimer d'amour, si étrange que cela puisse me paraître, à moi qui croyais sottement que l'intensité de l'affect diminuait avec l'âge, que la routine conjugale le tuait automatiquement, et plus encore la réciproque détestation que j'avais crue être leur lot. Les limons du ressentiment l'ont seulement recouvert, cet amour, et le retour inopiné de Lucie l'a brutalement exhumé.

J'essaye de la consoler, de la convaincre que cette histoire ne rime à rien, qu'elle cesse de lui donner de l'importance et elle s'éteindra d'elle-même. En attendant, qu'elle reste un peu chez moi, se change les idées, lui montre qu'elle peut se passer de lui. Qu'elle le laisse même la rejoindre, si réellement c'est ce qu'il veut, il reviendra bien vite. Et s'il ne revient pas, n'est-il encore temps qu'elle vive un peu pour elle ? Facile pour toi, ma fille, de dire ça ! C'est facile, en effet, et stupide. Elle a tant de fois songé à le quitter sans parvenir à s'y résoudre, pourquoi le ferait-elle maintenant, quand sa vie s'est presqu'entière ordonnée à lui, à l'espérance que tout finirait par aller mieux, avec le temps ? Tiens, faudrait que je meure, ils seraient bien débarrassés... Telle que je la connais, elle a dû tourner et retourner cette idée dans sa tête des dizaines de fois, s'en torturer, n'osant ouvertement souhaiter la mort de sa rivale, des dizaines de fois se répéter que son vieux n'attend qu'une chose, l'enterrer au plus vite, pour finir sa vie avec l'autre qui est veuve depuis longtemps. Mais elle ne cèdera pas si facilement la place, tout en elle s'y refuse, la certitude d'être dans son droit, le narcissisme blessé à vif, la jalousie, cet amour incompréhensible qui perdure derrière la rancœur et l'avive.

Elle s'est abîmée dans cette souffrance dépressive pendant des mois, des années, s'y écorchant avec une âpre jouissance, elle vient à peine de lâcher prise.

Nous voici sur le continent. Elle s'énerve un peu, le paysage ne l'intéresse plus, la route trop étroite, les marais. Nous dénichons sans trop de peine une place en bas des remparts, elle fouille son sac en quête d'un peigne, impatiente et coquette, vérifie qu'elle a bien son porte-monnaie, puis s'extrait péniblement de la voiture, les genoux raidis. Ferme bien tout, n'oublie rien, s'inquiète-t-elle en marchant vers la chaîne qui barre l'entrée du port. Elle tient de sa mémoire huguenote que ses coreligionnaires ont soutenu un siège ici, il y a quelques siècles, elle s'y sent un peu chez elle, donc, mais elle songe plus au plaisir espéré du lèche-vitrine qu'aux ancêtres persécutés. Lissant ses cheveux que la brise dérange malgré la laque, elle pose pour une première photo, toute gauche, dans sa belle robe blanche à fleurs. Puis, elle m'offre un thé sur une terrasse, il est encore tôt, rien n'est ouvert. Tout ce qu'elle voit l'enchante, les marchands de babioles qui déploient leurs étals sur le quai, les chalutiers qui pénètrent dans le chenal avec le flux, quelques pêcheurs qui proposent leur marée toute fraîche. Il fait beau, un petit vent tiède fait cliqueter les mâts dans le port de plaisance, elle sourit à tout et je souris à son sourire, j'aimerais la contenter plus souvent, plus souvent faire poindre sur son visage comme perce-neige dans l'herbe grise d'avant printemps ce qu'elle a gardé en elle d'enfantin. Ce matin, elle m'a tirée du lit bien avant l'heure convenue, elle était déjà prête, pomponnée, parfumée, elle houspillait Eugène, qu'il se dépèche donc ! Mais à présent, elle soupire d'aise, toute une journée sans entendre ton père râler, tu te rends compte ! Je me rends compte, voilà bien ce que j'ai refusé avec constance, la conjugalité par devoir qu'ils se sont imposée, qu'ils ont subie. Elle n'a jamais compris, inversement, que je passe d'un homme à l'autre aussi facilement qu'il le lui semblait, et ta petite, tu y penses ? Quelle idée elle aura de toi ? Je n'y pensais sans doute pas assez, mais avaient-ils pensé à nous davantage, lorsqu'ils se mettaient sauvagement en pièces sous nos yeux ? Oui, ils ont été leur histoire avant d'être nos parents, et nous, le produit contingent de cette histoire, spectateurs impuissants et caution, alibi de la perpétuation de leur duel.

Pressée par elle de le sermonner, lors du retour sur scène de Lucie, je m'efforce d'être honnête, loyale envers les deux, qui se montrent aussi convaincus l'un que l'autre de leur innocence. Les lettres, elle les lit, ta mère. Qu'est-ce qu'elle va encore imaginer ! De l'amitié, c'est tout. Tu penses, après plus de cinquante ans ! Il faut qu'elle voie le mal partout. Comme si elle savait pas que je resterai avec elle ! Qu'est-ce qu'elle veut de plus ? On a fait notre vie ensemble, on vous a faits, j'ai travaillé comme une brute pour vous nourrir, je vous ai tout sacrifié, j'ai rien à me reprocher, qu'elle me foute la paix! Il s'y accroche bec et ongles, à cette résurrection inespérée. Il n'a aucune intention de perdre Lucie de vue encore une fois. Il s'y accroche de toute sa bonne conscience offusquée, il s'est acquitté de ses obligations envers nous au centuple, Léa se monte la tête, comme d'habitude, elle dramatise tout, il a bien le droit de partager avec celle qu'il a tant aimée autrefois ses vues sur le monde, trop heureux d'émerger de la lourde solitude où la mésentente conjugale et le vieillissement l'ont muré ! Si heureux qu'il n'y renoncera à aucun prix, à ce cadeau du ciel.

L'écoutant plaider sa cause avec tant de passion, je me demande s'il est sincère. Ne voit-il pas le mal qu'il fait à sa vieille compagne ? Sa véhémence trahit sa mauvaise foi, me semble-t-il. Il met trop d'ardeur à plaider sa cause, à reprendre inlassablement la liste de ce qu'il a fait pour elle et les siens, pour nous, de ce qu'elle lui a imposé, de ce qu'il a *enduré*, lui aussi, que je n'aille pas croire... Je suis saisie par l'intensité de son ressentiment, il parle de plus en plus vite, s'échauffant au fur et à mesure de son discours, je la croyais atténuée par l'âge, cette rancœur, mais elle était juste endormie, et voici qu'emportée par sa propre logique elle se débonde dans la même outrance que lors des scènes d'autrefois. Faut-il qu'il soit malheureux, déchiré ! Mais je le trouve surtout injuste envers sa femme, je sais ma mère incapable de la duplicité dont il l'accuse, des méfaits dont il la charge, je préférerais qu'il contienne les gadoues qui s'épandent en surface emportées par le flux des mots, c'est lui qu'elles disent plutôt qu'elle, et par delà, le nœud peu ragoûtant de pulsions torves, tortes, que nous nous dissimulons d'ordinaire à nous-mêmes.

Ce combat, le dernier, est peut-être le plus cruel. Toute leur énergie parait s'y ramasser comme pour l'estocade finale. Il met du temps à se calmer, le jour où je m'efforce de jouer les médiatrices. Il espérait que je comprendrais, moi, au moins. Elle est presqu'aveugle, Lucie, vieille, malade, seule, ils ne se sont pas revus depuis la rupture de leurs fiançailles. Elle les a reçus en amis, elle leur a fait fête, mais oui, à ta mère aussi, quand ils ont répondu à son invitation, mais il a fallu qu'elle fasse sa mauvaise tête, qu'elle s'invente encore un roman. Si j'avais voulu la tromper, tu crois que je l'aurais emmenée ? Si j'avais dû la quitter, tu crois que j'aurais attendu tout ce temps ? C'est elle qui est folle, elle saccage tout, elle a toujours tout saccagé, si tu savais... Il soupire, se tait. Il n'est plus qu'un vieil homme accablé, qui se cramponne à son rêve d'amitié comme s'il s'agissait de sa dernière chance. Il m'émeut. Qui suis-je, pour le juger ? Derrière l'avalanche de griefs dont il vient d'accabler ma mère, les mêmes que toujours, je lis une vérité au moins – qu'elle incarne à ses yeux la masse incontournable de la Nécessité, devant laquelle il s'est rebellé en vain. Je sais que ce n'est pas seulement pour mieux la tourmenter, qu'il a entrepris cette correspondance, je me dis qu'il l'aime peut-être encore, malgré ses dénégations, cette femme dont la perte incarne la défaite de ses espérances juvéniles. Dans ce cas, ne devrais-je plutôt le plaindre, me laisser toucher par sa constance, m'incliner devant les moins mauvaises de ses raisons ? Les sentiments ne se commandent pas, et l'amour vrai est denrée rare, pourquoi ne pas lui reconnaître le droit de jouir comme il l'entend de ce dernier présent que lui fait la vie ? Et même si cet amour n'est qu'un mirage, ne peut-on le lui concéder, puisqu'il est un ultime sursaut avant la reddition totale à la vieillesse, une ultime chimère pour faire la nique à la Réalité, pour se prouver, pour prouver à celle à laquelle il s'est enchaîné qu'il est encore vivant, vivant, quand elle le voudrait à sa merci, elle toujours occupée à tisser des linceuls. Ah, tu n'imagines pas ce que c'est, que de vivre avec elle !

Lucie a bel et bien été une dernière protestation contre la mort lente qu'est devenue leur vie, la maladie de l'un, la déprime perpétuelle de l'autre aidant. Au bout de quelques jours, comme je la trouve lourde, moi aussi, l'atmosphère que ma mère fait régner, qui continue à lui rogner les ailes, dévorante et possessive comme toujours ! Il ne peut se retirer dans sa chambre pour écrire ou bricoler qu'elle ne le dérange sans cesse, sortir sans subir un interrogatoire, et cette morosité, ce souci perpétuel de la santé de l'un, de l'autre, comme le rire manque, dans cet appartement, quelques doigts de légèreté !

Il sent que je m'attendris – j'aimerais que tu la rencontres, elle voudrait te connaître, elle a aimé ton livre, tu sais, c'est même comme ça qu'elle m'a écrit. Ainsi, je suis la cause involontaire de la souffrance de Léa. Je refuse. Si pesante soit-elle dans son exagération jalouse, si injuste, elle est d'abord une femme démolie, blessée au plus vif d'elle-même, et je lis trop d'égoïsme et d'inconscience dans le scénario qu'il me présente. Et puis, elle vient de me donner sa version de la rencontre qu'il a évoquée, au bout d'un moment, ils ont fait comme si j'étais pas là, il m'a fallu les écouter toute la soirée se raconter leur jeunesse, les regarder se prendre la main, et moi je restais là comme une bête, ça a duré jusqu'à une heure du matin ! J'ai eu mal pour elle, qu'ils ont faite spectatrice obligée de leurs retrouvailles, dans leur innocente perversité, elle qui n'a pas été capable de s'en aller – et où ? Comment ? – qui a dû supporter qu'ils l'oublient. Mais pourquoi l'avoir accompagné ? C'est qu'il insiste, il veut que j'aille avec lui, pour me prouver qu'ils font rien de mal, puis ils se parlent comme si j'étais pas là... Non, il ne peut pas s'aveugler à ce point. Qu'il soit amour ou amitié, son sursaut d'afffection pour Lucie ne peut me semble-t-il se désintriquer de l'ancienne, de l'obscure, de la constante volonté de faire expier à ma mère ce contre quoi elle ne peut rien, être qui elle est. Croit-il lui même à la limpidité de son histoire de communion spirituelle ? Et même s'il y croit, cela justifie-t-il tant de muflerie, d'indifférence à son chagrin ? Elle est trop confortable, cette schizophrénie. Je lui demande de choisir, ou bien, il s'en va vivre avec cette femme, ou bien il met un terme à leur correspondance, s'il reste. Je m'efforce d'être équitable, mais Léa souffre trop, qu'il essaie de se mettre à sa place ! Il ne démord pas de son point de vue, si elle souffre, c'est par sa seule faute, et lui, il ne souffre pas ? Quand à moi, je ne comprends rien à rien, voilà tout.

Peu à peu les choses se sont tassées. Il a cessé d'écrire, de téléphoner, une ou deux années ont passé. Il a fallu l'opérer à nouveau, cette fois, il en était sûr, sa dernière heure était venue. Il m'a demandé d'appeler sa vieille amie pour lui faire ses adieux, je n'ai pas cru devoir lui refuser cela. Lorsque ma mère est venue me relayer à son chevet, il lui a jeté tout à trac à la figure Lucie voudrait qu'on nous incinère et qu'on mêle nos cendres – je l'ai vue blémir, chanceler, je suis entrée en rage contre lui, ainsi, jusqu'au dernier instant, c'est sa mauvaiseté qui prenait le dessus, ne se rendait-il vraiment pas compte de ce qu'il disait ?

Je n'ai pas su, voulu comprendre. Admettre la violence de son déchirement. Il avait retrouvé une confidente, avec Lucie, il pouvait parler de ce qui n'intéressait pas ma mère, il était convaincu de le faire en tout bien tout honneur – elles étaient bien innocentes, en effet, leurs lettres, comme j'ai pu en juger après sa mort, j'aurais peut-être mieux fait d'en lire quelques unes ! Il y tenait, à cet amour, cette amitié, comment savoir, il a même songé quelquefois au suicide, incapable qu'il était de réconcilier la complice de sa jeunesse et la compagne des mauvais jours, mais il a fini par céder, comme toujours, par lâcheté, par lassitude.

Léa avale une gorgée de thé – bon, si on y allait ? Croirait-on, à la voir si pressée de partir à la découverte que cette histoire vient tout juste de prendre fin, dont elle ne parle plus mais qui continue à produire ses effets en sourdine, j'en suis sûre, comme un vase continue de se fendiller longtemps après le choc qu'il a reçu ? Elle jette un coup d'œil circulaire sur le front mordoré de la vieille cité, me concède la beauté de quelques façades, mais leur préfère une rue bordée d'arcades sous lesquelles les commerçants ont étalé des merveilles à profusion. Si vite qu'elle se fatigue à présent, pacotilles et objets de luxe la plongent toujours dans le même enchantement, elle admire, palpe, s'enquiert du prix, se désole, résiste, s'en va, revient, regarde encore, compare, hésite, questionne, s'en va à nouveau, revient, pour le désespoir des vendeurs. C'est très vite une épreuve pour moi que de la suivre, sa manie de marchander me gêne comme lorsque je l'accompagnais au marché, petite, et surtout je l'ennuie, je le vois bien, je ne suis qu'une rabat-joie, comme le père. Toujours pressée ! Toujours à surveiller l'argent qu'elle dépense ! Comme s'il n'était pas fait pour être dépensé, l'argent ! Je vais donc au devant de son secret désir, lui donne rendez-vous dans le café que nous venons de quitter et m'en vais au gré des demeures vénérables par elle dédaignées, tu sais, j'en ai bien assez vu !

Immobile sur la vase désséchée de la berge, Eugène regard l'eau filer vers l'intérieur des terres, et, sur l'eau, le point rouge de son bouchon. Il fait déjà trop chaud au pied de ce talus d'argile, bien à l'abri du vent. Il éponge son front, ajuste sa casquette, attend. Depuis deux heures qu'il est là, il n'a rien pris que de ces crabes verts que sa fille prétend sans intérêt, il les a rejetés, repris encore, sales bêtes ! D'anguilles, point. Mais il fait contre mauvaise fortune bon visage, il n'est pas d'ici, après tout, il ne connait pas les secrets de cette pêche-là. Au fond, qu'il prenne quelque chose ou rien ne lui importe guère, l'essentiel, c'est d'avoir la paix, d'être débarrassé pour quelques heures de la surveillance oppressante de Léa, de ses perpétuelles réprimandes. La solitude lui est un luxe, à présent, elle n'a pas de prix. Certes, s'il prenait une anguille ou deux, il serait content, il leur fignolerait une de ces matelotes dont l'odeur supposée lui met l'eau à la bouche, mais il n'aura pas cette chance aujourd'hui, elles restent bien cachées. Il est là pour faire semblant. Un ersatz, cette station tranquille, en regard de la remontée des torrents de jadis, quand le narguaient les truites, quand il fallait escalader la roche glissante au risque de se rompre les os, grimper en haut des arbres pour décrocher ses lignes, et surtout, déjouer les ruses de ces malignes tachetées ! Du grand art ! Mais il y a belle lurette qu'il n'a plus droit qu'à des pêches de vieux, assis sur son pliant, belle lurette que sa vie n'est plus que vide, remembrances rassises et méditations.

Le Seigneur lui a fait la grâce d'un rabiot d'existence, le médecin ne lui donnait pas deux ans, quand on l'a opéré la première fois ! Il l'a rempli tant bien que mal, et plutôt mal que bien, finalement. Il est d'ailleurs surpris d'éprouver tant de plaisir à être encore là. Loué soit Dieu, tous comptes faits, qui m'a tiré d'affaire chaque fois, j'aurais dû lui rendre grâce bien plus tôt ! Quel fou j'ai été, ma vie durant, à ne faire que soupirer après ce que je ne pourrais jamais avoir, au lieu de profiter du peu qui m'était donné ! Dire qu'il m'a fallu attendre de toucher au terme pour m'en apercevoir, âne que je suis ! Il pense à Lucie, tout à coup, à laquelle il a cessé d'écrire subitement, elle n'a pas dû comprendre, mais que faire ? Léa me menait une vie impossible, toutes ces bêtises qu'elle s'est mise en tête, alors que tout aurait pu être si simple ! Qu'elles auraient pû être amies ! J'ai été si content de la retrouver, et il a fallu renoncer, personne n'a voulu comprendre, ils se sont tous ligués contre moi ! Pourtant, qu'est-ce que je faisais de mal ? Elle ne nuisait à personne, cette amitié, elle se contentait de brûler à l'air libre, pour réchauffer nos vieux cœurs éprouvés. Renoncer, encore et toujours. Il soupire.

Le visage de la jeune fille tant aimée, il l'a oublié, mais pas l'éclat de ses vingt ans, les mèches brunes qui s'échappaient de son chignon dans la fougue de leurs enlacements, son rire dans l'odeur du foin. Elle s'est mariée pendant qu'il achevait son service militaire, sous la pression de ses parents. Elle a eu des enfants, fait sa vie. Et un beau jour, cette lettre dans la boite, Mon cher Eugène, tu vas t'étonner que je t'écrive, mais... Il revoit la torpedo jaune s'arrêter devant la ferme, la gamine de douze, treize ans en sortir, souriante, toute propre, toute jolie. Ses parents intrigués par leur patronyme commun viennent voir si par hasard ils ne seraient pas cousins, et tandis qu'ils examinent avec Marthe et Firmin leur vaste parentèle, les enfants font connaissance, il s'efforce de briller devant cette fille de la ville, lui taille un sifflet dans une branche de sureau, lui dit le nom des arbres et des bêtes des bois. Fragile des poumons, elle a besoin de grand air, elle revient pour les vacances, aux jeux de l'enfance succède une chaude amitié adolescente, toutes ces idées communes qu'ils ont ! Elle sait le consoler de la mort de son père, qui emporte avec lui le rêve de voir son fils mieux établi, elle l'aidera, il l'aura, son exploitation modèle d'Olivier de Serres de ce temps. Elle sera institutrice au village, pour sa part. Ils ne doutent de rien, mais il doit partir dans les Pyrénées, en Algérie pour faire son service militaire, et les cousins en profitent pour la convaincre d'en épouser un autre, quand sa mère qui ne voulait pas d'une pimbèche pour bru est ravie... Le diable s'est toujours trouvé sur son chemin. Libéré de ses obligations, il a rejoint sa mère au Champ de l'Être, puis, il a rencontré Léa, et s'est laissé prendre à son sourire, à sa blondeur, il ne pouvait trouver femme plus différente, c'est peut-être ce qui l'a attiré vers elle.

Combien de fois s'est-il passé et repassé le fil de sa vie, demandé et redemandé si les choses n'auraient pas pû se passer autrement ? Aurait-il pû changer de cap avant que tout ne tourne mal, que l'étau se resserre de la nécessité, ne pas accepter de prendre cette ferme au Paillaret, par exemple, emprunter de l'argent, prendre un domaine en fermage à son nom ? Mais baste, il y a beau temps qu'il ne lui reste plus qu'à assumer les conséquences des occasions manquées et des décisions jamais prises, tout est définitivement joué depuis longtemps, à quoi bon remuer tout ça ! Lucie a disparu, ils ont gagné, refaire l'histoire avec des si ne sert à rien. Pourtant, si Léa avait su faire preuve de deux doigts de générosité et de jugeotte ! Mais elle n'a pas voulu comprendre que ces tardives retrouvailles ne la menaçaient pas. Ces fameuses lettres, qui ont tout déclenché, elles étaient adressées à toute la famille, j'ai jamais rien eu à cacher, est-ce de ma faute si on a renoué aussi facilement une conversation interrompue depuis des dizaines d'années ? S'il existait entre nous cette complicité que j'ai jamais retrouvée avec ma femme ? Elles n'étaient en rien rivales. Pourtant, ce tollé ! Tous s'y sont mis, même Judith ! J'en attendais plus d'ouverture d'esprit ! Même Catherine, mon ange gardien ! Ils ont pris fait et cause pour leur mère, sans même essayer de savoir, de comprendre. Coupable, criminel, à leurs yeux. Mais coupable de quoi ? Cette histoire, quand j'ai eu la naïveté de leur dire qu'elle voulait qu'on mêle nos cendres ! La volée de bois vert que mon fils m'a donnée ! C'était juste une idée à elle, une idée romanesque de vieille femme un peu perdue, je savais bien que c'était impossible, je l'avais juste dit comme ça... Et pourquoi pas, après tout ? J'ai consacré ma vie à la femme que j'ai épousée, je l'ai jamais trompée, j'ai scrupuleusement ramené toute ma paye à la maison pour nourrir les petits, qu'est-ce que ç'aurait bien pu lui faire, d'accéder à son rêve d'être unis dans la mort puisque nous n'avons pas pu l'être de notre vivant ? Elle le sait bien, qu'entre nous il y a eu maldonne, elle en a souffert autant que moi, mais rien à faire, elle n'a vu dans cet aveu que j'aurais pas dû faire qu'une denière persécution. Si ça se trouve, elle m'en veut encore. Il soupire à nouveau, lance sa ligne un peu plus loin sur l'eau verdâtre. Je ne lui en veux plus. C'est la vie. Elle tient à moi, ma vieille, à sa façon terre à terre et possessive, je lui suis attaché aussi, cinquante ans bientôt, ça fait un bail ! On fêtera ça, à l'automne. Mon seul tort, c'a été de croire qu'on pouvait aimer deux femmes à la fois, c'est pour ça que j'ai arrêté d'écrire. Je veux rien que la paix, à présent.

La paix.

L'eau continue de monter, noyant l'odeur de vase, et avec elle le soleil. Des insectes bourdonnent dans les broussailles, piquent, la chaleur s'épaissit. Tout à coup le bouchon s'enfonce, son corps s'arque, ce corps si raide, traître, son regard s'aiguise, il promène tout doucement sa ligne pour fatiguer sa proie, c'en est une peut-être, c'est bien lourd ! Il ferre, c'est une algue. Il jure, la décroche, change le ver qu'un crabe a sectionné au ras de l'hameçon, pose la canne sur son support, avale une goulée de vin. Je suis pas fait pour cette pêche-là, décidement ! Quoique les autres ne prennent rien non plus, constate-t-il sans déplaisir. Le canal s'est peuplé, depuis son arrivée – des touristes bruyants, quelques vieux comme lui, pas plus chanceux. Des anguilles, y-en a presque plus, voilà tout.

Il s'assied sur son pliant, reprend le fil de ses rêvasseries, assommé de chaleur. Et puis, il a perdu la main. Des lustres que je pêche plus, même dans le lac aux truites, avec les autres vieux. C'est pour faire plaisir à Judith que je viens ici. Nostalgie. Tant de dimanches, seul ou avec Marcel, sur les bords de la Cance ou du Rhône, au barrage ! On n'avait pas beaucoup d'idées communes, mais on étouffait tous les deux dans notre ménage, et l'amour de la pêche nous liait assez pour que nous soyons amis. Enfin, il a été ce que j'ai eu de plus proche d'un ami... La paix, c'est à la pêche que je l'ai trouvée ! Le cancer m'a pris Marcel, y a bien longtemps, même s'il était plus jeune. Et j'ai plus pu conduire, fini, tout ça.

Cours rapide du fleuve, sous les hauts peupliers. Lui, à trente ans, quarante, cinquante, l'âme réduite en miettes par un des maelströms de ce temps-là, qui surgissaient à l'improviste et faisaient voler en éclats le fragile vernis de sa raison. Il n'en a presque plus, de ces colères – l'âge sans doute, là encore – mais comment ne pas s'en souvenir ? Dieu sait qu'il s'en voulait, après, mais macache, c'était comme si une force étrangère s'emparait de lui, le violentait pour qu'il violente les autres à son tour d'un déluge de mots accusateurs, ah, ces mots qui montaient il ne savait d'où, ces mots comme des baillonnettes qui fouaillaient, qui déchiquetaient ! Il en rougit encore, sitôt dits il aurait voulu ne les avoir jamais prononcés, ces mots qui salissaient, flétrissaient, mais ils lui remontaient aux lèvres à intervalles réguliers, comme érupte un geyser, lui faisaient mal à lui aussi, d'autant plus qu'il ne pouvait pas les effacer, qu'il ne savait pas demander pardon. Pourquoi tant de fureur ? Le sort s'est toujours acharné contre moi, c'est vrai, tout a conspiré pour m'empêcher de vivre selon mon désir, réaliser mes projets, mais de cette violence, comme j'aurais voulu être débarrassé, qui me faisait perdre le respect de moi-même autant qu'elle faisait de mal à ma pauvre Léa ! Rien de mieux que la pêche, pour me calmer, mettre du baume sur les plaies mes désillusions, éteindre l'envie de meurtre ou de suicide. Je pouvais me tenir des heures à l'affût, encore tout tremblant, tout dévasté de l'intérieur. Devant l'eau grise qui filait, puissante, vers la mer, la haine refluait, j'étais plus comme un forçat à la chaîne qui aurait tenté de se rebiffer, petit à petit, j'arrêtais de trembler, les mots, je commençais à les oublier, je faisais corps avec les galets de la rive, le vent dans les feuilles des trembles, des peupliers, le clapotis des vaguelettes à mes pieds, ma proie, un sandre, quelquefois – je retrouvais le sens de la mesure.

Pas facile, d'accepter d'avoir raté sa vie. Enfin, pour l'essentiel.

Tant de fois, cette même scène ! J'en peux plus, j'en ai marre et plus que marre, toute une vie coincé entre l'usine et cette femme, c'est à se cogner la tête contre l'écorce ravinée des peupliers, se fiche à l'eau. Comme le courant est tentant, comme les tourbillons se creusent à quelques mêtres m'appellent ! Allez, viens, laisse-toi emporter ! Tu ne sais pas nager, tu n'as qu'à avancer jusqu'à perdre pied, et puis, quelques minutes de suffocation et c'en sera fini, les poissons, en un juste retour des choses, se repaîtront de ton cadavre, ton âme délivrée de son enfer sur terre s'envolera vers Dieu le miséricordieux, ou bien s'il n'en veut pas, elle restera à murmurer dans les feuillages, sur les lônes... Combien de fois j'ai voulu me fiche à l'eau ? Le Rhône, je l'ai tant aimé ! Sa puissance majestueuse, pas encore corsetée de barrages, la violence de ses crues, qui le réputait indomptable. Orgueilleux comme moi. Mais on a fini par le museler, l'apprivoiser, le fleuve roi. Et moi, je suis au bord de ce canal tranquille, assis sur mon pliant dans la chaleur de l'été, en laissant divaguer ma mémoire devant le flux de la marée montante. Muselé moi aussi, dompté, mais encore vivant, et content de l'être, à tout prendre. Raté ma vie ? D'autres ont eu pire sort que le mien. Je l'aime, la vie, elle me tient, mystérieusement. Je sais pas s'il faut y voir signe du ciel ou refus du néant, mais chaque fois que j'ai décidé de me suicider, je me suis retrouvé, le vertige dissipé, à contempler le flot boueux, j'ai fini par rentrer. Oui, je suis toujours revenu. Par principe ? Faiblesse ? Peur d'affronter l'inconnu ? Remords ? Pauvre Léa, tout aussi enchaînée que moi !

Il essuie la sueur qui coule sur son front, avale un autre petit coup. Au début, tout semble permis, possible. Le Certificat, les études d'ingénieur agronome, le mariage avec Lucie, le domaine modèle – puis, la machine s'enraye, tout s'enchaîne de travers, mais ça s'enchaîne, on n'y peut rien. Ce n'est pas seulement le sale caractère que j'ai hérité, dit Léa, du grand-père Grabuge et de Marthe, qui m'a fait rager et tempêter autant, c'est d'avoir trop longtemps espéré pouvoir faire table rase, repartir à zéro. Ah, si j'avais trouvé à exercer mon intelligence ! L'occasion de donner toute ma mesure ! Mais c'est jamais arrivé. Ou bien je m'en suis pas aperçu ? Heureusement qu'il y avait le Rhône ! Sans lui j'aurais jamais tenu le coup. Pêchant ou arpentant les berges vaseuses, combien de fois je me suis promis que plus tard, quand les petits auraient grandi, je m'en irais enfin, je ne devrais plus rien à personne, alors, je recommencerais. Quoi, comment, j'en savais trop rien, mais il devait bien y avoir une issue. Il n'est jamais venu, ce jour, ouvrier je suis resté, j'ai continué à faire double journée pour nourrir mes gosses, à rentrer le soir me faire houspiller par Léa, puis, quand ils ont été casés, c'était trop tard. Elle a servi à rien, toute cette colère que je portais en moi.

Cercles.

Je suis resté avec ma femme par devoir, pour les enfants, parce que je tiens à elle, aussi. Tout cela mélangé. Je suis resté pour me punir de mes pensées mauvaises, pour la punir aussi. Par incapacité à trancher. Le père Martel a osé. Moi pas.

Mais je suis pas un mauvais homme, tout le monde le sait. Juste un homme envers qui la vie s'est montrée trop avare. Un homme empêché, entravé.

Des gosses se chamaillent sur le pont à cause de leurs lignes emmêlées. Il rit tout seul, les écoutant. Il a leur âge, il est cabochard et futé, toujours cherchant les coups de pieds au cul dont sa mère est prodigue, il trait les chèvres avec les copains dans des pommes de terre creuses qu'il cuit sous la cendre, un délice, tant pis pour la rage de Marthe ! Le père est fier de lui, si brillant à l'école. On en fera quelque chose, de ce petit ! Mais il est mort trop tôt le père, et si brutalement ! Méningite, et plus personne. Il a fallu aider la mère. Une marâtre, la vie. Mais bon, c'est comme ça. On choisit pas grand chose, au bout du compte, on réagit aux circonstances, on suit des rails vite tracés, sans avoir la maîtrise des aiguillages. Mais j'en ai mis du temps, à renoncer ! L'âge de la retraite venu, j'ai fait le conseiller municipal, j'ai parlé à Radio Vivarais, j'ai même essayé d'écrire un livre, mais j'ai rien produit de sérieux. La faute à Léa, là encore, qui me dérangeait sans arrêt. La faute à l'inertie de la vieillesse. Les mots me venaient toujours plus difficilement, j'ai oublié l'orthographe, même ma verve s'est perdue. L'envie d'apprendre, il n'y a rien de neuf dans les écrits des autres. Même le goût de la bagarre. Je me suis résigné.

Un homme empêché ? Un égaré, plutôt. La vérité, la justice, on les trouve ni dans les livres, ni dans la lutte, le diable sait mettre à profit les meilleures intentions. Quand j'ai fini par le comprendre, je suis revenu aux « frères » perdus de vue. Personne n'a pris au sérieux ma nouvelle ferveur, je les agace, ces mécréants. Mais ils comprendront à leur tour, la voie est étroite, de la rédemption, son accès bien dissimulé. J'ai eu du mal à le trouver, mais c'est fait, j'aurais dû le rechercher il y a longtemps. J'aime prier, le matin. Méditer en silence. La Parole me fait du bien. Et de penser qu'au même moment d'autres prient comme moi. Si j'avais su, je me serais rendu réceptif plut tôt à la Vérité, j'ai trop longtemps différé le moment de changer de voie. Enfin, j'ai toujours été de bonne foi, au moins, j'ai toujours essayé de faire ce que je croyais juste. Un homme de bonne volonté, voilà ce que j'ai tâché d'être. Autant qu'il dépendait de moi. C'est le souvenir que je voudrais qu'on garde de moi.

Le soleil cogne droit dessus. Le bouchon plonge enfin, il mouline tout doucement. Un petit poisson étincelle, misère de misère ! Il le décroche, le rejette à l'eau, il rentrera bredouille. Il avale une lampée de vin, bientôt midi, le soleil monte. Les bords du canal sont pleins, maintenant. Il sort son casse-croûte, mange lentement. J'ai bien fait de céder aux instances de Judith, je suis bien, là, dans l'estivale léthargie. Je ferais bien la chaûme, si je trouvais assez de place pour m'allonger. Une anguille enfin ! Minuscule. Il en rit avec son voisin. Ce soir, il passera chez la marchande de poisson, elle est charmante !

Léa avance d'étalage en devanture, toute à son bonheur. Tiens, ce vase irait bien sur le bahut d'Annette. Et ces ticheurtes, les petits seraient contents... Ce chapeau ! Mais j'aurais l'air ridicule. Dommage que j'ai des robes plein mon armoire, je les userai pas... Elle caresse du bout des doigts le tissu soyeux, qu'est-ce que ça coûte d'essayer ? N'a-t-elle pas gagné le droit de dépenser chaque sou de sa misérable retraite comme elle l'entend ? Toute sa vie, il a fallu ruser avec les fins de mois, elle peut bien se permettre une petite folie. Allez, je la prends. Oh, le joli service de table ! Faudrait jeter toutes ces vieilleries, un plein buffet ! Mais ça serait pas pas raisonnable, d'acheter ça, pour le monde que j'invite ! Par contre, ces bols... Ils vont rejoindre dans son cabas les tee-shirts, le foulard, le vase, il lui manque encore quelques cadeaux, elle prend son temps, voilà bien longtemps qu'elle n'a pas eu pareille occasion de fouiner. Et tout à coup, tiens, j'ai marché loin, mine de rien. Pourvu que je sois pas perdue ! Enfin, c'est pas aussi grand que Paris. Une fois, avec Cécile, on est parties dans la mauvaise direction, en rentrant du marché, on en a fait, des kilomètres, avec les sacs pleins ! Faut rebrousser chemin, mes jambes commencent à gonfler. Pas étonnant, avec cette chaleur !

Dire que j'ai dû attendre la retraite pour profiter un peu de l'existence ! Et encore, quand Eugène a rien trouvé à inventer ! Tiens, savoir ce qu'il fait, celui-là, en ce moment... On trime toute une vie, on se ronge les sangs, on se met en quatre pour les autres, et on attrappe ses soixante-dix ans sans avoir rien vu venir. Heureusement, Judith me sort un peu, mais Paris, c'est fini maintenant, trop fatigant, et grimper cinq étages ! Dommage, quand même, j'aurais bien voulu voir son appartement. Mais on rajeunit pas, les escaliers, je peux plus les monter, encore moins les descendre, avec mes genoux. Tiens, encore un joli foulard, si je le prenais pour Colette ? J'ai bien aimé voyager, prendre le TGV en première, avec les richards ! À peine arrivée à la gare de Lyon, je retrouvais mes jambes de vingt ans, je l'ai crevée, ma fille ! Oh, j'y habiterais pas, à Paris, on vous renverserait à chaque carrefour, et toutes ces mémés qu'on assassine ! Je la plains, Judith, de devoir supporter ce raffut, la pollution, courir toujours, et le métro ! Mais tout est meilleur, et ces boutiques ! Elle ose pas y entrer, pourtant elles ont toujours été gentilles, les vendeuses, même si elles voyaient bien que j'achèterais rien. Et Notre-Dame ! Ils ont dû en baver, ceux qui l'ont construite, des pauvres bougres comme nous, personne y pense, à eux! Les musées, les châteaux, toute ce luxe, c'est pas pour moi, mais personne m'a chassée pour pauvreté ou ignorance, et c'est justice, ils valent pas mieux que les autres, les gros, sans nous, ils seraient quoi ? Oui, j'ai bien voyagé ! Mais là, c'est la dernière fois.

La voici de retour, tout'encombrée de sacs. Il faut qu'elle ramène une babiole à chacun, ce n'est pas seulement plaisir de dépenser, d'offrir, c'est aussi qu'elle s'est mis en tête qu'elle le doit, rapporter un petit souvenir de ses escapades. Les gens se classent à ses yeux en deux catégories, ceux qui donnent, et les pingres qui ne pensent qu'à eux, qu'elle exècre par dessus tout. Elle donne sans compter, pour sa part, je n'ai connu personne qui si volontiers se dépouille, alors qu'elle possède si peu. Elle a la générosité de ceux qui savent ce que c'est que manquer, cette générosité des pauvres qui m'a tant frappée, en Inde, il y a trente ans, la générosité des sources, des fontaines, qui jaillissent sans attendre de retour. Ce n'est malheureusement plus aussi simple qu'autrefois, ses petits enfants préfèrent de l'argent, pourtant le rituel demeure, elle ne saurait y manquer. Tiens, regarde ce que j'ai trouvé ! Y a rien pour toi, mais on ira te chercher quelque chose après manger, mais si ! En attendant, elle me suit vers la terrasse d'un restaurant à poisson. Elle rayonne, une véritable aubaine, la rue aux arcades ! Et toi, tu as fait quoi ? Ah, tu t'es baladée ? Oui, c'est joli, mais bon, les vieilles pierres, j'en ai bien assez vues !

Nous voici attablées devant des fruits de mer. Elle ne sait pas manger avec la distinction qui sièrait, moi, guère davantage, mais bon, qui nous connaît ? C'est moins chic que ce restaurant, au musée d'Orsay! On se serait cru à l'Élysée, avec ces dorures, ces lustres ! Sa façon de gober les huîtres me gêne un peu, ou de parler la bouche pleine, mais je m'abstiens de faire des remarques, cette journée lui appartient. Tant pis, aussi, pour le diabète, elle peut bien faire un écart ! C'est ce régime qui me déprime, si si, je t'assure, toujours se priver, faire attention à tout ! Tu sais pas ce que c'est, toi ! Et puis, j'ai faim. Elle se bat avec la carapace des langoustines, les pinces du tourteau, c'est vraiment pas commode, le rince-doigts n'est pas de trop ! Une jupe à volants, rouge à pois noirs et un boléro assorti orné d'un galon ondulé me viennent à l'esprit, qui sait pourquoi ? Elle les avait taillés dans un coupon acheté au marché, contrainte par le manque d'argent, mais elle aimait bien ça, coudre de jolies choses – tiens, tu t'en souviens ? Et cette jupe bleu turquoise, pour tes seize ans ? Tu fréquentais ces Espagnols avec la pauvre Sylvie, ah, tu m'en as fait faire, du mauvais sang ! Après, t'en as plus voulu, de mes robes, elles étaient pas assez bien pour toi. Tu te rappelles ce costume bleu avec des bandes blanches que tu t'étais payée, pour tes vingt ans ? Elle rit, je me revois dans ce tailleur trop sage, accueillant le jeune homme brillant et sarcastique qui venait, une gerbe d'œillets roses dans les bras, de faire son entrée dans ma vie. Un souvenir appelle l'autre, elle est intarissable sur mes premières amours, elle a bien meilleure mémoire que moi. Et soudain, sans transition, je porte peine de ton père, tu crois qu'il aura mis son chapeau ? Pourvu qu'il ait pas de malaise, je suis jamais tranquille, quand je le laisse seul, il a si peu de biais... Tu veux pas autre chose ? Prends un poisson, les fruits de mer, ça cale pas !

Donner, nourrir.

S'il fallait résumer ma mère en deux mots, ceux-là la diraient beaucoup mieux, en vérité, que sa tendance à dramatiser, la floraison vénéneuse du souci. Il faut l'avoir vue remplir ses cabas au marché, bourrer son frigidaire, courir les magasins les veilles de Noël, apprêter les repas de fête du temps qu'elle était forte et ses petits enfants gamins, pour prendre la mesure de son besoin d'offrir. Chaque année, elle jure qu'on ne l'y prendra plus, c'est la dernière fois, elle est trop vieille, maintenant, trop fatiguée, mais elle est incapable de se tenir à pareille résolution, il lui faut réunir les siens autour d'une dinde, d'une bûche glacée, au moins ça. Lorsqu'elle ne pourra plus se rendre sur la place le samedi, elle n'aura qu'à se laisser mourir. Reste que les fêtes d'aujourd'hui ne sont qu'un bien pâle reflet de celles de jadis, ah, ces Noëls du temps où Cécile et ses cousins étaient encore petits ! Grand-mère, elle pouvait réaliser ce que la misère lui avait interdit pour ses propres enfants, couvrir son monde de cadeaux et offrir trois repas en un. Elle craignait toujours que quelqu'un ne trouve met à sa convenance, qu'il n'y ait pas assez, elle nous surveillait, inquiète et attendant les compliments, vous êtes sûrs, vous en voulez plus ? C'est pas bon ? Allez, encore un peu, tu vas pas laisser ça ! Elle s'était levée bien avant le jour, elle avait épluché, découpé, farci, rôti, touillé pendant des heures, refusant l'aide de quiconque, elle n'avait pas pris le temps de se changer, nous nous devions de faire honneur au festin qu'elle nous offrait de si bon cœur. Elle ne s'asseyait qu'à peine, tançait les appétits mesquins, remplissait les assiettes vides, c'était pas tous les jours fêtes ! On pouvait deviner derrière tant d'opulence la petite fille qui avait eu faim, mais surtout, elle triomphait, notre père dont c'était pourtant l'anniversaire passait à l'arrière-plan. Elle préférait Noël à Pâques, est-il plus belle fête que la Nativité ?

Je choisis un rouget pour lui faire plaisir. Elle se verse un autre verre de vin blanc. Si ton père nous voyait !

Donner, nourrir... Comment nous aurait-elle signifié mieux qu'elle nous aimait, elle que les effusions agaçaient, à qui les mots ne venaient pas facilement ? Qu'il nous fallait, à notre tour, l'aimer un peu ? Elle n'y mettait pas de calcul, elle avait juste peur que nous les méprisions, ses dons et son amour, elle voulait nous entendre dire merci, pour une fois, si elle en faisait trop, nous condamnant à manger de la volaille tout le reste de la semaine, c'est qu'on n'est jamais sûr d'aimer, donner assez. Ai-je jamais assez donné, assez aimé moi-même ? Beaucoup moins qu'elle, me semble-t-il, qu'il en aille de ceux qui ont croisé ma route, de ma fille. Sans cette générosité, cette simplicité qui ne tient pas de comptes. À vingt ans, la maternité me semblait simple assujettissement à la biologie, contraire à mon idée de la liberté des femmes. Quelques années après, pourtant, le désir d'un enfant a surgi, un désir si violent qu'aucune de mes brillantes théories n'a su le réduire, et je lui ai cédé, un peu fâchée de me sentir pliée à quelqu'immaîtrisable décret de la nature, mais exultante, toute au sentiment de plénitude qui me venait, à épier la poussée de la vie en moi. Mon seul véritable regret, c'est de n'avoir pas eu d'autre enfant. J'ai découvert avec étonnement que mon ventre qui s'arrondissait comptait plus que le monde à révolutionner, repris corps, c'est le cas de le dire, repris pied dans la réalité, et lorsque ma petite est née, j'ai essayé de réordonner ma vie autour d'elle, mais pas suffisamment, beaucoup trop peu – nous nous sommes séparés trop tôt, son père et moi. Je la revois debout sur la table, elle devait avoir cinq ans, nous lançant à nous qui formions sa famille élargie d'alors vous êtes tous des obligeurs ! alors que nous ne l'obligions à rien, sinon à accepter que nous fussions quatre au lieu de deux – non, je n'ai pas su l'aimer bien, elle a dû se sentir trop souvent superflue, dans le chaos de ma vie de ce temps ! La hantise de ne pas donner, nourrir assez, je l'ai éprouvée avec plus de culpabilité expiatoire que de générosité, n'étais-je responsable des refus, des blocages de ma fille, à l'école surtout ? Ne l'avais-je subordonnée à mes errements amoureux, à mes déprimes, à mes incertitudes ? Je pouvais pardonner à Léa de ne pas nous avoir épargnés les fracas de sa vie conjugale, quand nous étions petits, elle avait fait de son mieux, ce n'était pas de sa faute si Eugène entrait en rage à tout propos – je n'avais guère de circonstances atténuantes, pour ma part, je ne m'en trouvais pas, du moins. J'entrai alors dans une sorte de névrose professionnelle, comme pour me punir de mes manquements réels ou fantasmés envers Cécile. Les nourrir, les gaver, mes élèves, il me fallait – les accabler de devoirs, de cours, de textes trop difficiles, pour me convaincre que j'étais un « bon » professeur, au moins, à défaut d'avoir été, d'être bonne mère... Mais je ne m'y prenais pas nécessairement de la meilleure manière, pour convaincre des jeunes gens parfois rétifs des charmes de mon austère discipline, et leur ingratitude m'atteignait au plus vif.

Léa refuse le fromage, opte pour une salade de fruits, c'est moins lourd – mais toi, prends un gâteau, fait-elle avec une pointe d'envie.

Le prix des Noëls d'autrefois, je l'ai réalisé lorsque nous nous sommes retrouvés trois autour de la table du vingt-cinq décembre, il y a deux hivers de cela. Eugène avait dû être hospitalisé, elle se sentait trop lasse, elle n'avait pas le cœur de rassembler la tribu. Je m'étais dit que quelque chose était sans doute révolu, et j'avais regretté l'excitation des voix autour de l'apéritif, l'effervescence de la cérémonie des cadeaux, surprise feinte et vrai plaisir, la kyrielle de plats sur la table munie de ses deux rallonges, la belle vaisselle sortie pour une fois – peut-être ne verrais-je plus notre mère en majesté, nous pressant d'avaler toutes ces nourritures, et j'avais ressenti vivement que c'était elle qui nous faisait tenir ensemble. Elle disparue, comment nous retrouverions-nous, nous tous que tant de choses séparaient ? Étrange nostalgie, pour moi qui m'étais toujours tenue peu ou prou à l'écart de la famille. Enfant, adolescente, je m'étais éprouvée fille du père, tandis que les « petits » faisaient corps avec elle, on me croyait volontiers fille unique. Puis, j'étais partie faire mes études, travailler ailleurs quand ils étaient restés à Albanay. J'avais mené une vie beaucoup plus agitée que le reste de la fratrie – il m'avait fallu quelques égratignures, prendre la mesure parfois de mon esseulement, pour trouver sens et réconfort à être parmi eux. Elle n'était pas, cette famille dont elle était le cœur, seulement la source d'aliénation que j'avais voulu y voir, elle était mon point de départ, mon point d'attache, elle m'enracinait quelque part – fallait-il que j'aie été aveugle, ou partiale, pour l'avoir oublié !

Léa savoure son café, un peu de rouge lui est venu aux joues, le vin aidant. Elle est bien, elle regarde passer les gens, remarque l'allure de l'un, l'accoutrement de l'autre – juste bien. Je regarde son visage libéré de sa moue dépressive, son visage métamorphosé. Est-ce la tardive découverte des vertus occultées de la maternité qui m'a conduite à me prendre d'amour pour les madones italiennes qui semblent s'effacer, sourire méditatif aux lèvres, derrière l'enfant-dieu, mais qui rayonnent cependant d'une présence si intense ? Léa ne leur ressemble guère, dans la lourdeur de sa vieillesse, sauf dans ce même sourire, qui sourd quelquefois de très loin. Comme elles, elle offre et compatit, elle sait d'expérience les hommes semblables à des enfants, qui font le mal comme on s'amuse sans se soucier des conséquences. La plupart du temps, elle ressemble plus aux mères éplorées des descentes de croix qu'aux jeunes femmes gracieuses et juvéniles qui offrent le nourrisson divin à l'adoration des fidèles sur le velours bleu de leur robe avec une souveraine simplicité, mais un soupçon de jeunesse lui est revenu, tandis qu'elle goûte son bien-être sur cette terrasse, et je lui trouve quelque chose de leur sourire d'arrière-plan, un peu las mais serein, né du savoir de la vanité des agitations humaines, de la souffrance trop souvent subie, de l'espérance presque toujours déçue mais persistante. Tout à coup, elle jette un coup d'œil sur sa montre et s'exclame deux heures et demie ! Et ton cadeau ! Tiens, appelle la serveuse, que je paie. Je ne proteste que pour la forme, elle a déjà ouvert son porte-monnaie. On a quand même le temps de faire un tour sur les remparts ? Ton père râlera de toutes façons ! Nous marchons vers les fortifications, il y a foule à présent sur le quai, mais ça lui plait, toute cette vie insouciante. Tiens, regarde ces coquillages ! Mais prends en deux ou trois, un, à quoi ça ressemble ! Je choisis quelques porcelaines joliment tachetées, et tandis qu'elle fouille déjà du regard les étalages environnants, je me souviens d'une autre histoire de Noël, dans mon livre de lecture du cours moyen – une pauvresse errait de vitrine en vitrine à la veille du réveillon, désespérée de ne pouvoir offrir à ses petits tant de merveilles. Un riche survenait qui lui faisait l'aumône, elle courait vers les dindes, les charcutailles, puis, sagement, se contentait de pâtes, « parce que ça bourre et c'est moins cher ». Elle a dû être « sage » assez longtemps, Léa, foin des pâtes et des économies ! C'est tout ce que tu veux ? Bon, je paierai ton essence. Mais si.

Sur la route du retour elle s'endort, épuisée. Ma mère, ou l'ordre du monde acccepté. L'ordre du monde, non l'injustice qui le rompt, la méchanceté, l'impur plaisir d'écraser l'autre à seule fin de se sentir exister. Que n'ai-je hérité de cette faculté d'accepter ! Elle sait qu'aussi longtemps qu'il y aura des hommes, ils se distribueront en puissants et faibles, grands et humbles, gouvernants, gouvernés, quelle révolution pourrait bien changer ça, ma pauvre fille ! J'y ai vu longtemps, comme mon père, résignation ou fatalisme, mais c'est plutôt simple bon sens. Elle s'est contentée de réclamer son dû, ce qu'elle estimait être le prix de son labeur, rien davantage. Mais elle l'a fait avec obstination, avec constance, ce n'est pas parce que tout le monde ne peut pas se tenir au sommet que tout est permis, ce n'est pas parce qu'il est dans la destinée des femmes d'entretenir la vie qu'il faut les traiter comme des domestiques. Elle n'a jamais revendiqué une égalité impossible, seulement qu'on la respecte, toute ignorante qu'elle soit. De son obscure place, elle a appris à « plaindre » plutôt qu'à envier, le monde la désole, mais elle en est, jusqu'au cou, solidaire de tous ceux qu'on exploite et qu'on maltraite – les pauvres, si c'est permis ! Elle n'a jamais su, comme mon père, comme moi, s'en évader par des chimères, mais elle s'est bagarrée quand il l'a fallu, elle n'en est pas peu fière. On peut savoir rester à sa place sans se laisser marcher sur les pieds, sans éprouver non plus, comme son homme, le besoin de blesser à son tour, faire souffrir, ce besoin qu'elle voit partout et qui l'horrifie. Je l'aime pour cela, que j'ai tant réprouvé pourtant, cette certitude d'elle-même. Mais surtout, j'aime ce rapport ingénu aux belles choses qu'elle a manifesté aujourd'hui encore, son regard vierge, « naïf », comme on le dit de quelques peintres, sa faculté restée intacte de s'émerveiller. Bien sûr, elle sait aussi se montrer tyrannique, elle pèse sur ceux qui l'entourent de toute la masse de son pessimisme, elle juge à l'emporte-pièce, des méchancetés qui nous surprennent lui viennent quelquefois aux lèvres, elle n'est pas un ange, tout ce que son mari a eu à lui reprocher existe bien – mais c'est « bonne » que je l'éprouve, foncièrement.

Eugène plie bagage. De tout l'après-midi il n'a rien pris, pour ainsi dire. Il ne pourra montrer à ses satanées bonnes femmes qui tardent qu'une minuscule friture. Mais il est coutumier de ces petites déceptions, il a passé une bonne journée, elles se ficheront de lui mais qu'importe ! Il boit un verre au comptoir de la guinguette, y dépose son attirail et s'en va traîner sur la digue. La marée redescend, les mâts tintinnabulent dans le minuscule bassin, les jeunes affluent autour des attractions de la fête foraine, un manège à l'ancienne tourne pour les petits de retour de la plage. Il longe la jetée tout pensif, les mains derrière son dos. Il n'y avait que quelques masures autrefois, quelques barques de pêche, il l'a vu sur de vieilles cartes postales. Pas facile non plus, la vie des anciens de par ici ! Il avise un homme de son âge, l'aborde, et récrimine avec lui sur le poisson qui a fui, les coques, les crabes et les moules sauvages qui ont disparu, qu'est-ce que vous voulez, les touristes piétinent tout, ils tournent et retournent les pierres, y a plus rien ! Il acquiesce, c'est la même chose partout, exactement la même chose. Le nombre gâche tout.

Il revient à pas lents vers le bistrot, s'impatiente, commande un apéro. Bientôt sept heures, qu'est-ce qu'elles peuvent bien faire ? Il se représente Léa en train de vider son porte-monnaie, elle lui empoisonne la vie, sa vieille, mais il s'y est tellement habitué, avec le temps, qu'il n'envisage guère la vie sans elle. Elle a sûrement souhaité être débarrassée de lui aussi souvent que lui d'elle, il a maintes fois décidé de la planter là, mais il ne l'a pas fait, elle lui est chère, si seulement elle ne se noyait pas tant dans le dédale de ses idées sombres ! Il s'attendrit, c'est qu'il devient sentimental, avec l'âge. Elle s'est fait tant de mauvais sang pour lui ! À chacune de ses hospitalisations, elle a téléphoné dès sept heures du matin pour s'enquérir de son état, de sa nuit, de ses envies, elle a passé l'après midi auprès de lui, aux petits soins, harcelé de questions les médecins, s'affolant de leurs grands mots qu'elle répétait sans les comprendre, oui, elle s'est bien occupée de lui, elle l'a même accompagné à Lyon, elle a logé à l'hôtel, pris le métro, lors de son opération la plus difficile, elle ne pouvait pas le laisser seul dans cet endroit où il ne connaissait personne ! Il s'était même surpris à la voir autrement, cette fois-là, peut-être qu'il avait fini par la juger mal – il la découvrait empressée, courageuse, faisant face avec une étonnante détermination, aimante, en un mot, proche tout à coup, proche enfin. Il avait entretenu quelques semaines l'illusion que cette secousse avait été assez brutale pour les arracher aux ornières de leur vie commune, qu'elle allait enfin devenir la compagne qu'il espérait, mais elles étaient trop profondes, et surtout, dès qu'il avait été tiré d'affaire, elle s'était effondrée comme si elle avait concentré tout ce qu'elle avait d'audace, d'énergie et d'amour pour tenir tête à sa maladie, et s'y était vidée de sa substance. Elle était entrée dans sa première phase de mutisme compact, son visage s'était figé, elle s'était mise à broyer du noir à longueur de journée, fini, l'espoir de repartir à zéro, il avait fallu la supporter, sinistre, était-ce seulement malade, qu'elle l'aimait ? Entièrement en son pouvoir ? L'ordinaire en tous cas avait repris son cours, l'espionnage quotidien, dans l'arrière-goût mutuel d'une espérance déçue. L'ordinaire avec ses bas et quelques hauts, jusqu'à ce que Lucie écrive.

Mais qu'est-ce qu'elles fabriquent ? Pourvu qu'elles n'aient pas eu un accident !

Pas de promenade, ce soir, ils ont leur compte ! Et puis, il va pleuvoir. Depuis la cuisine, je les écoute se chamailler *mezzo voce*, mais il n'y a pas d'animosité dans leurs piques, t'aurais bien pû venir, quand même, quel ours ! Pour passer mon temps à vous attendre ? J'étais mieux où j'étais ! Au bistrot, dis-le, que tu as passé l'après-midi au bistrot, à boire des canons avec des vieux birbes comme toi ! Pour ce que tu as attrapé ! J'ai longtemps pensé qu'ils auraient dû se séparer, refaire leur vie chacun de leur côté, mais ce soir je me réjouis très égoïstement qu'ils soient restés ensemble. Parce que les cris et les larmes ont été toute la musique de mon enfance, de mon adolescence, j'ai refusé avec constance de m'enfermer dans les contraintes du mariage, je me suis racontée dès l'adolescence que seule la passion rendait l'existence digne d'être vécue, mais ai-je jamais aspiré, au fond, à autre chose qu'à l'amour de toute une vie ? Un homme, une maison, des enfants...

Vaisselle faite, je les laisse sous l'hibiscus et m'en vais regarder le ciel s'éteindre sur la mer malgré le lourd nuage qui menace. Ils terminent leur vie côte à côte, moi, je vieillirai seule. J'ai voulu tout, et je n'ai rien. J'en suis transie comme du vent qui secoue les ajoncs, fait moutonner les vagues. J'aurais dû apprendre à composer, partager, me bercer moins de mots. Concéder au père de ma fille ses maîtresses, à Luc la jeune femme dont il vient de s'éprendre, mais je suis incapable de « partager », je suis comme ma mère jalouse, plus qu'elle, peut-être. Mystère, que cette possessivité. La jalousie est charnelle d'abord, l'aveu de Luc me l'a appris dans une sorte de brûlure intérieure ! Je me suis voulue libre dans mes amours, mais chacun des liens que j'ai noués a été aspiré tôt ou tard dans les trous du pathos, la volonté que j'affichais de vivre selon mes principes n'a jamais pu évacuer ma négativité, la terreur sous-jacente de voir l'autre partir, dont j'essayais de m'assurer par des manœuvres aussi retorses que pitoyables.

Autonome, tu parles ! J'ai subi plus que décidé, et largement gâché ma vie.

La marée est presque basse, la falaise est blafarde, ce soir, elle ne se redouble pas dans les gours qui se vident, les mouettes se laissent emporter par le vent puis s'abattent en troupeaux sur les algues. Je m'abrite contre le blockhaus, il n'est plus temps de descendre sur la grève. Le nuage noir gagne, un rideau de pluie sombre strie à l'oblique la bande vert bleuté du ciel qui le sépare de l'eau pour un instant encore, par delà les murettes, les vagues se mordent, rageuses, sous le vent qui contrecarre le jusant. « Apeïron », l'illimité d'Anaximandre, ou l'informe, l'indéfini – c'est le mot qui me vient à l'esprit face à la mer, celui qui me la « dit » le mieux. Ils ont de la chance à leur manière, mes parents. Je vais devoir apprendre à vivre en solitaire, mais vieillir sans tendresse, sans une épaule amie où me nicher me fait peur, je me cramponne à mon compagnon trop jeune, nous vivrons ensemble pour encore quelques temps, pas longtemps. Chutes de la Yellowstone River dans son canyon sulfureux, à nuit tombante. Nous, minuscules et silencieux devant ces eaux puissantes et pressées, songeant que nos amours ressemblent beaucoup plus au cours monotone et vaseux de la North Platte River qu'à cette violence écumante, et que nous avons droit encore à quelques tourbillons, quelques rapides... Il refera sa vie, je resterai célibataire, par défaut. Rien d'autre, devant, que de la solitude. Pourtant, aurais-je dû, ou pu me résigner à la torpeur des sentiments, au silence des corps ? Sotte question bien entendu, à laquelle il n'est pas de réponse.

Le phare balaie les eaux qui finissent de se retirer, quelques grosses gouttes s'écrasent sur ma peau nue, l'orage approche. Heureusement, la petite bergerie n'est pas loin ! Chacun bricole comme il peut, il m'a fallu du temps pour suspendre mes jugements les plus hâtifs, accepter de voir dans les théories qui ont baigné ma jeunesse autre chose que des faisceaux de clarté éphémère, trouant l'opacité de l'affect comme la lanterne du phare l'obscurité naissante et fluctuant avec le temps. On ne saurait vivre sans amour, et c'est ce qui m'attend, par ma faute. À vingt ans, je me suis crue déliée des formes oppressives du couple où la liberté se perdait comme oued dans les sables. Vivre comme Eugène et Léa, jamais ! L'amour devait être élan, plutôt qu'enfermement, se conjuguer à la révolution à laquelle je me vouais. Enceinte, j'ai épousé Marc cependant, sous le prétexte de ne pas chagriner nos parents. Ce mariage s'est vite défait, mais je ne suis vraiment sortie du sillage du père de ma fille que très longtemps après notre séparation, comment m'étonner que Cécile ait longtemps espéré nous réunir ? Je me défiais plus encore que de l'aliénation conjugale de la licence sexuelle qui se parait à cette époque des plumes de l'émancipation, des amours plurielles de rigueur, des improbables constellations communautaires dans lesquelles on pensait changer la vie, les utopies en vogue, je ne pouvais les vivre, j'oscillais, tiraillée entre ma conscience qui me soufflait qu'il fallait savoir rester fidèle, se priver de quelques aventures si l'essentiel le méritait, et ce qui était tenu pour novateur par mes camarades – j'ai opté pour la fidèlité, mais aurait-il pû en être autrement, j'étais de nouveau amoureuse, ça ne me coûtait rien ! En fait, j'ai louvoyé, et c'est ce louvoiement que j'ai appelé liberté. Bâti sur le sable plutôt que sur le roc, comme le fou de l'Évangile. Elle a sûrement raison, ma vieille mère, je me suis dispersée en vain d'un homme à l'autre, derrière sa réprobation, il y a tant de clairvoyance ! Pourtant, vivre comme elle, je ne l'aurais pas pû.

Elle me guette depuis le seuil, mais regarde, tu es toute trempe ! Tiens, sèche toi, je vais te faire une tisane. T'as plus ton bon sens, décidément !

Hlm.

Albanay s'est transformée, quelques voitures ont fait leur apparition dans les rues pentues, trop étroites, elle a commencé à s'étendre sur les plateaux environnants. Les vieilles industries ont périclité, d'autres ont pris leur essor. La maison Desrieux qui est des premières a fermé, la machine à vapeur s'est immobilisée à jamais, les bâtiments déserts gémissent à tous vents, dont les gamins s'amusent à casser les verrières. Quoi de plus triste qu'une usine à l'abandon, son silence, son vide ? Le maître des lieux n'y a pas résisté, dont le monde s'est effondré, trop archaïque, sous les coups d'une modernité à laquelle il n'a pas su, pas voulu se plier, parce qu'il ne la comprenait pas. Il s'est survécu pendant quelques années, se rendant comme tous les matins dans son bureau comme Maître Cornille en son moulin pour y brasser d'anciennes écritures, rédiger des lettres sans destinataire. On l'y a trouvé mort sur des liasses de vieux papiers. Eugène s'est retrouvé sur le pavé. Encore une époque qui s'achevait. Au bout de quelques temps, on l'a embauché aux tanneries, mais comme simple ouvrier, cette fois. Il gagne moins, il lui faut obéir aux ordres quand il a accoutumé d'en donner, mais enfin, il a retrouvé du travail, sa période de chômage l'a presque rendu fou. L'année de mes dix ans, nous emménageons dans l'une de ces hlm qui poussent de partout.

Dernier lieu, dernière strate de mon « roman de formation », et pas les moindres, que la hlm où je suis sortie de l'enfance avec quelques dizaines de garçons et de filles, mais décalée, saisie du sentiment aigü de n'être pas tout à fait à ma place parmi eux – de devoir la chercher, ma place, sans trop savoir où la trouver.

Il me semble, en prenant possession de l'appartement flambant neuf qu'on nous a alloué, que nous venons de faire un bond vers l'opulence. Notre cité occupe le grand parc ombragé de cèdres magnifiques d'une propriété bourgeoise déchue, nous disposons de trois chambres, d'une salle à manger ouvrant sur un balcon et d'une salle d'eau, nous n'aurons plus besoin d'affronter la nuit pour aller aux cabinets derrière l'écurie, le gaz arrive dans la cuisine, comme l'eau courante, froide ou chaude. Après la maison vétuste sous les tilleuls, c'est le grand luxe ! Si propre, lumineux! Et ce n'est toujours pas tout à fait la ville, on voit nettement se découper sur l'horizon, au lever du soleil ou les soirs d'avant la pluie, la chaîne toute entière des Alpes comme à portée de main. C'est là, sur ce balcon, que se construira mon espace mental, naîtra le besoin irrépressible de voir loin, là que je ferai mien le vœu paternel de « monter ». Je serai alpiniste, un jour. Peintre célèbre. Célèbre d'une quelconque façon. N'ai-je commencé, d'ailleurs, à « m'élever » au propre comme au figuré ? Nous habitons à présent sur les hauts de la ville, je vais entrer en sixième bientôt.

La cité est à taille humaine. Elle ne compte encore qu'une dizaine de petites maisons construites pour deux familles, trois immeubles de quatre étages que des prairies séparent, des bosquets de sapins, de cèdres vénérables, des allées de marronniers. La demeure des anciens maîtres des lieux s'offre aux outrages juste en face de chez nous, une grande batisse aux perrons contournés, à la toiture d'ardoises ornée de dentelles de bois que les gamins vandalisent allègrement. Elle donne pourtant à l'endroit quelque chose de distingué, nous nous sentons embourgeoisés rien que d'habiter là. En tous cas, c'est ce que j'éprouve – quand je pénètre dans le parc par le grand portail bleu, je me raconte que je reviens dans « mon » château, ça m'ennuie, que les garçons prennent les pendeloques des lustres pour cibles de leurs lance-pierres, détruisent ce qui reste de son ancienne splendeur. Par la suite, on transformera le « château » en école, d'autres immeubles seront construits, la population triplera, mais je garderai longtemps le sentiment qu'elle n'est pas comme les autres, notre cité. Plus « noble », en quelque sorte.

Elle constitue un microcosme aussi hiérarchisé qu'uni. Au sommet de la pyramide trône le directeur. Il descend d'une vieille et glorieuse famille de la ville, il habite la maison de pierre des anciens jardiniers, qu'un rideau d'arbres protège d'une trop grande promiscuité avec ceux qu'il loge. Juste au dessous, quelques uns de mes professeurs, que sépare du commun leur savoir, leur éducation. La pimpante Mademoiselle Avril qui enseigne l'anglais, dont je m'étonne qu'elle doive faire ses courses et le ménage comme ma mère, Mademoiselle Duffy, si grande et forte qu'on se demande comment elle peut entrer dans sa fiat minuscule, et qui se désespère de mon allergie aux mathématiques – Mademoiselle Brénieux, belle, subtile, élégante, qui m'ouvrira avec tant d'émotion à la littérature lorsque j'entrerai en seconde, que je vénèrerai et idolâtrerai parce qu'elle me proposera de m'apprendre gratuitement les rudiments du grec. Puis, les instituteurs des deux écoles, distants encore mais moins impressionnants, les familles d'employés, de gendarmes, la masse des ouvriers enfin, elle même subdivisée selon l'usine, l'origine, qui mène une existence beaucoup plus bruyante que les premiers dans des appartements moins cossus, qui acquerra cependant au fil des ans frigidaires, téléviseurs, se mettra dans de « beaux meubles » achetés à crédit. Un peu de défiance sépare les Français des Espagnols, des Italiens, mais tout le monde se salue, beaucoup s'estiment ou s'apprécient. Une cité paisible et sans histoires, même si les commérages vont bon train, mais sans réelle volonté de nuire, juste un peu d'envie quelquefois. Ils tissent entre les locataires, ces chuchotements, ces « on-dit », une toile de fond qui transcende les statuts et les grades, qui nous unit en une petite communauté, où notre immeuble rayonne de l'autorité d'être le plus ancien.

Sans doute ma mémoire l'embellit-elle, ma hlm, mais elle avait bel et bien un cœur, une âme, en comparaison des grands ensembles sinistres qui entourent les villes d'aujourd'hui. Même si je n'y ai pas fait sans douleur mon premier tour de piste, elle me reste chère aujourd'hui encore.

Nous essuyons les plâtres au printemps. Entre les murs frais tapissés de son nouveau logis, Léa voit son rêve réalisé, de vivre en « dame ». Plus de lessives au ruisseau, plus de seaux d'eau à trimballer, de bouillotes à remplir, fini, l'humidité, la crasse de la vieille bicoque, le ciel l'a enfin entendue ! Terminées, elle veut le croire de tout son cœur, les scènes de ménage, ici, Eugène sera bien obligé de prendre sur lui, quand cela ne serait que par égard pour les voisins. Comment n'est-elle pas devenue folle, dans cette combe ! Ils ont vécu là-bas comme des sauvages, ici, elle revit.

Mais son bonheur ne dure pas. Très vite, Eugène n'a cure du confort nouveau, il salit le plancher avec ses chaussures pleines de la terre des jardins des « bourgeois » qu'il travaille après sa journée en échange de quelques paniers de légumes sans songer qu'il aurait pû les ôter, il est perpétuellement débraillé, il se fiche complètement des apparences, bref, il continue à vivre comme s'ils étaient seuls, insensible au regard d'autrui. Elle ne peut l'oublier, elle, ce regard. D'autant qu'il tempête toujours, le travail du cuir est plus dur, les gosses coûtent toujours plus, sa femme ne cesse de geindre comme s'il y pouvait quelque chose ! Le monde ne va pas mieux non plus, dit la radio – la guerre qui se livre en Algérie le chagrine, la lumière éclatante, les villages de terre, l'hospitalité simple des Arabes se sont cristallisés en sa mémoire en un film ensoleillé qu'il aime nous raconter quand il est de bonne humeur, en nous montrant le cahier qu'il a ramené de là-bas, une sorte de journal où il vitupère l'arrogance incompétente des Français, rêve d'une « bonne » colonisation, qui enseignerait aux paysans ses frères comment tirer meilleur parti de leurs cultures, tout cela d'une belle écriture penchée, entre quelques photographies de lui en uniforme avec les copains. Oui, il a aimé ce pays et ces gens, qui lui ont une fois sauvé la vie, dont il tient toutes sortes de fables qu'il récite dans leur « sabir », mais comme toujours, les gros se sont ingéniés à manger les petits, alors, ils ont raison de vouloir leur indépendance.

Rien ne va, donc. Il crie sur nous, sur son épouse sans se soucier des oreilles étrangères, comme elles en ont, de la chance, les voisines, d'avoir des maris qui chaussent des patins en entrant, qui se changent le dimanche sans ronchonner ! Léa étouffe de honte quelquefois, quel rustre, qui ne respecte rien, qui ne sait que lui chercher noise ! La présence invisible d'autrui lui est quelquefois un supplice, dans cet immeuble aux murs poreux. Elle rêvait d'avoir des voisins, et voilà ! Dans la cage d'escaliers, il lui semble croiser leur commisération, c'est nous qu'elle envoie à la cave chercher le charbon, les pommes de terre, ou bien faire les courses, les lendemains de crise. Il n'a pas de vergogne, et qu'on puisse la plaindre ne la console guère. Le décor seul a changé, finalement. Ici, c'est même pire qu'à la combe, on n'est pas chez soi, on entend tout, même le plus secret de ce qui se passe dans les chambres à coucher, alors, les tirades d'Eugène ! Non seulement il se fiche qu'on l'entende, mais on pourrait croire qu'il le veut, qu'ils sachent, tous, quelle femme il a épousé, et quelle vie il mène ! L'immeuble tremble, quand il explose, claque la porte, dévale l'escalier de béton sonore, il semble à ma mère que tout le monde épie, il n'a pas pour deux sous de dignité !

Elle pleure, elle se sent comme pestiférée. Et puis, elle a beau faire, ce n'est jamais aussi propre, chez nous, que chez les voisins, les gosses suivent l'exemple du père, sûrement, on la juge mal !

J'ai honte, moi aussi. Mais pourquoi restent-ils ensemble, s'ils se haïssent autant qu'ils le clament ? Plus désespérée que ma mère qui compte malgré tout sur la compréhension des autres femmes, je me claquemure dans ma chambre, quand la tornade approche, je me blinde, je tâche de couvrir leur voix de la radio. Je la méprise, de continuer à quémander, pitoyable, une réconciliation quand je le prendrais au mot, moi, qu'il parte donc ! Qu'elle le quitte, sinon ! Je ne souhaite rien tant que leur divorce, à quinze, seize ans, qu'elle reste avec les petits, qu'il aille au diable, moi, je me débrouillerai, je suis assez grande maintenant, je n'ai pas besoin d'eux. Mais elle continue de faire les premiers pas, par peur de l'inconnu, à cause de nous, parce qu'elle l'aime encore, et chaque fois il se rend, non sans le lui faire payer. Maintenant que je touche à l'adolescence, je souffre beaucoup plus vivement de son déchirement, je suis en train de parler avec lui du cours du monde, ou de l'existence de Dieu, et voilà qu'il tonne, tout à coup, parce qu'elle nous interrompt, qu'a-t-elle bien pu faire, pour s'attirer pareilles foudres ? Comment l'homme intelligent, libre d'esprit d'il y a cinq minutes s'est-il métamorphosé en cet énergumène vociférant ?

Déchirée, moi aussi, entre l'admiration sans bornes que j'ai pour lui, et mon chagrin, ma honte. Le flux de sa rage tari, il part comme toujours pour ne jamais revenir, le chien a trop donné, et essuyé de coups de pieds, qu'on ne compte plus sur lui ! Dans sa cuisine, elle pleure sur la soupe ou le repassage en maudissant le sort qui l'a livrée, entre tous les autres, à ce dément, ah, mais qu'il file donc, elle saura bien se débrouiller, s'il l'en croit incapable, il va voir ! Cette fois, elle va le demander, le divorce, elle a assez tergiversé. L'usine ne lui fait pas peur, maintenant que ses enfants sont plus grands. Mais qu'est-ce qu'il croit ? Puis, comme d'habitude, le ressentiment reflue, elle s'inquiète, un jour, il va se tuer, sur sa moto, en roulant comme un dératé ! Elle continue à vaquer au ménage, avec des soubresauts de rage, mais le souci l'emporte, lorsqu'il revient, au bout de quelques heures, le visage de marbre, elle soupire de soulagement. Il peut bien s'enfermer dans la chambre, la condamnant à dormir avec moi, ma sœur par terre, il est rentré, il finira bien par se radoucir.

Il me fait peur, honte, je le déteste, dans ces moments là, mais pourtant, comme je suis fière de lui ! Il lit mes livres de classe, il discute avec mes professeurs, il sait tant et tant de choses ! Avec quelques autres, il a entrepris d'animer la cité, il contribue à organiser des fêtes, des concours de boule, des promenades le dimanche pour nous tirer du désœuvrement, de l'ennui, ces mauvais conseillers. Il ne supporte pas de nous voir traîner sur les marches du « château » dévasté, les filles tombent trop facilement enceintes dès seize ans, quelques garçons tournent voyou, il ne peut laisser faire. Et ça marche, pendant un temps. C'est qu'il a l'âme d'un chef scout, et qu'il déborde de bonne volonté. Il a adhéré à la SFIO, à la Fédération des Œuvres Laïques, il est syndiqué, bref, il est « quelqu'un », on l'écoute, on le suit, on apprécie ses initiatives, sa disponibilité, mais je crains qu'on ne le respecte pas assez. De l'énigme qu'il est à mes yeux je souffre de plus en plus, c'est à cause de lui que je ne me sens nulle part à ma place. Quand il se déchaîne, je voudrais disparaître, nulle part on ne se conduit comme lui, les scènes des voisins restent décentes, en regard de ce qui se profère chez nous ! Déjà, on se moque assez de moi, parce que je suis mal fagotée, parce que je refuse de me laisser tripoter dans les caves les jours de pluie, ou derrière les broussailles du parc ! Le regard des autres me terrifie, alors je prends les devants, je me fâche avec tout le monde, et je reste à errer, solitaire, dans le parc, pendant que mes amies se disputent les sourires des garçons. Avoir un père comme les autres ! Un père que je puisse respecter sans restriction, dont je puisse prendre le parti en toutes circonstances ! Libre de préjugés, révolté par le désordre du monde tant qu'il voudra, mais pas ce mauvais autre qui s'empare de lui ! Je l'aime, je souffre, je m'en prends à ma mère, c'est forcément de sa faute, pour moi aussi, elle est insupportable, avec ses soupçons, ses reproches, ses prédictions calamiteuses, ah, tu es bien comme ton père, tu verras, ma petite, *il te faudra mettre de l'eau dans ton vin!*

J'ai douze ans. Je mime à longueur d'après-midi, dans des cabanes de branchage, des romans photos où je joue invariablement le fiancé au cœur magnanime qui rachète de son amour la fille perdue mais repentante, on me révéle dans un gloussement gêné et de manière bien fantaisiste comment se font les enfants, je guette les signes de leur infâmie sur ceux qui se livrent aux turpitudes qu'on m'a dites, mes parents ont fait ça, eux aussi ? Ça me semble totalement invraisemblable. Ou alors, nous jouons au ballon prisonnier, aux gendarmes et aux voleurs. Je joue au football, aussi, dans mes premiers jeans. Je me bagarre, j'entraîne tout le monde en expéditions dans la campagne. Mais bientôt les garçons changent, ils font assaut d'obscénités et lorgnent sous nos jupes, je les trouve répugnants et détestables. Plus je grandis, plus je m'isole, les histoires des filles qui se disputent leurs faveurs ne m'intéressent pas, ils se moquent volontiers du garçon manqué que je suis, qui ne se résoud pas à n'être que l'objet de leur concupiscence d'arrogants coquelets. Je traîne mon ennui dans le parc, solitaire. Ce qui n'empêche pas d'étranges élans de me venir la nuit, qui me poussent à étreindre mon traversin en murmurant le prénom de celui que j'aime en secret. Passées ces années difficiles, je reprends place parmi les autres, mais je reste sur la réserve, je refuse de flirter. Je tire orgueil d'une vertu que j'ai protégée sans grande peine, protégée des tâtonnements des autres vers l'amour et le sexe par un incurable « sérieux », une timidité croissante, le lycée, qui remplace pour moi le centre d'apprentissage où les filles de la cité s'initient à leur futur métier ou à la tenue d'un ménage. Je suis toute fière d'avoir caché à leurs destinataires mes premieres émotions, il n'est pas digne de moi de circuler comme les autres entre les garçons, mais comme je suis, aux dires de ma mère, aussi gracieuse qu'une porte de prison, personne n'essaie de m'entraîner dans les chemins creux où je vois disparaître avec un pincement au cœur mon élu du moment, au bras d'une coquette sans vergogne. Je suis malheureuse de me sentir constamment sur la touche, mais j'ai étendu le dégoût de la chair qui m'est venu avec le premier sang au sexe mâle tout entier, même s'ils sont devenus moins bêtes, moins vulgaires, les garçons, s'ils se sont assagis avec le temps. On ne me raille plus, j'ai une ou deux amies, mais si je laisse s'effilocher les heures avec tout le monde, les soirs d'été, sur le perron du « château », je ne me sens de plain-pied avec personne.

Elles ne font pas tant d'histoires, les filles de la hlm ! Jackie, Odette ou Anita se sentent femmes déjà, s'en réjouissent. Conscientes de ce qui les attend, et que vivent leurs mères, elle mettent à profiter de leur jeunesse une ardeur qui ne s'accommode guère de mes questionnements anxieux sur le bien et le mal. Coquettes et joyeuses, elles courent les garçons et les bals de village juchées sur des talons trop hauts, les yeux maladroitement faits, le chignon trop crépé et la taille étranglée dans la large ceinture de leur jupe en vichy à carreaux, en émules de Bardot qui défraie la chronique quand j'en suis encore à jouer au ballon prisonnier. Avides de s'amuser, elles papillonnent d'un baiser l'autre, il ne faut pas laisser se perdre une parcelle de l'éphémère liberté qui précède le mariage, soit, elles ne le savent que trop, l'enfermement à vie auprès d'un homme qui cesse vite de vous aimer d'amour, les scènes, les gosses à élever, toute l'ordinaire servitude des femmes. Elles sont pourtant « sérieuses », à leur manière, sauf celles que tous méprisent, qui appartiennent à la lie de la cité, et s'abandonnent aux plus voyous. Elles posent dans l'octroi de leur corps des limites à ne pas dépasser, car elles savent ne disposer que de quelques années pour se sentir belles, séduisantes, pour aimer d'amour romantique ou le feindre sans conséquence, vivre quelque chose qui ressemble aux histoires qui remplissent les pages de « Nous deux » ou de « Confidences » que je lis moi aussi, je dois le dire. Quelques années, c'est si peu ! Ce n'est rien ! Pourtant, dans leur empressement, beaucoup précipitent l'échéance redoutée autant qu'espérée à cause d'un enfant fait par inadvertance dans l'ivresse d'une fin de bal, le père ne « réparant » qu'à contrecœur le plus souvent ce qu'il a provoqué sans y songer, quand il ne s'enfuit pas, les contraignant à épouser quiconque voudra d'elles. Elles ne se rebellent pas, ça fait partie des risques à courir, elles me plaignent sincèrement, de rester sur la marge, en suis-je plus heureuse ? La vraie vie, elle est dans l'instant, pas dans mes rêves ! Je ferais mieux de me maquiller un peu, de me mettre en jupe, d'apprendre à danser et de les suivre, on n'a pas tous les jours seize, dix-sept ans ! Mais je reste à distance, les bals me font peur, le corps à corps des slows comme les contorsions du twist, les saoûleries et les bagarres. Je préfère marcher à travers la campagne, là, au moins, je suis à mon affaire, et dans mon univers. Oh, je les aime bien, du moins quelques unes d'entre elles, mais je ne me résigne pas à leur vie, et j'attends autre chose qu'elles de l'amour.

Auprès de mes camarades de classe, je ne me sens pas plus à l'aise, qu'elles soient issues de bonne bourgeoisie ou filles d'ouvriers comme moi. Je ne suis pas du monde des premières, leurs manières m'excluent et m'insupportent, les secondes m'ennuient un peu, avec leurs ambitions trop mesurées, elles sont tellement sages,

Évelyne, Colette ! Elles croient en Dieu, elles aiment leurs parents, elles ne sortent pas avec les garçons sans que ça leur coûte, le temps n'en est pas encore venu, voilà tout. Enfin, c'est ce que j'imagine. J'ai du mal à comprendre qu'elles ne soient pas plus impatientes, plus inquiètes, je me sens si peu semblable à elles, accablée, mais aussi « grandie » par des tourments qu'elles paraissent ignorer. Pourtant, je tiens les plus émancipées, celles qui « couchent », dit-on, en plus grande réprobation que les filles de la cité, je ne leur trouve aucune excuse, à elles.

En porte-à-faux, donc. Dans la cité comme au lycée. Mal dans mon corps de fille, tiraillée entre des impulsions contradictoires, pleine de confusion. Sans personne à qui parler, personne pour m'éclairer.

C'est ainsi que j'entreprends de tenir mon journal, une nuit de décembre, à l'approche de mes quinze ans. Dans la lumière parcimonieuse de ma petite lampe, je consigne dans un grand cahier bleu les menus faits du jour avec un luxe de détails d'autant plus incongru que rien n'advient jamais qui mérite de laisser trace. Il me faut écrire, voilà tout, comme si redoubler l'insignifiance de ma vie sur le papier lui donnait de la consistance, à moi, quelque prise sur elle. Je n'ai d'amie véritable que Sylvie, mais elle est trop jeune, trop « pure » pour comprendre dans quels méandres il m'arrive déjà de m'embourber, moi qui me sens d'une autre nature, plus raffinée, que nos camarades, mais qui ne sais comment le manifester, et que personne ne confirme dans cette représentation de soi que le père, mais il n'est plus d'un abord aussi simple maintenant que je prends de l'âge. Je me dis quelquefois que je ne suis peut-être qu'une vaniteuse, toquée, comme Léa incline à le croire, mais quelque chose me tenaille, d'obscur, qui me rend irritable et toujours mécontente de moi. À qui me confier, dès lors ? Parler de mes espoirs et de mes doutes ? De ma crainte de me tromper ? Le cahier bleu tient lieu d'amie imaginaire, à qui j'adresse chaque soir, quand tous dorment, de longues lettres. À « elle », je peux tout dire – elle reste muette mais je me sens moins esseulée.

Je les ai encore, ces cahiers. Ils m'ont suivie au fil des déménagements comme un bien très précieux, une part de moi-même dont je ne saurais m'amputer. En maintes circonstances, j'ai répondu à leur appel comme limaille flue vers l'aimant, pour y trouver la source de mon délabrement mental. Je me souviens encore de la première fois où je les ai rouverts, c'était au lendemain de mai soixante-huit, tout me semblait évident, lumineux, en ces temps fastes où se nouaient l'amour et la révolution ! Je les ai parcourus, effrayée de m'y rencontrer aussi prude, mièvre, bigote – mais comment avais-je bien pû être, penser, écrire « ça » ! La petite sotte que j'avais été me révulsait, maintenant que je croyais marcher, auprès de Marc, sur les brisées de Beauvoir et de Sartre ! Mon journal d'adolescente ? Un ramassis de pleurnicheries stupides, un condensé de tout ce que je dénonçais à présent ! Je ne les ai pas jetés, pourtant, et lorsque l'existence s'est faite plus opaque, lorsque se sont avérées résistantes les choses à nos slogans, nos théories, à des années-lumière de la réalité, je me suis étonnée, au contraire, d'avoir si peu changé, ne me retrouvais-je dans le même état de confusion qu'à seize ans ? Dans la détresse de ma première dépression véritable, seule à Lille avec ma petite, contrainte pour gagner ma vie de faire un travail auquel je n'étais nullement préparée, d'assumer des responsabilités politiques sans l'autorité nécessaire, je me suis mise à chercher avec fébrilité dans ces pages naïves la matrice du sens, du non-sens de ma vie, peut-être que je ferais exploser, si j'y parvenais, la gangue d'acier qui m'enserrait le crâne, que je démêlerais ce qui me faisait tituber entre trop d'exigences contradictoires, des principes antinomiques et des repères flous. Je n'avais pas encore appris que la vie n'a de sens que celui qu'on lui prête, qui change avec le temps, je savais la vanité de ma quête, mais je la poursuivais obstinément, lorsque les mots tout à coup me faisaient défaut, pour dire et pour comprendre. M'abîmer dans mes griffonnages n'arrangeait rien, bien entendu. Lille-pluie, une pluie fine, insistante, qui dégoulinait au long des vitres à longueur de journée, et moi, affaissée sur moi-même comme une plante sans tuteur, heureusement qu'il y avait l'enfant, pour m'obliger à tenir la tête hors de l'eau... Avec le temps, de la distance est advenue, j'y suis revenue de moins en moins souvent, lorsque je les ai survolés pour écrire ces lignes, j'ai découvert qu'ils ne m'affectaient presque plus, ils m'ont simplement confirmé que je n'avais fait que jouer des variations à l'infini sur les quelques thèmes qui me constituent.

C'est un bien étrange vestige, que cet amas de pages désséchées ! Moi-pas moi, que ce lamento, cette première tentative de grignoter sur mes ténèbres. De celle qui écrivit ces lignes bien souvent fastidieuses, répétitives, les cahiers ne laissent émerger qu'une image faussée, tronquée, comme c'est la loi du genre, s'y découvrent les débordements temporaires du pathos plutôt que l'adolescente réelle que j'ai été, qui filait l'ordinaire des jours comme les autres, peu ou prou, qui n'était pas aussi laide, solitaire, sombre qu'elle ne s'y dépeint ! Mise en scène de soi, leurrante, si candides soient ces pages sans autre destinataire que leur rédactrice. Et cependant, pas tout à fait. Qu'en resterait-il, sinon ? Je l'ai bien vécu, éprouvé, ce qui est couché là, si plat, si affligeant voire peu glorieux ai-je pu le trouver le plus souvent, émouvant tout de même parfois, c'est bien « moi » qui m'y dessine. Dans ces commencements sans éclats, je me montre peut-être vraiment à nu, d'ailleurs – les mots me sont encore vierges, je n'ai pas appris à rationaliser.

Bientôt seize ans, donc. Je ne suis pas très grande, mes cheveux tombent en crans libres sur mes épaules, je ne suis pas vilaine, mais je ne me plais pas. Je fréquente la classe de seconde du lycée de filles de la ville, qui s'ouvre tout timidement à la mixité. À l'arrière-plan, la guerre d'Algérie s'enlise dans le sang des massacres, des embuscades, des tortures. On plastique, on ratonne, mais j'ignore à peu près tout de ces horreurs, elles se passent très loin, dans un autre monde. Non que j'y sois indifférente, je pense avec mon père que ce pays a légitimement droit à l'indépendance, d'autant que « nous » n'avons fait qu'en spolier les habitants, comme lui je condamne avec véhémence les crimes de l'OAS – mais voilà, je suis fille, j'habite une petite ville que ne semble agiter aucune passion politique, ce qui me préoccupe, c'est bien plutôt d'être tombée amoureuse d'un garçon de la classe aux antipodes de mon idéal de « sérieux ». Déguingandé, la mèche insolente, l'œil narquois, il brave les professeurs, excelle à monter des chahuts à l'internat, je déplore qu'il fasse aussi mauvais usage de ses talents, mais je le trouve beau, intelligent, je me demande anxieusement ce que je peux attendre de lui, ça meuble le temps morne des vacances d'hiver, permet de supporter les tensions entre mes parents, à mon propos pour une fois. C'est que je viens de renoncer à préparer le concours d'entrée à l'École Normale d'Institutrices, je ne m'imagine pas interne, privée d'air et d'espace, mon père m'en veut de sacrifier mon avenir à ma paresse, quand ma mère triomphe, elle l'avait toujours dit, qu'il n'y avait rien à tirer de moi !

Je « renonce » à mon prince charmant. Je ne suis pas de celles, futiles, qu'il courtise, ni disposée comme la pauvre Claudie à me traîner à ses pieds. De toutes façons, il ne me prête pas la moindre attention. C'est l'ennui à nouveau, de poix. Des semaines durant, le cahier ne s'emplit, outre quelques clichés contre la guerre ou le communisme, que du désespoir né des devoirs impossibles de physique ou de mathématiques, ou du plaisir des promenades en compagnie de Sylvie le long des ruisseaux englacés, des films édifiants du dimanche. J'y décris aussi celui que j'espère, qui serait beau, bien sûr, et sensible, « profond », tout le contraire des « yéyés » et des blousons noirs de la cité, qui peuvent je ne sais comme passer des heures devant un juke box ou se ruiner en disques de Johnny Halliday. Le cafard gagne, l'ennui se densifie, en dépit ou à cause du printemps qui s'en vient, l'avenir m'est trop indistinct. Est-ce « vivre », que de peiner sur mes cahiers de classe, me révolter vainement contre mes parents, n'éprouver d'élans d'amour qu'à vide ? Comme il pèse, le vague de l'ennui ! Mieux vaut encore ma romance trop vite abandonnée, je reviens à mon Prince, certes, il n'est pas selon mon rêve, mais mieux vaut « l'aimer » que de rester suspendue dans ce vide délétère de l'esprit. Personne ne me comprends, je vais seule dans les allées du parc, l'âme en peine comme dit la chanson, vouée aux amours jamais partagées, jamais dites, mais ma constance sera peut-être un jour récompensée, parce que je l'aime véritablement. Je recueille chacune de ses paroles, je dissèque à longueur de soirées les moindres de ses faits et gestes, sourires, oui, il finira par m'aimer, le contraire serait trop absurde, trop injuste. Mais j'appréhende tout autant qu'il vienne à moi – il se moquerait à son tour, je ne sais pas même embrasser !

J'ai bien un soupirant, mais il ne me plait pas et Sylvie dit l'aimer. La vie est bien mal faite ! Je l'éconduis non sans égards, sincèrement navrée de décevoir ses espérances, désolée pour mon amie, mais flattée d'avoir été choisie. Trois pages, dans le cahier bleu ! N'était-ce mon premier rendez-vous ?

Bien mal faite, la vie, en vérité. Je stagne dans le vague à l'âme. Mon aimé fait la roue devant une rivale beaucoup plus brillante que moi, voilà ce que je ne serai jamais, bien dans mon corps et aguichante, douée par dessus le marché d'un sens aigu de la répartie, première de la classe sans effort apparent ! Sylvie boude, jalouse, le travail scolaire m'est totalement rébarbatif, sauf la lecture des Lagarde et Michard qui constituent toute ma bibliothèque, tais-toi, le ciel est lourd, la terre te dédaigne, sois comme un loup blessé qui se tait pour mourir... voilà exactement ce que j'éprouve, qui me conforte dans l'idée que je me fais de moi-même, j'en suis comme ennoblie, de cette mélancolie, cette langueur, comme je les méprise, ceux qui se satisfont de leur médiocrité ! Mes notes s'en ressentent, Eugène tonne, continue à ne rien faire, et c'est l'usine ! Tu te crois la fille de Rothschild ? Je tâche de me secouer, mais les études m'ennuient, le monde me fait peur, ce que j'entrevois de sa violence, de son hypocrisie, le temps s'étire en journées mortellement identiques.

Spleen.

Heureusement, il y a le cinéma, pour rompre la torpeur de plomb de ma petite ville. Exodus, les Dix Commandements, le Journal d'Anne Frank me bouleversent, chacun à leur manière. Paul Newman est magnifique, Charlton Heston, pourquoi ne rencontre-t-on pareils hommes dans la vie courante ? La petite Juive cloîtrée m'émeut aux larmes, dans ses hésitations amoureuses je me retrouve si parfaitement ! Mais il n'y a pas souvent de « grand » film, la plupart du temps, je dois me contenter de péplums, qui m'aident cependant à m'évader un peu, comme les livres de Frison-Roche qui me font frissonner du vertige des cimes et des amours coupables. La nuit, serrée contre mon traversin, je me raconte que je suis dans les bras de mon aimé qui ne se doute de rien, ces timides appétits suffisent à me perturber, sont-ils licites ? Peut-on aimer « vraiment » à mon âge ? À quoi le reconnaître ? N'ai-je crus, sincèrement, aimer le bel André, à quatorze ans, le doux Michel, qu'une amie m'a chipé ? Pourtant, si ce n'est pas de l'amour, qui me tient éveillée, qu'est-ce que ça peut bien être ? La seule chose dont je sois sûre, c'est qu'il faut éviter de se galvauder en étreintes vulgaires comme tant de mes compagnes, je me garderai « pure », moi, pour celui qui sera l'homme de toute une vie, ainsi que le recommandent les pieux magazines que Bénédicte me prête. Mais saurai-je me dominer ? Pourquoi est-il si compliqué de vivre, pour moi du moins ? Pourquoi ai-je si peur de mourir ? Ce n'est pas que je croie aux flammes de l'enfer, mon père m'a expliqué qu'un dieu d'amour ne saurait condamner ses créatures aux tourments éternels, mais c'est la mort en elle-même, en ce qu'elle a d'inconcevable, qui me glace d'effroi.

J'écris de plus en plus longuement, la nuit venue. Je m'indigne de la cruauté des uns, de l'avilissement des autres, que je découvre dans « cinq colonnes à la une », chez Sylvie. Je médite sur le mariage, je ne veux pas rater le mien, pas me tromper, comme mon malheureux père, condamné à partager la vie d'une femme qui ne le comprend pas. Je recopie des pages et des pages de citations, je m'irrite de tout, de rien, je me demande même jusqu'à quel point je suis sincère avec moi-même, à noircir tant et tant de papier. Tout ça pour ne trouver jamais de réponse ! Ils ont tant de chance, les autres, de ne pas se mettre martel en tête pour des riens ! C'est peut-être Léa qui a raison, bien que je déteste penser cela, je ne suis qu'une prétentieuse. Pourtant non. Et de m'en prendre au bourreau des années de la puberté, qui m'a faite moche et gourde à force de se moquer de moi. Je rougis d'humiliation rien qu'à penser à l'accueil qu'il me réservait, lorsque vers treize, quatorze ans, j'arrivais toute nouée d'appréhension sur le perron du « château » où était affalée la bande désœuvrée de mes anciens compagnons de jeux, je brûle encore de la honte qui me chassait sous les rires et les quolibets, blessée, et confirmée dans ma conviction de n'être, de ne valoir rien, de ne devoir plaire jamais, comme si j'étais porteuse d'on ne sait quelle tare. Comment il savait bien toucher où ça fait mal, ce garçon que je déteste et dont ma mère ferait bien mon mari ! On m'accepte, à présent, il a cessé de s'en prendre aussi méchamment à moi, mais la cicatrice suinte encore.

Suis-je si laide, pourtant ? Un peu forte, sans doute, mal bâtie, gauche, et mes cheveux, bouclés quand la mode les voudrait lisses. Mais laide, non. Quelconque, seulement. Suis-je idiote, d'arriver à seize ans sans qu'un garçon m'ait jamais embrassée ? Non, j'y ai gagné de conserver ce respect de moi-même que la frivole Gabrielle m'a avoué regretter. Elle est cependant retournée à ses amourettes, et moi, je reste à soupirer sur mon cahier. Pourquoi les garçons de la cité ne s'intéressent-ils qu'aux filles peinturlurées, vulgaires, qu'ils disent mépriser ? Ceux de la classe, aux délurées comme cette Dominique qui m'écrase de son brio ? Pourquoi accordent-ils tellement d'importance à l'apparence, quand c'est la beauté invisible de l'âme qui compte ? C'est pour cette beauté-là que je veux être aimée, moi, pour mon esprit, pour mon intelligence, il faut attendre, Pierre finira bien par se lasser des filles trop faciles, s'il est comme je l'imagine, derrière ses allures désinvoltes. Je dessine son visage, j'écris son nom des dizaines de fois comme pour forcer le sort, je dévore les livres qu'il me prête comme s'il les avait écrits de sa main, je suis sûre, puisqu'il les possède, que sa légèreté n'est que façade, il vaut mieux que ce qu'il feint. Peut-être n'ose-t-il pas, je suis si peu détendue, souriante ! Quelle grâce m'est refusée, que possèdent les autres ? Je me saoûle de phrases, je me perds en divagations exaltées, je ne veux d'amours que pures, de vie que pleine, aventureuse et non toute tracée d'avance, je n'ai même plus peur de mourir, pour peu que ce soit en montagne, et bellement ! Mais personne, dans mon entourage, ne semble avoir d'idées pareilles. Je le sais bien, en fait, que Pierre de chair et d'os ne ressemble guère à la belle image que j'en ai produite, que j'implore dans le silence de mes griffonnages, tout en demeurant convaincue que si je lui disais ce qu'il m'inspire, il partirait d'un grand éclat de rire, bien que nous soyons amis.

Glenn pose le pied sur la lune.

On cesse le feu en Algérie.

Mais le cours du monde, bon ou mauvais, m'affecte moins que le plus immédiat ou ma misérable personne, que je continue à scruter sans répit. Non, je n'ai rien qui puisse rebuter les garçons, si ce n'est mon sale caractère. Surtout, je ne sais que faire de moi-même, j'ai renoncé l'École Normale, mais je ne serai jamais peintre, comme je l'ambitionne. Bien sûr, en classe, dans la hlm, on se dispute mes dessins, mes gouaches, mais ce n'est de ma part que virtuosité, j'ai un joli coup de crayon, mais aucune flamme ne m'habite, copier, voilà tout ce que je sais faire, pas créer. Bonne à rien. Comme ma vie est terne ! Comme la vie est moche ! Par exemple, ces « orgies », que l'on dit se passer dans la maison des jeunes, au fond du parc ! Je suis bien loin de tant de saleté, pas la peine de me crier dessus comme fait Léa, si elle savait ce que ça me répugne ! Eugène me fait confiance, au moins.

Voilà qu'elle palpite un peu, l'adolescente que j'ai été, dans l'innocence des mots de ce temps-là, la gamine qui aspirait si fort à la « pureté », matérialisée à ses yeux par la dentelure des Alpes par delà la barre du Vercors, qui exécrait les faux-semblants, les petitesses et les crapuleries dont elle découvrait l'existence tissée, qui se gardait des tentations charnelles par crainte de tomber enceinte bien sûr, par dégoût, mais peut-être surtout par intuition obscure de ce qu'elle se devait, pour ne pas déchoir à ses propres yeux. Qui reprenait à son compte l'idéal de justice du père, en timide prélude aux indignations à venir, se tendait toute entière vers le Beau, le Vrai, le Bien, comme lui, comme lui rêvait d'ouragans propres à balayer toutes les vilénies qui entachaient la planète. Pareille aspiration à l'absolu est commune à cet âge, mais je ne la rencontrais autour de moi qu'en Eugène, qui se sentait tout aussi seul que moi, et je l'en grandissais comme je me grandissais. J'aimais qu'il m'initie à ses pensées et à ses espérances, je ne voulais pas seulement élever comme lui mon esprit au dessus des mesquineries du quotidien, du monde de Léa, mais prendre, comme lui encore, une revanche sur ceux qui nous avaient humiliés, les étonner, qu'ils voient comme ils s'étaient trompés, à nous prendre pour des imbéciles, des rêveurs ! Oui, je leur montrerais, un jour, aux garçons, à ma mère ! Seulement, je sentais que je n'étais pas plus que lui à la hauteur de mes ambitions, pas assez obstinée, déterminée à vaincre les obstacles, et tout particulièrement ce fonds d'humilité, d'incertitude qui m'entraverait ma vie durant comme lui avant moi. Car je n'ai fait, piégée par le cocon trop confortable du fonctionnariat, que demeurer dans l'entre-deux de mes velléités, n'ayant jamais eu qu'un pied d'assuré, et encore !

Au sortir de l'hiver, les Éclaireurs de France viennent recruter dans la cité. Aussitôt, le brouillard se dissipe, je tremble de n'être pas à la hauteur de leurs commandements, faible et indécise comme je sais l'être, mais j'essaierai. Adhérer aux « Zéclés », ce n'est pas seulement dire adieu à l'ennui d'interminables dimanches, c'est aborder cette terre promise où règne, à ce qu'on dit, la fraternité chaste entre garçons et filles dont je rêve, une terre où le moindre regard ne sera pas déshabillage ironique, les attitudes et les propos déplacés ou équivoques, où je respirai un air purifié de la vulgarité qui m'asphyxie. Et puis, je me sentirai enfin utile à quelque chose, je devrai m'occuper des louveteaux, je n'aurai plus lieu de gémir soir après soir dans le cahier. Il y a bien l'uniforme, qui m'indispose, les rituels para-militaires dont on nous a fait une démonstration, je crains encore, bien sûr, que les autres ne se moquent, mais puisqu'il faut en passer par chemise beige, jupe plissée bleu marine, foulard, cris de patrouille et salut au drapeau, je m'y plierai. Pourquoi me soucier du regard des garçons et des filles de la cité que je méprise, au fond ?

Je reviens éblouie de mon premier camp, à quelques lieues de là.

Bruit de la pluie sur la toile de la tente, la nuit. Chants autour du feu de bois. Parcours, boussole et carte en main, des montagnettes alentour. Émotion sous le ciel nocturne, tandis que Georges nous désigne les constellations. Discussions, jusque tard dans la nuit, à propos de tout ce qui m'importe, dont nul dans la cité ne se soucie, pas même la douce Sylvie qui n'a pas voulu me suivre – l'existence ou non de Dieu, le mal, la guerre, l'injustice, la mort, l'amour, discussions jusqu'à plus soif. Eugène avait raison, il est possible d'échanger des idées, pas seulement des ragots, les garçons peuvent penser à autre chose qu'au foot ou à la drague, les filles, ne pas se contenter de rivaliser, les séduire. Tout a été exactement comme je l'espérais, limpide, chaleureux, non, nous ne sommes pas fous, mon père et moi, un autre monde existe bien, loin des gadoues de la maison des jeunes, de la trivialité de notre quotidien, un monde de lumière et d'intelligence, de respect de soi et d'autrui. D'un seul coup, mon prince charmant se ramène à son apparence de gai luron, pourquoi l'avoir tant idéalisé, ce hâbleur ? Georges lui est tellement supérieur, qui ne boit ni ne fume comme pensent devoir le faire les internes du lycée de garçons, qui préfère les randonnées en haute montagne et le ski à la danse, qui connait les étoiles. Le voici, celui que j'attendais !

Pourtant, je me garde bien de « l'aimer », j'y vois sentiment trop commun. Lorsque je pense à lui en regardant les Alpes où il a le bonheur de vivre se fondre dans l'obscurité, j'éprouve quelque chose de plus subtil, où le désir physique n'a nulle part. Il figure l'Ami, plutôt, le frère aîné. Je suis certaine que nous pourrions partager la même tente sans qu'il songe aux cochonneries dont ceux d'ici sont obsédés, je m'imagine partant avec lui à l'assaut des pics et des aiguilles, pourquoi faut-il que j'habite ce trou crasseux, que je doive me contenter d'escalader les minables à-pics qui surplombent la rivière souillée ? Ma mère m'exaspère, ma naïveté la fait rire, on ne lui fera pas croire que des garçons et des filles puissent camper ensemble sans coucheries, elle ne veut pas que j'y retourne, mon père refuse de regarder la réalité en face, comme toujours, quand il le fera, ce sera trop tard. Décidément, il faut qu'elle voie le mal partout, seulement le mal, comme je lui en veux! Eugène me comprend, au moins, et me soutient, nous sommes d'abord esprits, pas seulement des animaux.

Tout s'est allégé. Je dessine, je peins une fresque avec une de mes camarades dans le local des Éclaireurs, je me remets au grec ancien, je découvre un ami dans le jeune homme qui promène les louveteaux avec moi, n'est-ce pas la preuve que l'on peut côtoyer l'autre sexe sans arrière-pensées ? Je me réconcilie avec Sylvie. L'amour tarde, bien sûr, mais Georges plane très haut dans l'air pur de ses montagnes, sensible et beau, comme elles inaccessible. Je n'ose pas lui écrire, il m'a sûrement oubliée. J'attends. Personne n'a adhéré aux Éclaireurs, dans la cité, je me sens toujours plus décalée de ceux parmi lesquels je vis. Partagée entre deux mondes dont je force les traits, celui, grossier, de la vie au ras du sol, au ras du corps, où l'on s'empiffre, rote, pète sans s'excuser, où l'on s'esclaffe à entendre des plaisanteries grasses, où l'on jure, où sûrement je passe pour cinglée, et celui qui s'entr'ouvre le temps d'une sortie, d'un week-end, où les garçons savent être séduisants et intelligents, les filles sincèrement amicales, dans lequel je ne me sens pas tout à fait admise, cependant, tant est forte leur complicité de vieilles connaissances, leur connivence fondée des valeurs, une culture partagées qui me laisse de côté malgré moi, malgré eux. Le monde d'en bas colle quoi que j'en aie à mes semelles, quand ils ont tant d'aisance, ces enfants d'enseignants, pour la plupart, de cadres dans les industries locales ! Ils affirment quand je m'interroge, savent quand je doute, foncent quand je tergiverse, tout est net et simple, pour eux, à les entendre. Cependant, je pense que d'ici quelques mois, je finirai par m'intégrer à leur groupe. Et je m'efforce en attendant de respecter leurs maximes comme j'imagine qu'ils le font. Je n'ai nulle conscience d'en rajouter, moi qui prends tout beaucoup trop au sérieux parce que je ne suis pas tout à fait l'une d'entre eux, justement, ni ne le serai, nulle conscience que la barrière imperceptible mais réelle qui nous sépare me pousse à en faire trop pour leur « prouver » que je suis bien des leurs, me le prouver, déjà, à moi-même.

À la fin des années soixante, j'ai adhéré à un groupe d'extrême-gauche avec le sentiment d'évidence qui m'a poussée vers les Éclaireurs à seize ans. Je me devais, pensais-je, à la Révolution par fidélité envers mes origines, parce que je ne me sentais pas tout à fait à ma place dans le monde tel qu'il était, bien qu'il m'ait très officiellement agrégée à son élite. Une bonne dizaine d'années durant, je me suis dévouée sans mesurer mon temps à la cause qui s'était imposée à moi, mais dans « l'orga » non plus, je ne me suis jamais sentie vraiment à l'aise. J'appartenais au même « cercle » que des étudiants du seizième arrondissement qui fréquentaient comme moi le campus flambant neuf de Nanterre la Folie, et la perspective du Grand Soir que nous croyions tout proche ne suffisait pas à me mettre sur le même pied que les filles de PDG ou de député, les fils d'ambassadeur ou de banquier qui se mêlaient aux rejetons de fonctionnaires, comme mon compagnon d'alors. Je les écoutais disserter sur les missions de l'avant-garde que nous formions sans oser placer un mot, tellement ils parlaient bien, avec étonnement, aussi. Je les admirais d'avoir rompu intellectuellement avec leur classe pour s'en aller distribuer à l'aube des tracts à Billancourt, mais quelque chose ne collait pas, ils avaient beau dire et beau faire, l'expérience leur manquait de la dureté de la vie, leur « prolétariat » n'était pas le mien, celui de la hlm, plus enclin à la résignation qu'à la révolte, les bottes et manteaux dont les jeunes femmes changeaient trop souvent avaient à mes yeux quelque chose de choquant.

Nous portions cependant de concert la bonne parole aux masses, les travailleurs doivent, lisait-on au bas de nos tracts, et cette formule incantatoire disait aussi, outre notre impuissance groupusculaire en face du Parti Communiste et de la CGT, cet abîme de classe que je ressentais vivement, eux pas.

Le cul entre deux chaises, toujours.

Puisque je n'osais parler, dans les réunions, les assemblées générales, j'ai entrepris d'écrire. Les mots, il me fallait me les approprier, dès lors que le pouvoir passait par eux, et une feuille de papier, ça ne réplique pas, eût dit le Président Mao qu'idolâtraient nos rivaux en quête d'influence sur la classe ouvrière. Dans les débats, j'étais perdue, toujours d'accord avec le dernier qui avait parlé, incapable de trancher faute d'un point de vue qui soit clairement mien, tandis que penchée sur les textes des Grands Ancêtres je me sentais à l'aise, je pouvais prendre le temps de réfléchir pour commenter ou objecter. Écrire des articles, rédiger des brochures me permettait d'exister aux yeux des autres et aux miens. Encouragée par Marc qui n'en avait pas le courage, je me suis lancée dans la lecture du Capital en prenant scrupuleusement des notes, c'est qu'il me fallait aller au fond des choses, je ne voulais rien avancer dont je ne me sois assurée. Mais mon esprit de sérieux coutumier ni mon obstination ne parviendraient à abolir cette frontière invisible que j'avais rencontrée jadis, même s'ils m'ont valu une réputation de « théoricienne » que j'ai vite sentie usurpée.

Par delà, je n'ai jamais su « appartenir » totalement à rien. Me fondre dans un « nous », dans un monde. Plus tout à fait de là, mais jamais tout à fait d'ici. Nulle part à « ma » place.

Je trie des pêches pour gagner l'argent des vacances. Sous le vaste hangar de la coopérative, on étouffe, des fruits se détache un très subtil duvet qui irrite la peau en sueur. Je les calibre, les dispose dans des cagettes capitonnées de papier bleu en essayant de ne pas les marquer, la fatigue gonfle mes chevilles, pour tenir je me gave en douce de chair blême et sucrée, ne prêtant qu'une oreille distraite aux bisbilles ou aux plaisanteries de mes compagnes. Je rentre exténuée après dix, douze, parfois seize heures de travail, je me sens grasse, sale, mon corps m'entrave plus que jamais. Si je fixe les murs de ma chambre, le plancher, si je ferme les yeux, je vois des pêches, des myriades de pêches de tout calibre, de toute consistance, c'est à hurler. Lorsqu'il y a moins de presse, je me promène, le soir, avec Sylvie. Elle reste mon amie la plus proche, même si je la trouve enfantine souvent. Nous aimons à peu près les mêmes choses, elle répugne au flirt autant que moi, je lui trouve cette « pureté » dont je me sens tellement dépourvue, à elle plus grande, mince, flexible, dépourvue des protubérances qui m'avilissent.

Comme je lui envie ce corps si peu charnel, ce visage de pâle et timide madone sous de lourdes boucles chataines, cette virginité de l'âme qui pourtant m'exaspère quelquefois ! Nous marchons un moment par les petits chemins, bavardant de choses et d'autres, puis, nous laissons tomber la nuit assises au bord de la route sur le mur moussu de la cité.

C'est ainsi que Miguel et Luis entrent dans nos vies.

Sylvie s'éprend aussitôt du premier, et lui d'elle, du moins il le prétend. Elle s'offre en toute simplicité à ce garçon qui sera le seul amour de sa trop courte vie, et ne saura que la faire souffrir. Je l'envie. Ils sont beaux tous les deux, ils se sont immédiatement reconnus, me reste le malheureux Luis qui ne paie pas de mine. Je viens soir après soir, ma journée terminée, les attendre avec elle sur le mur moussu en espérant que ce ne sera que tocade de petite fille, ils sont tellement loin de la belle image, ces deux-là ! Il m'en coûte de risquer pour eux ma réputation de fille sérieuse, mais elle supplie, Sylvie, sans moi, ses parents ne la laisseraient pas sortir, alors je cède, bien que Léa meure de honte et m'exaspère de remarques acerbes, quand même, aller traîner le soir avec des étrangers ! Ce n'est pas cela qui me gêne, je ne suis pas « raciste », moi – pourtant les reproches de ma mère me touchent d'autant plus que je me sens blessée, à l'idée que l'on puisse croire que je « sors » avec ce garçon à la tignasse embroussaillée, aux mains noircies de cambouis, qui porte des vêtements gris sans forme hérités de ses aînés quand Miguel crâne en chemise éclatante et jean serré. Que celui-là m'ait dédaignée si naturellement me vexe, je m'examine pour la mille et unième fois, mais que me manque-t-il, pour que je sois invisible ? Pourquoi ai-je si peu d'éclat, de présence ? Suis-je si désespérément quelconque, tandis que Sylvie est gracieuse, jolie, pas étonnant qu'on la préfère, ne suis-je attirée par elle, moi aussi, son sourire secret, sa simplicité tranquille ? J'ai peur pour elle, ce garçon fait des ravages alentour, comment lui résistera-t-elle, la pauvrette ? Mais comment la mettre en garde, la dissuader de le revoir ?

Le mois d'août arrive enfin. Le moutonnement des fougères sur les abrupts des Pyrénées basques me ravit. Cette fois, je l'ai bel et bien quittée, la hlm, avec l'argent gagné très littéralement à la sueur de mon front. Mais je ne tarde pas à constater, la rage au cœur, que ma maudite mère a eu raison encore une fois. Tandis que nous nous affairons à installer le camp, un gars que je croyais ami me donne discrètement rendez-vous à minuit. Que peut-il bien avoir à me dire à pareille heure ? Je me réveille le lendemain pleine de confusion au souvenir du baiser maladroit que je me suis laissée extorquer dans les fougères par ce type que je n'aime pas, qui n'est pas même beau. Écœurée, blessée dans ma vanité, par ma bêtise, mais pas mécontente vraiment, partagée entre la culpabilité, l'indignation, et un plaisir trouble, je ne vaux pas mieux que les autres, mais je l'ai reçu, mon premier baiser ! Pour être honnête, je suis moins indignée par ce qui se passe la nuit que dépitée, si ç'avait été Georges, aurais-je tant balancé ? Je décide tout de même de ne plus quitter ma tente, ce n'était pas la peine de m'en aller de la hlm pour retrouver la même chose ici, l'hypocrisie en plus !

Heureusement, il y a la beauté apaisante de la montagne, toute cette verdure, les potioks qui errent dans le camp, les belles fermes blanches, les joueurs de pelote sur le fronton qui jouxte le camp – il y a, invisible mais pas très loin, l'océan. Nous y partons à quatre, un jour de liberté. Les rouleaux qui assaillent la plage dans un déferlement furieux d'écume me laissent sans voix, je me mets à l'eau craintivement, je ne sais pas nager, je me cramponne à Joël, confiante en sa belle musculature. Puis, je l'invite en toute innocence à visiter un tunnel qui s'ouvre dans la falaise, nous tâtonnons dans l'ombre humide sur le sol glissant, et soudain il m'attire contre lui, m'embrasse comme le pauvre Jean n'a pas su ou osé le faire, et voilà que je cède, tourneboulée par ce contact avec un corps à peu près nu. Je m'écarte bien vite, pourtant – il sort avec Mireille, encore un qui se moque de moi. Il s'excuse, mais je me sens diminuée, faut-il que je sois gourde ! Les « zéclés » sont, décidément, des garçons et des filles comme les autres, comme elle triompherait, Léa ! Mais le chavirement qui m'a saisie quand il m'a serrée contre lui perdure, s'il avait été libre, j'aurais peut-être, sûrement...

À quelques jours de là, je fais par soir d'orage ma promesse. Face au drapeau, je jure toute émue de servir la Patrie et de me dévouer à mes semblables. Je prête serment devant Dieu, bien qu'on ne l'exige pas, mais il faut, comme toujours, que j'en rajoute. Je suis sincère, cependant. Là où la plupart de mes camarades ne voient qu'une formalité, je vois un véritable engagement, les démentis tout frais de la vie ne m'ont pas encore guérie de ma naïveté, ou alors, je veux sauver ce qu'il reste de mes illusions.

De retour dans la cité, je me sens partagée comme jamais encore. Certes, je me suis amusée, je suis contente d'avoir vu un petit bout du vaste monde, mais j'ai de la peine à admettre que ma terre promise soit un mirage. Je rumine. Le goût persiste, sur mes lèvres, de celles de ces jeunes gens, je m'en veux de m'être rendue si volontiers à Joël, la beauté corporelle compte donc plus que celle de l'âme, même pour moi, puisque ce qui m'a « dégoûtée » avec le plus sérieux m'a tellement remuée avec l'autre ? Je suis capable de flirter, moi aussi, supérieure aux filles de la cité, tu parles ! Comme je déteste l'idée que le corps domine si facilement, comme je regrette, en même temps, de ne pouvoir prendre les choses comme elles viennent !

Jackie, Anita hausseraient les épaules, j'en fais presque une maladie, de ces deux malheureux baisers. C'est que je continue à rêver d'amours « pures », tout en soupçonnant que ça n'existe pas.

Sylvie est malheureuse, comment savoir si Miguel tient à elle ou non ? L'accompagner me coûte de plus en plus, mais je cède. Je souffre de la voir souffrir, je déteste le voyou qui m'a dérobé mon amie et qui s'amuse d'elle avec tant de cruauté insouciante, je lui en veux, à elle, de pardonner toujours, convaincue qu'elle viendra à bout de sa frivolité à force d'amour et de patience. Je ne vois que faiblesse dans la façon qu'elle a de l'accueillir toujours avec son beau sourire, quand il revient, comme je l'enverrais promener, moi ! La chaperonnant à travers champs par les belles soirées de cette fin d'été je me crispe, les entendant s'étreindre dans l'herbe, d'un désir désespérément sans objet, et j'enrage. Elle a tant de chagrin, ma douce Sylvie, soumise à l'indélicatesse de ce garçon qui la trompe sans se cacher avec des filles de rien, sûre pourtant qu'au bout du compte elle l'emportera ! Je la plains, et je l'envie un peu – elle aime, elle, l'enfant, et moi, qui me crois tellement plus avertie, plus lucide, je ne fais que me débattre entre mes pulsions qui s'éveillent et ma « noblesse » d'âme ! Elle souffre, mais elle vit, quand je dissèque mes émois comme pétales de pâquerette le soir, dans le cahier, spectatrice de ses tourments et des miens.

Le pauvre Luis fait les frais de ma mauvaise humeur, je le malmène et le rudoie, puis, je me repens, pourquoi le sacrifier à ma peur du qu'en dira-t-on ? Il est gentil, je crois qu'il est amoureux de moi. Qui suis-je, pour le dédaigner ? Mais non, il ne faut pas céder. Il appartient au monde que je veux fuir, auprès de lui, j'étoufferais comme mon père auprès de Léa, c'est certain. D'ailleurs, je n'éprouve rien de sérieux pour lui, c'est seulement la solitude qui me pèse. Son regard de bon chien affectueux me poursuit cependant, j'implore la belle image en vain, ah, Georges ! Je me promets de n'aimer plus personne que Sylvie, mûrie par cet amour malmené, devenue enfin l'Amie selon mon cœur. Comme je l'aime ! Je la trouve si parfaite, si pure, si limpide ! Des pages et des pages, dans le cahier, pour exalter cette amitié. Je ne conçois pas la vie sans elle, nos balades, nos confidences, nos silences mêmes. Je la sens tellement vulnérable, si peu faite pour ce monde que je voudrais lui faire lisse et beau, moi qui n'ai pas su la protéger d'un bellâtre volage qu'elle a touché suffisamment, pourtant, dans sa candeur, pour qu'il lui revienne toujours.

Me voici en première. Mais je ne comprends plus rien. Je n'entrerai pas aux Beaux-Arts. Je n'ai aucune idée de ce que je deviendrai. Avec les éclaireurs, le charme est définitivement rompu. Je patauge. Je rêve de Georges que je n'ai jamais revu avec une telle intensité qu'au matin il me semble sentir l'empreinte de ses mains sur les miennes. Qui suis-je donc ? Qui pourrait me certifier où se trouve le bien, le mal ? Sylvie même ne comprend pas tant de répulsion pour la chair, de dégoût pour mon corps. Par delà, d'où vient-il qu'il ait un monde plutôt que rien ? Qu'en est-il de Dieu ? Comment savoir s'il existe ? Premiers vertiges métaphysiques, aussi intenses que naïfs. Il le « faut », qu'il y ait un Dieu comme Eugène me l'assure durant nos longues conversations théologiques, mais il se soucie si peu de nous que je ne peux m'empêcher de douter. Chaque soir, au lieu de faire mon travail de classe, je me livre à d'interminables examens de conscience. Je me trouve laide, ingrate envers mon père, méchante avec ma mère, égoïste, comme elle ne cesse de me le répéter, velléitaire, incapable. Lâche. Devant la vie, devant l'amour, que Sylvie affronte comme ils sont, que je fuis au nom de vains prétextes. À longueur de pages je creuse, je fouille, mais ne ramène de ces plongées que des monceaux de sarcasmes, dont je m'accable. Je me déteste. Je me suspecte de me jouer je ne sais quelle comédie, suis-je donc si importante, pour perdre tout ce temps à jauger mes émotions, mes pensées, tout ce grouillement obscur, au fond de moi ? Je continue pourtant, tout l'automne, à me scruter, à me regarder vivre, incapable de me contenter d'être, ne sachant qu'être, ni comment. Si seulement quelqu'un me le soufflait ! Me prenait la main pour me guider ! Le père même n'y saurait suffire, à présent.

Odette est enceinte d'un garçon que je pensais « sérieux ». On ne peut donc se fier à personne. Pourtant, elle n'a pas l'air honteuse comme elle devrait l'être selon ma mère, et les cancans de la cité. Elle va épouser Robert dès qu'il aura du travail, un appartement, elle est heureuse d'attendre un bébé. Elle a seize ans ? Et après ? Son bonheur m'ébranle, je n'ai peut-être rien compris, peut-être que ce que l'on m'a donné comme une « faute » n'en est pas une ? Je lis pourtant dans un magazine édifiant que c'est « se perdre », alors, que croire ? Je tremble pour Sylvie, qu'a-t-elle consenti à ce Miguel ? Je n'ose le lui demander, mais peut-on la conserver longtemps, sa « pureté », quand on aime ? Miguel ne l'épouserait pas, c'est sûr. On place Odette dans une maison pour filles-mères, comme on dit encore, pour soustraire sa famille aux commérages. Il faut se dominer. N'existe-t-il vraiment personne qui sache aimer chastement ? Les sermons de ma mère m'insupportent, qui s'en prend de plus en plus à la stupide liberté que mon père me laisse, il sera content, quand je me retrouverai enceinte moi aussi, abandonnée ! La pauvre, si elle savait comme les garçons me répugnent ! Je n'ai pas encore lu Platon, mais c'est de l'union des âmes que je rêve, de marcher main dans la main, rien de plus. La belle image me protège des séductions vulgaires. Mais comment le lui dire sans la faire s'esclaffer ? Je hausse les épaules et je m'enferme dans ma chambre.

Cependant, Luis tourne et tourne en vespa autour de l'immeuble, comme pour s'imposer à moi malgré mes rebuffades. C'est réussi. Tant de constance m'attendrit, tout ce dont je suis capable, c'est de rudoyer un gentil garçon. J'essaie de l'imaginer propre, bien vêtu, mais non, je ne l'aime décidément pas, est-ce de ma faute ? D'ailleurs, je déteste tous les garçons, les hommes en général. Ceux qui me sifflent depuis les échaffaudages des immeubles en chantier, ceux qui ont abusé de ma stupidité, cet été, et plus encore ceux qui engrossent les filles de la cité, surtout quand ils les vouent au désespoir, comme Micheline qui a essayé de se suicider. Mon père même n'y échappe pas, si épais, si content quelquefois de ses plaisanteries de corps de garde. Oui, je les déteste tous, et je déteste plus encore être femme, esprit enchâssé dans un corps qui recherche ce qui me révulse, ces plaisirs « bas » que je vilipende plus encore que ma mère. À force d'expectorer tant de dégoût, il me vient à l'esprit que je n'ai pas toujours été aussi prude. Je me souviens de nos jeux de gamines dans les cabanes de branchage, simulacres d'étreintes, d'accouchements, de notre curiosité insistante pour les mystères de la chambre conjugale, des explorations de mon corps, la nuit, bien enfoncée sous mes couvertures – était-ce normal, tout ça ? Avec le recul, ça me semble équivoque, malsain. En vérité, c'est avec mes premières règles que ce dégoût m'est venu, renforcé par les propos salaces des garçons. L'amour pur, de la littérature. Je ne suis pas la Princesse de Clèves.

J'attends dans les transes le dénouement de la crise des fusées de Cuba. L'humanité échappe au désastre, je retourne à mes écritures.

Le journal a un an.

Je me demande s'il vaut la peine de continuer à noircir tant de papier, puisque je n'ai d'opinion distincte sur rien, aucune idée qui me soit propre. Puisque je n'éprouve rien qui ressemble à de l'amour véritable, ne désire rien assez fort pour passer à l'acte. C'est à peine si je dessine encore, je travaille sans enthousiasme au lycée, c'est le moins que l'on puisse dire. Je sais bien que je n'arriverai pas à me voir « du dehors », à sauter par dessus moi-même, que mes introspections nocturnes n'offrent de moi qu'une vision filtrée par mes humeurs du moment. D'ailleurs, est-ce que j'y tiens tant que ça, à me connaître ? Est-ce que je ne cherche pas, au contraire, à m'étourdir de mots ? Que ne donnerais-je pas pour être gaie, franche, décidée ! Compacte, en quelque sorte. Le visage de Georges émerge seul de ces ténèbres, je peux le ciseler à ma guise, mon pensif taciturne, le parer de toutes les qualités que j'espère de l'homme qui partagera ma vie, pour lequel je dois me « préserver », je me mets à lui écrire de longues lettres gémissantes qu'heureusement je ne lui envoie pas, moi vermisseau épris d'une pareille étoile ! Un an, que je gribouille. Un an sans que rien ne soit advenu de ce que j'espérais. L'ennui règne à nouveau en maître, le pâteux, le gluant. Comment ai-je pu croire au monde de lumière, de joie et d'harmonie que me disait Eugène ? Y croit-il vraiment lui-même ? La guerre permanente entre mes parents, la vie de la cité auraient dû me prémunir contre cette bulle irisée qui m'empêche de me contenter du monde tel qu'il est, d'amours, de chagrins ordinaires, mais réels. La réalité, c'est ce que voit ma mère que je trouve si bornée, pas les chimères de mon père. Bien sûr, qu'elle a raison, elle a toujours eu raison. Elle me perce à jour avec tant de facilité, malgré mes grands airs, mes grands mots, tous ces bouquins que je ramène à la maison. Je n'arriverai jamais à rien. Et lui, le père, il ne vaut pas mieux que les autres non plus, comme elle le lui assène en toute occasion, nous ne savons que nous hausser du col. Pourtant non, il me faut croire ce qu'il croit, me montrer digne de lui qui se tue au travail quand je ne fiche rien, que j'admire encore, arrêter de m'enfoncer dans mes radotages et ma médiocrité.

Noël approche. Le drame couve, dans l'appartement. Presque jamais de Noël sans drame, Dieu sait pourquoi. Le ton monte, les éclats de voix se font plus vifs et plus haineux, derrière la cloison. Non, il n'y a rien à admirer ni personne. Qu'ils divorcent une bonne fois !

Je m'embourbe, voilà tout.

Mal de vivre, comme on dit à l'époque. Le ciel bas et lourd pèse comme un couvercle, exactement. Tout m'a tellement déçue ! Les livres que je lis à présent montrent les gens sous un jour si glauque ! Mes professeurs se plaignent de mon manque d'enthousiasme, j'ai abandonné le grec, je vais laisser tomber les éclaireurs, je ne prie plus, tout n'est que contradictions. Des pages et des pages d'auto-flagellation, efflorescences morbides, comme touffes de champignons vénéneux sur des souches pourrissantes, des pages et des pages de mortifications, ressassement de mes doutes, de mes angoisses, il me semble trébucher à l'aveugle dans un tunnel sans fin, peu faite pour le monde sur lequel j'ouvre les yeux, mais en même temps, je me vautre dans mon mal-être avec une morne délectation. Il fait gris et crasseux, tout se délite dans cette désolation.

Première déprime hivernale. Il en irait ainsi presque chaque novembre, passées les années flamboyantes, comme si le défaut de lumière me sommait de comparaître devant mon tribunal intime, pour y décortiquer mon âme devant on ne sait quel juge, impitoyable mais incapable de rien éclairer. J'ouvrirais alors le cahier du moment, pour y coucher des plaintes identiques d'une année l'autre sans en avoir conscience, vouée à la répétition mais cédant chaque fois à l'illusion que tout finirait par devenir clair et tiré au cordeau comme jardin à la française, que j'arriverais à faire le point, voire table rase, lier causes et conséquences, démêler motifs et raisons comme on émonde buis et taillis, afin de repartir d'un pied ferme, libérée du fardeau de mes obscurités comme le pèlerin du livre pieux de mon enfance du faix de ses péchés. Et de peser, d'évaluer ce que je pensais et faisais, de chercher aussi vainement « qui » j'étais qu'à seize ans, lorsque je me sentais prise sous un feu croisé de regards, celui plongeant du père qui m'avait honorée pour rien de sa Confiance, d'un espoir que j'avais trahi, ceux, rasants, des autres, réfléchis vers moi par la mère, il ne faut pas, ma fille, péter plus haut que son cul... Pas si limpide, en fait. Il me surplombait aussi, le regard de Léa, sa morale était bien plus rigide que celle de son époux, quand celui-ci se montrait souvent contraire à ses devoirs... Regard de moi sur moi, pas plus amène, narcissisme désolé, né de l'impossibilité de passer outre, d'être clairement au monde. Entre trente et quarante ans, j'ai rôdé quelquefois autour de la psychanalyse, mais l'idée trop ancrée d'avoir à démêler moi-même la pelote de mes affects m'a toujours empêchée de franchir le pas, un fonds d'orgueil, aussi, de défiance. Il fallait par soi-même venir à bout de soi, comme l'avait tenté Eugène, même s'il avait toujours été vaincu. Car c'était bel et bien d'un duel, qu'il s'agissait, d'un combat pied à pied contre le basculement perpétuel des humeurs l'une en l'autre, d'un combat jamais achevé pour rester en surface, en surface de soi. Il m'advint une fois de me risquer sur le cratère de l'Etna. Le guide nous avait assuré que la croûte de lave était assez solide pour nous porter, mais on voyait par ses fissures rougeoyer le magma – j'étais à son image, une croûte précaire de rationalisations dissimulait tant bien que mal l'informe, le menaçant, que je consolidais vaille que vaille au fil des crises et des ruptures, parce qu'il le fallait bien, à grand renfort de mots.

Le printemps risque une avancée vers le milieu de février. Sylvie se laisse amadouer par Miguel encore une fois, je me saoule de flamenco sur une radio espagnole en pensotant à Luis. Je ne le trouve plus si laid, je colle même sa photo dans le journal. Un jour, il s'enhardit à me suivre dans l'habituel chemin creux tout juste déneigé, derrière la cité, il marche un long moment près de moi en silence, puis il se jette à l'eau. Je le regarde sans rien dire, je veux, je ne veux pas, je suis émue, j'ai peur de me tromper, de le tromper, il attend, résigné, jouant nerveusement avec un bout de bois. Que faire ? Ce moment, je l'ai imaginé souvent, dans la noirceur de cet hiver, mais je crains de le blesser si je dis oui et m'aperçois ensuite que je ne l'aime pas, je l'ai déjà tellement maltraité ! Ce n'est pas de l'amour, cette émotion, il ne faut pas que je me laisse emporter – je marche devant lui, j'étais sûr, dit-il, que tu voudrais pas. Je ne résiste pas à la tristesse de sa voix.

Il déborde d'une telle gratitude que je crois sincèrement l'aimer. Quelle allégresse, tout à coup, quelle jubilation ! J'ai envie de chanter, de danser, de crier ce qui m'arrive à tout le monde, on m'aime, j'aime enfin, je me fiche bien maintenant de son bleu maculé, de sa veste trop étroite, de sa tignasse, il est à moi, je suis à lui, et puis il est sérieux, pas comme ce vaurien de Miguel. Quand je l'aurai changé, même Léa n'y trouvera rien à redire. Car je vais le changer. Pourtant, s'il devait me décevoir ? j'écarte ce soupçon, je lui écris de longues lettres enflammées que je lui donne lorsque nous nous voyons, jamais assez longtemps. Mais au bout de quelques jours, toute cette exaltation tombe – si j'avais pris pour de l'amour le simple écho de son amour à lui ? Si je m'étais avancée trop, en lui prenant la main ? Je me sens idiote et perdue, un mercredi de pluie où je ne le verrai pas. Je l'aime – mais ça n'ira pas. Il n'a aucune ambition, aucune envie de « s'élever », quand j'en fais la condition de notre bonheur futur. Je ne sais pas si je l'épouserais, alors, autant s'en tenir là, puisque les amourettes sans suite ne m'intéressent pas. Dix pages d'interrogations, ce seul jour ! Pour conclure que je me suis montée la tête, que j'éprouve pour lui de l'affection, rien de plus. Voilà ce qu'il me faudra lui dire, quand nous nous reverrons. Mais comme je le regrette ! Comme c'est bon, de se sentir exister pour quelqu'un de cette façon-là !

Le lendemain, nous passons toute une heure blottis l'un contre l'autre sous la neige, et je rentre réconfortée. Nous avons parlé « sérieusement », il m'aime pour de bon, pour toujours, moi aussi, j'en suis sûre maintenant. Il m'a embrassée. Il tient à son métier de mécano, soit, je lui demande seulement de s'instruire, que nous puissions parler, il a promis de le faire. Comme je me suis sentie tremblante, dans ses bras ! Toute petite, si émue ! Je l'aime, sans aucun doute. Une semaine plus tard, je ne vois plus en lui qu'un paresseux, il m'a raconté des histoires, il n'a pas l'intention d'apprendre quoi que ce soit, il faut rompre. Mais ça me coûte, je tiens à lui, bien qu'il ne soit pas celui dont je rêvais. Et pourquoi tenir autant à ce qu'il s'instruise ? Suis-je si brillante, en classe ? Il ne voit pas où je veux en venir, tout est simple, pour lui, nous avons dix-sept ans, nous sommes amoureux, pourquoi ne pas nous contenter de vivre cela, comme font les autres autour de nous ? Mais moi, si je m'engage, c'est au long cours, je ne saurais me contenter de l'existence étriquée qu'il propose. Il me faut le quitter, c'est clair. Il est gentil, correct, amoureux, mais nous ne nous accorderons jamais, et je ne sais que trop ce qui en résulte. Je lis autant que je le peux, lui, jamais. Je me soucie de ce qui se passe dans le monde, lui, pas du tout. Je suis portée à la mélancolie, il n'aime que s'amuser. Il me faut du calme, du silence, il a besoin d'agitation et de bruit. Si je ne romps pas tout de suite, ça se terminera en catastrophe. Mais comment m'y prendre, pour ne pas lui faire trop de mal ? Je lui intime de se mettre au travail, s'il veut me garder. Il m'aime assez pour s'escrimer sur la biographie de Jean Jacques Rousseau que j'étudie en ce moment, alors qu'il n'en a cure. J'ai remporté ma première victoire. Au bout de deux mois, le père s'en mêle, voyant que ça devient sérieux. Il m'invite solennellement à me méfier, ces garçons ne sont pas sérieux. Ragots, sans doute, mais la cause est entendue. Je me fais un peu de cinéma pour me dissimuler mes remords, ah, ne pas me réveiller demain, puisqu'il n'est rien en ce monde qui ne soit décevant ! Pauvre Luis, qui ne se doute encore de rien, pauvre de moi, qui vais devoir revenir aux jours gris, aux jours vides ! Si j'étais un garçon, seulement ! Il avait bien raison, Rousseau, tout n'est partout que faux-semblants, il faudrait revenir à la sauvagerie, voire à la solitude.

Je donne à mon pauvre amoureux son congé, et le regarde s'éloigner dans la honte et le soulagement.

Faire le point. J'ai fait mon entrée dans le monde des intermittences du cœur, de la platitude du sentiment, pas de grande passion, pas de vraie tragédie, juste une historiette ordinaire, que je n'ai pas su habiller assez longtemps de rêve. Un garçon m'a tenue dans ses bras, embrassée, dit son amour, nous avons fait des projets, nous avons eu des moments de vrais bonheur, mais, si rien n'est arrivé de ce que je craignais, rien non plus n'a été de l'ordre de ce que j'imaginais. Les garçons ne me font plus peur, bien que je ne me fasse toujours pas à l'idée de coucher avec l'un d'eux. Je ne suis plus convaincue que ce soit vraiment mal, j'ai abandonné les romans roses pour Steinbeck ou Hemingway qui ne semblent pas le penser. Et Mademoiselle Brénieux reçoit nuitamment le bel instituteur de mes frères sans se cacher. Peut-être suffit-il d'aimer véritablement, pour que la chair soit sanctifiée ! Si je rencontrais un garçon qui sache me « dompter », ne cèderais-je pas ? J'ai besoin qu'on me guide, qu'on me résiste, Luis n'était qu'un petit garçon, un faible, je le dominais trop facilement, je lui en veux, par dessus le marché, de m'être mise dans une position détestable, en le quittant si vite et si brutalement. Pendant ce temps, Odette sourit à son bébé, Robert lui revient chaque soir. Le voilà, le bonheur. Simple.

Dans le cahier, c'est le vide. Je me rends à la « vogue » avec les filles de la hlm, j'obtiens la première partie du baccalauréat de justesse, je retourne trier des pêches, l'été venu. Je me laisse grossir, à m'empiffrer de fruits. Je me trouve vulgaire, sale. Il m'arrive d'avoir envie d'un homme, une envie toute crûment physique, sans une once d'enrobage sentimental, et cela me perturbe. Je me contente de me presser la nuit contre mon traversin, mais ça ne suffit plus. Un soir, au bal, je danse avec quelqu'un qui me poursuit d'assiduités sans équivoque, je m'en veux de l'avoir laissé se frotter contre moi, mais je ne l'ai pas repoussé. Le corps dissonne de plus en plus d'avec l'esprit, dans une insistance vile.

À l'automne, j'aborde le continent de la philosophie. Cette fois, m'y voici, sur le rivage de la véritable Terre Promise, celle de la pure spiritualité dont mon père m'a indiqué le chemin, qui m'a abandonnée sur le quai. Le professeur, assez bel homme blond, la quarantaine un peu fripée, les dents noircies par une pipe qu'il n'ôte de sa bouche que pour jongler, à grand renfort de gestes, avec les idées, les concepts, jouit d'une réputation vaguement sulfureuse, et ne déteste pas l'effet qu'il produit sur nous, gamines médusées, un peu effrayées mais séduites par sa causticité, son aisance pleine d'ironie. Je suis immédiatement conquise. Je n'entends pas grand chose à sa rhétorique, mots et tournures me rebutent souvent, mais je m'acharne, je dévore l'un après l'autre les volumes qu'il tire pour moi d'un placard, au fond de la classe. Hélas, il règne comme toujours chez nous un bruit d'enfer, Léa crie sur les petits, remue vaisselle et casseroles, les gosses se battent, Eugène tempête, comment faire abstraction de tout cela ? Toute la trivialité du monde se ligue contre moi, et puis, cela en vaut-il bien la peine ? Monsieur Vernier doit me trouver stupide, je rougis dès qu'il tourne les yeux vers moi, je ne sais aligner deux mots lorsqu'il m'interroge. En physique, en mathématiques, c'est toujours le noir absolu. Ma mère l'a assez dit, que tout ça n'était pas pour moi ! Et ma philosophie n'intéresse pas Sylvie le moins du monde, j'ai toujours pour elle, que son Miguel a abandonnée pour de bon, la même affection protectrice, mais sa conversation ne saurait me suffire, vivre sans se poser les questions qui m'assaillent, comme le peut-elle ? Ainsi, nous débattons, en classe, de l'existence ou non de Dieu. Je n'y crois plus, elle si, tout simplement. La science, me semble-t-il, en rend l'idée caduque, le besoin qu'on en a pour se consoler dans l'adversité ne prouve rien. Sylvie me regarde, interloquée, Léa crie, tu vois, je te l'avais bien dit, Eugène s'efforce en vain de me ramener à sa foi, puis se met en colère, il m'accuse soudain de les mépriser, eux qui font tant pour moi qui ne donne rien en retour. Mais Dieu m'a désertée, si j'ose dire, bien je ne puisse encore considérer la question comme close, de la même façon que j'ai du mal à accepter qu'il n'y ait rien après la mort. Colette et Évelyne ne se laissent aucunement troubler par Sartre ou Camus, moi si. Comme toujours, je prends tout terriblement au sérieux.

Je m'éloigne de Sylvie. Nous avons été si proches que cela creuse un vide douloureux. Nous ne nous sommes pour ainsi dire pas quittées, ces dernières années, unies par une amitié très profonde. Je lui en veux, de refuser de me suivre sur les sommets où j'essaie de m'installer, de préférer le monde d'ici bas, si cruellement qu'il l'ait blessée. J'ai tant de mal, moi même, à m'en détacher ! Ainsi, je continue de soupirer après une de ces passions qu'on croise dans la littérature, quand nombre des auteurs que je lis à présent la condamnent sévèrement. En toute honnêteté, ce n'est pas d'être pur esprit que je rêve, mais emportée, roulée comme galet dans un torrent en crue. L'un comme l'autre me seront refusés, je le crains, mais je ne me résigne pas à l'idée de ne faire jamais rien qui ne sorte de l'ordinaire. Avec l'entrée dans l'hiver, éclatent à nouveau dans la salle à manger cris, larmes, menaces de divorce ou de suicide – pareille vie, jamais.

Là-haut, le Ciel des Idées, immobile, serein. Un simple leurre ?

Ici-bas, rancœur, mensonges et folie, l'âme enchaînée se tord, saigne, gémit sur ses entraves, mais ne saurait les rompre.

Le contraste est trop violent.

Je punaise en face de mon lit une photographie du Parthénon, double page volée dans Paris Match. Colonnes orange sur ciel bleu sombre, l'harmonie même, quand l'appartement familial ressemble au premier cercle de la géhenne. Lasciate ogni speranza, voï qu'entrate... Fuir. Mais où ? Et comment gagner ma vie ? Si seulement quelqu'un m'aimait ! M'aidait à avancer contre le vent par la force même du vent, selon cette formule d'Alain que j'affectionne ? Mais personne n'avance, chez moi. Chacun va seul. Aucune échappatoire. Seul, le père incompris, prisonnier de sa violence, seule, la mère qui se démène pour nous nourrir et pour nous tenir propres sans qu'on lui témoigne aucun égard, seule, moi aussi, aux prises avec mes désirs, mes questions. Tomber malade, ne plus penser, ne plus rêver, la mauvaiseté des humains est incurable, l'égalité, la fraternité, des mots creux, partout, ce ne sont que guerres, massacres ou famines. Laisser tomber mes bouquins inutiles et partir dans la jungle, soigner les malheureux que je viens de voir, squelettiques et couverts de mouches, à la télévision.

Je perds pied, comme chaque hiver, toute ma philosophie n'a rien changé à ma vie, je fais et refais le tour de la ville sur mes talons hauts le dimanche après-midi dans le même ennui, ou les sempiternelles balades à la campagne, quand le temps le permet. Malgré Platon, Descartes, je fais des rêves qui me dégoûtent, Freud aurait-il raison, dont je refuse la façon de nous réduire à la bête, en nous, comme je me le représente ? J'en veux bientôt au monde entier, en digne fille de mon père – aux richards de la ville, dont les rejetons se fichent éperdument de réussir ou non le baccalauréat, qui chahutent cruellement le pauvre professeur d'histoire géographie, un vieux monsieur très ennuyeux mais sans défense. Aux filles de la cité, toujours aussi frivoles, auxquelles je ne trouve décidément plus rien à dire, aux mâles en général, ces arrogants imbéciles. Patrick, par exemple, qui parle avant de penser, comme le dit Monsieur Vernier, un garçon râblé à l'œil sombre et au cheveu ras, qui vient de la grande ville pour on ne sait quelle raison et qui a tout lu, tout fait, si on l'en croit. Je vois deux fois de suite le Septième Sceau. D'un côté, l'innocence, la joie dans l'en-deça de l'intellect, de l'autre, les affres d'un doute sans fin et la mort triomphant pour finir. Bergmann va droit à l'essentiel. Je ne suis, moi, ni assez innocente, ni assez tourmentée. Ni-ni, comme toujours. Médiocre. Quand je me voudrais l'Antigone d'Anouilh, tout, tout de suite, et que ce soit entier !

Je me surprends de plus en plus souvent à penser à Patrick. Je ne l'aime pas, mais quelque chose en lui m'attire, que je ne parviens pas à élucider, il est tellement loin de la belle image défunte ! Je ne cesse de me disputer avec lui. Il se prétend marxiste et ça m'étonne, comédie, de la part de ce fils à papa ! Mais que sais-je de ces choses-là ? Bientôt, il me faut me rendre à l'évidence, c'est de ce garçon-là que je suis amoureuse – de ce garçon que j'ai toujours trouvé et que je trouve encore excessif, fanfaron, qui se saoule comme il est toujours de rigueur à l'internat, qui essaie d'occuper tout l'espace, en classe. Il est beaucoup trop « charnel », mais je l'aime. Hâbleur, menteur sans doute, je ne serai jamais sûre de lui, mais je l'aime. Pas Guy, gentil, courtois, pas Gilles, ce timide plein d'attentions qui plairait tant à ma mère, mais justement ce Patrick, qui a atterri dans notre classe à titre de sanction, qui bluffe, pérore sans cesse. Il n'est pas du même bois que Luis, celui-là, je m'en mordrai les doigts, si... À qui demander conseil ? Colette ? Je n'ose pas me confier à elle, j'ai tant médit de lui ! Eugène ? Mais il ne s'agit plus d'une amourette, cette fois ! À Léa il ne faut pas penser, elle tournera tout au noir, comme à son habitude. Je suis folle. Je n'ai aucune confiance en lui, ni en moi. Et pourtant, une envie de plus en plus violente me saisit d'être dans ses bras.

Ô tourments !

Si cet amour n'était qu'un roman, comme les autres ? C'est ce que m'assure la trop sage Colette, qui déteste ce m'as-tu-vu. Mais non. Je l'aime en dépit des regards appuyés qu'il me lance, lui qui m'a bien sûr percée à jour, et qui m'exaspèrent, en dépit du goût de la violence dont il se vante, des hauts faits réels ou supposés qu'il me raconte ou me laisse entendre, il tranche tellement, cet apprenti-baroudeur, sur l'insipidité des autres garçons de la classe ! Il éveille en moi un désir franc, sans fioritures, il attise, aussi, la violence du père au fond de moi tapie. J'ai envie qu'il m'écrase contre lui, de me battre avec lui, aussi, corps à corps, c'est la première fois que pareille pulsion menace de faire sauter les digues de mes grands principes, elle ignore tout, Colette, de ce besoin de défier une autre chair, peau à peau, muscles contre muscles, de ces fantasmes dont j'ai honte. Elle ne me prend pas au sérieux, du cinéma, tout ça ! Pourtant, comme je le veux! Bien sûr, je déraisonne, mais c'est ainsi. Entre deux cours, nous nous jaugeons. Il aime la bagarre, la guerre, le sang ne lui fait pas peur – son héros, Lawrence d'Arabie, qui deviendra vite le mien. Je répouve, mais je crois « comprendre ». Je me défie de lui, mais je passe outre. Je m'évertue à le trouver seulement entier et volontaire, un « pur », même s'il s'égare. Le genre dur au cœur blessé des romans photos d'autrefois, le légionnaire des chansons de Piaf. Je me défie de lui, sa rhétorique pompeuse sonne faux, mais je veux croire qu'il cache de la vulnérabilité derrière ses rodomontades, comme il doit me trouver ennuyeuse, conventionnelle ! Ça ne marchera jamais.

Nous marchons entre les houx d'un de mes chemins préférés, il fait sec et beau, mais très froid. Il se montre étonnament tendre, je rayonne. Je le crois, lorsqu'il me dit qu'il n'a jamais encore aimé personne, moi non plus, en réalité.

Je sens encore son bras autour de mon épaule, écrivant le soir dans le cahier, l'étreinte solide, franche, de sa main, je crois respirer son odeur sur ma peau. Il m'a donné une photo de lui, treillis, épaules ramassées, regard buté. Je lui trouve un air de félin à l'affût, dans cet accoutrement. Je déraille complètement. Ah, Bergson, ou Camus ! Je perds la tête, mais je ne vais plus seule. Mon père se réjouit pour moi. Me voici moralement autorisée à courir la campagne avec lui, les cours terminés. J'aime sentir sa cuisse se mouvoir contre la mienne, tandis que nous cheminons, quand il est seul avec moi, il n'est plus le même du tout. Il me caresse doucement le visage, il enroule mes cheveux autour de ses doigts, je ne doute plus de sa sincérité. Qu'importent la neige tardive sur les feuilles sèches des chênes, le froid, la pluie, la nature me semble accueillante et belle. Pourtant, il m'arrive de le trouver trop calme, cet amour, j'imaginais de plus violents transports, une perpétuelle incandescence. Pourquoi ne pouvons-nous rester sur la crête des vagues ? Pourquoi me sentir aussi froide, quelquefois, dans ses bras ? Spectatrice ? L'amour n'est donc pas l'absolu que je me représentais ? Ou bien ma mère a-t-elle inoculé le doute en mon esprit, qui prédit une triste fin, comme il se doit ? Un fils de patron, avec une fille d'ouvriers ? C'est contre tout bon sens. Et puis, il parle trop de politique. Il parle trop, d'une façon générale. Là dessus, elle a raison. Mais je l'aime.

Un après-midi, tandis que nous nous reposons sur une roche ensoleillée, il me le dit enfin, le petit mot jamais encore prononcé. Je suis bouleversée par ce murmure. Nous voici liés à jamais par le mystère d'un petit mot de rien du tout. Je l'annonce à mes parents. Mais il n'a pas parlé de moi aux siens, ils y voient la preuve qu'il s'amuse, en gosse de riches qui trompe son ennui. Je leur en veux. Il parle pourtant de m'épouser, il m'installe même chez lui d'une façon qui me parait un peu trop cavalière, ma mère n'aura pas son triomphe, j'aurais mieux fait de ne pas le leur présenter. Il m'a promis d'arrêter de boire, de fumer, de se mettre au travail sérieusement – mais elle a crevé mon petit nuage, Léa, je doute de nouveau. Et tout ce qui me choque en lui se rassemble, se densifie. J'ai peur. Vacances de Pâques. Je finis par recevoir une petite lettre sans inspiration ni conviction, mais enfin, c'est une lettre. Le temps se traîne, les balades avec Sylvie ne compensent pas l'absence, il fait gris, mes parents se disputent à mon propos, je doute de plus en plus. Il m'a peut-être menti, il s'amuse peut-être, en effet, de toutes les manières, je ne nous vois pas d'avenir commun. J'ai dix-huit ans, mais tout mon bel élan s'est brisé contre sa froideur.

Je le retrouve sans émotion. Il me snobe. Je lui jette au visage tout ce que j'ai sur le cœur, puis, je me repents, j'ai tout gâché, idiote que je suis.

Dans le petit parc qui jouxte le lycée, derrière la haie de cyprès, il m'étreint violemment, par un matin lumineux de la fin d'avril. Il me dit que je suis belle, qu'il a envie de moi, j'exulte, et cependant je m'observe toujours. Non, ce n'est pas cela, la grande passion de mes rêves, je n'aurais pas autant d'appréhension ! Je raisonne beaucoup trop, au lieu de m'abandonner au courant, de brûler comme on raconte dans les livres. Pourtant je l'aime, j'acquiesce quand il dit que je serai à lui seul, sa femme. Il faudra, ajoute-t-il, que je me fasse baptiser, mais je me rebiffe, je ne crois plus en Dieu, il ne peut exiger que je sacrifie à des conventions devenues vides de sens pour moi, je n'entends pas me renier. Il insiste – je le méprise un peu, c'est lui qui est conventionnel ! Mais je ne me vois pas vivre sans lui. Heureusement, il lui arrive d'oublier de jouer un rôle, d'être « lui-même », soit, tel que je le voudrais toujours, tendre, sérieux, avec quelque chose d'enfantin. Heureux. Je reprends confiance, tout ira bien, nous nous appartenons, nous vivrons ensemble un jour. Je lui fais lire mon journal. Je l'aime pleinement, totalement, je ne sais dire comme. Je l'aime de tout mon corps tendu contre le sien sur l'herbe, les rochers, je l'aime de toute mon âme exaltée, et tant d'amour rejaillit sur lui, il me dit qu'il est plus merveilleux d'être aimé que d'aimer, il me dit que je suis en train de le sauver du cirque qu'il croyait devoir se faire, faire aux autres, pour exister, et je le crois. Il me désire, je lui sais gré de se contraindre, je le désire aussi, mais j'ai peur, tout va trop vite, tout à coup.

Il jure de m'aimer toujours. Nous mêlons le sang de nos poignets. Je me sens aspirée, pour la première fois, par une force tourbillonnante, comme les mots sont chétifs, impropres à décrire ce que je ressens, cette manière d'explosion de tout l'être ! Il me veut, jamais personne ne m'a voulue ainsi, je le veux, je n'ai jamais rien éprouvé de tel, j'ai mal quand il retourne chez lui pour le week-end, je ne suis bien que dans la chaleur du pull noir où j'enfouis mon visage, dans son odeur, son murmure, je le suivrai partout, même pour mon malheur. Car la peur ne me quitte pas, de me « perdre », et mon bel idéal, il a des idées politiques pour le moins confuses, mais que je pressens fort éloignées de celles de mon père, qui sont aussi les miennes. Il nous faudra attendre cinq ans, le temps de finir nos études, le saurons-nous, résister à cette force qui nous fait nous cramponner l'un à l'autre ? Il craint que non, parfois je ne suis plus sûre de rien. Pourtant il le faut. Il y va de notre avenir, de la Confiance d'Eugène. De quelque chose qui se cabre, aussi, au fond de moi. Il dispose trop aisément de ma personne, il organise, il exige, je n'ai pas mon mot à dire sur ses projets. J'ai peur de m'être trop engagée, de ne pouvoir plus reculer, de la véhémence du désir que j'ai de lui. Je veux être professeur de littérature, comme Mademoiselle Brénieux, je ne veux pas risquer de gâcher cela.

Un week-end de pluie, il ne rentre pas chez lui. Nous trouvons refuge dans une petite grange abandonnée. Il me somme, si je l'aime, de me « donner » à lui. L'œil du père est sur la cabane, que survienne un enfant, et pas d'études ! Je me révolte, aussi, contre la soumission qu'il attend de moi, les exigences de mon propre corps. Je le trouve bien laid, le visage échauffé, l'air exagérément pathétique, puis blessé dans son orgueil de mâle ! Il s'écarte, se rajuste, je ne suis pas de sa trempe, me jette-t-il, seulement humaine, trop humaine, quelconque. Il m'aime, mais il lui faut me quitter, nous ne nous entendrons jamais, je ne serais qu'un poids mort, pour lui qui veut laisser sa trace dans l'histoire. Je m'offre, toute éperdue, mais c'est trop tard, il s'en va sous la pluie dans un envol de grandes phrases. Je reste allongée dans le foin, anéantie, il a raison, je suis mesquine, minable, calculatrice, je l'ai perdu par ma seule faute. Je pleure lamentablement.

Fini.

Il me reste, confiè-je au journal, à me montrer aussi dure envers moi-même que lui. À accepter ma défaite. Ne pas pleurnicher, ne pas quémander. Il y va de ma dignité. Mais quelle douleur !

Il m'humilie très délibérément, au lycée. Il semble prendre plaisir à me piétiner, saccager ce qui a été. La cicatrice me nargue, sur mon poignet.

Le bac approche. Je suis en plein mélo. Je dévore « Ainsi parlait Zarathoustra ». Je me reconnais dans les petits, les mesquins, les médiocres que Nietzsche vilipende. Ne suis-je la banalité même ? La bêtise incarnée ? Non, je serai journaliste, je dénoncerai, combattrai les vilénies qui grouillent de par le monde. Les valeurs de Patrick s'avèrent aux antipodes des miennes, derrière son « marxisme » de façade. Je garde pourtant son bracelet. Je me désole de l'imaginer dans les bras d'une autre, plus docile, l'amour physique est de l'ordre du simple besoin, prétendait-il, j'aurais peut-être dû céder. Je souffre, je ressasse, au lieu de réviser. Il me provoque, je lui jette le bracelet au visage, puis j'implore, je m'expose à ses sarcasmes, pourtant, c'est lui que je plains, le soir, dans le cahier, s'il « sombre », ce sera de ma faute ! À moins qu'il n'ait fait que jouer, jouer d'un bout à l'autre ? C'est plutôt ça. Il s'est moqué. Il est si facile de se moquer de moi, je suis tellement crédule ! Non, il ne s'est pas moqué. Pas seulement. Il ne sait pas aimer, voilà tout. Il prend, il est incapable de rendre, de donner. Il ne se montre aussi odieux que pour m'écarter de lui, pour détruire l'amour qui ne veut pas mourir en lui non plus. J'ai besoin qu'il m'ait aimée, qu'il m'aime encore, besoin de croire aux histoires que je me raconte, ne serait-ce que pour préserver quelques lambeaux d'estime de moi-même. Je ne peux m'empêcher d'espérer qu'il me reviendra. Pourtant je sais que non. Comme je dois paraître ridicule ! Pitoyable ! Comme je me déteste, d'être aussi faible !

L'année scolaire s'achève enfin. Je brûle ses quelques lettres, mais je garde les photos. La cicatrice sur mon poignet s'effacera, sur son bras à lui, on ne la devine déjà plus. C'est fini. Je sanglote, au souvenir des derniers mots qu'il m'a lancés, je pars comme je suis venu, je subis, je domine, mais je ne pleure pas, moi – emphatique, ridicule, comédie bien faite pour la demeurée que je suis. Son rire, tandis qu'il s'éloignait au bras de Sylviane, le coup de poignard de ce rire, le dernier jour du baccalauréat ! Bien sûr, qu'il n'a fait que s'amuser, mon narcissisme en miettes me laisse sans défense, accablée.

Le jour, j'affecte la désinvolture, il faut faire bonne figure, mais la nuit, tout bascule, je ne cesse de passer en revue ces quatre mois, les premières approches, ma défiance, ses beaux discours, mon émerveillement devant l'amour naissant, nos étreintes dans la campagne reverdie, nos projets, ses moments d'abattement, ses confidences, mes élans, mes doutes, ses discours encore, ces interminables discours que j'ai pris au pied de la lettre sans y croire tout à fait pourtant, l'exaltation, l'effroi devant la violence des émois de la chair, je triture tout cela des heures durant, mais je n'arrive pas à savoir s'il m'a aimée ou non, s'il a feint, ou non, menti, ou non.

Je réussis le bac dieu sait comme.

Première expérience de la déchirure, de l'insupportable que l'on supporte cependant. Je ne sais pas traiter avec l'ambivalence, moins encore avec le mensonge. Toujours, ou presque, j'ai soupçonné la duplicité de Patrick, voire sa mythomanie, tant de choses me paraissaient invraisemblables, dans ce qu'il racontait ! Mais j'ai choisi de m'aveugler, que l'on puisse tromper délibérément dépassait mon entendement, je le préfére torturé que menteur, déchiré que fourbe, malheureux que muffle, j'ai besoin de m'abuser encore, sous le prétexte de faire la lumière sur notre histoire, pour ne pas me mépriser trop de m'être laissée prendre dans un piège aussi grossier – plus c'est gros, mieux ça passe, m'a-t-il dit un jour en riant – mon visage s'enflamme, d'y penser, non, ce n'est pas possible, il a menti peut-être, mais il m'a aimée, il me le faut. Il y en aurait bien d'autres, dans ma vie, de ces séismes, de ces révoltes devant le fait brutal que l'autre ne veut plus de vous, vous jette comme il vous a prise, vous jette tout simplement, quand il se trouve encore enraciné au cœur de votre existence, vous arrache, excédé, comme on fait d'un lierre qui s'agrippe au tronc d'un arbre ! Souffrance vaine, corps amputé qui cherche l'absent dans le lit vide, ventre crispé sur le néant, corps, esprit qui refusent l'inacceptable, larmes, larmes à flots, larmes pour rien, sanglots, insultes, implorations. Et l'autre, lâche parfois, inflexible toujours, piteux souvent, l'autre qui n'aime plus, qui s'en va, qui détruit pour libérer sa route. Chaque fois, je finirais par encaisser, par accepter, plus ou moins lentement, plus ou moins difficilement, à force de nuits d'insomnie et de ressassements, mais à dix-huit ans, je ne sais encore que par oui-dire que l'amour peut mourir et qu'on en meurt pas, que l'on peut se prendre de la sorte à son propre piège, et c'est arrivé cependant, mon amour gît sur le sol, fracassé, et je vis.

Je m'étais demandée, à l'orée de la classe de philosophie, si j'allais changer. J'ai mûri, en tous cas. Je sors avec les filles de la cité pour me distraire, absente à leurs soucis, à leurs plaisirs, meurtrie comme je le suis. Les prophéties de ma mère se sont réalisées, j'ai « vu ». Patrick pense-t-il seulement à moi, de temps en temps ? Je me sens encore totalement investie par lui, et cependant, à force de me promener avec Anita ou Ginette, je commence à bavarder, il m'arrive même de rire, les logiques du ressassement nocturne s'affaiblissent un peu à la clarté du jour. Je suis surprise que la vie au premier degré puisse ainsi divertir de la douleur, et cependant, c'est. Je plains encore quelquefois Patrick, qui est peut-être fou, à sa façon, qui le réconfortera à présent, s'il flanche ? S'il s'aperçoit qu'il s'est imposé un rôle trop lourd pour lui ? Parce que j'y crois encore, j'y crois malgré moi, à la démesure de son ambition, au sacrifice de nos amours à son « destin », j'y crois malgré trop de grandiloquence, à cause d'elle, moi qui me sens tellement commune. Et je me dis, au même instant, que je suis si stupidement éprise de grandeur que je n'ai pas su percer à jour ses simulacres, comme il a dû s'en amuser, en son for intérieur, ou, pis, avec les autres, j'en frémis d'humiliation, mais si rude est la chute que je préfère tricher encore, essayer de me dissimuler encore tant de naïveté, tant de bêtise.

J'ai changé, j'ai vieilli. Moins à cause de la philosophie que de ce premier amour foulé aux pieds. J'ai perdu Dieu définitivement. C'est l'évidence même, qu'il faut se débrouiller tout seul de son chagrin, de ses questions et de ses doutes. Que l'âme est mortelle comme le corps, si absurde cela rende-t-il la vie. Je l'éprouve avec tellement d'intensité, ce vertige de l'absurde ! Je l'éprouve physiquement, dans une sorte de vacillement. J'ai voulu exister au delà de mes moyens, exister selon mon rêve, que l'on me distingue, que l'on me voie, et tout ce que j'ai obtenu, c'est de tourniquer au milieu de mon premier champ de ruines. Antigone, que non ! Une petite fille qui ne sait plus que croire, que penser. Austère et dure je me voudrais, je ne suis que faible, pitoyable. Il me faudra la vaincre, cette faiblesse, pour demeurer à la hauteur du scénario que je me suis construite. Il le faudra, je m'accroche de toutes mes forces à cette idée. Mais comme je suis lourde, pesante, Zarathoustra ! Éloignée du rire souverain de l'esprit libre, de sa danse ! Incapable de donner, de créer ! Cramponnée au cadavre de mon pauvre amour, incapable de vouloir, quand vouloir délivre ! L'homme est quelque chose qui doit être surmonté, et je me délecte, masochiste, de mes souvenirs, au lieu de m'ébrouer, de gambader de cime en cime. Tout ce que je surmonte, non sans peine, c'est le désir d'écrire à Patrick, de me justifier, de lui demander s'il m'a aimée, ou non, je voudrais tellement savoir, cesser de balancer ! Me défaire de ce qu'il y a en moi de pleurnichard, de « féminin » ! N'ai-je toujours détesté être fille, femme, faible, donc ? C'est le féminin en moi qui m'a trahie, je le vaincrai, je serai comme la colonne dont parle Nietzsche, toujours plus fine à mesure qu'elle s'élève, toujours plus résistante intérieurement !

En Juillet, je pars travailler dans les Alpes comme femme de chambre et serveuse dans un hôtel. Jusqu'ici, je me suis contentée de les contempler de la fenêtre de ma chambre, bleues dans le rose du matin, spectrales à nuit tombante, elles ont été mon horizon au propre comme au figuré, et m'y voici enfin. Mais dans le fond d'une vallée. Des gens prennent le petit train à crémaillère, tout hérissés de piolets, de crampons, moi, je m'échine pour quelques sous. L'hôtel est ancien, le boulot, dur, la patronne, tâtillonne et mesquine. Je prépare, le matin, les petits déjeuners et les monte dans les étages, je fais la vaisselle, les chambres, nettoie la crasse des baignoires, j'humecte les draps des clients d'une nuit et je les lisse pour qu'on les croie propres, je sers à table, je fais la vaisselle à nouveau, balaie la salle, dresse les tables pour le soir, puis je dois repasser les serviettes et les nappes... Je n'ai que deux heures l'après-midi pour travailler pour moi, j'apprends la grammaire latine indispensable à la licence de philosophie que j'entends préparer, je lis un peu, Zarathoustra toujours, et c'est l'heure de reprendre le service. Je tire gloire de ce travail, je ne suis rien, on ne me regarde pas, rares, ceux qui disent bonjour ou sourient en remerciant, des jeunes de mon âge rient sur la terrasse, de retour d'expédition, mais un jour j'aurai ma revanche, je l'aurai. Les jours de repos, je prends le petit train moi aussi, et c'est l'éblouissement, l'Aiguille du Midi étincelle sur le bleu cru du ciel, au dessus du vert sombre des sapins. Madame m'appelle avec condescendance « mon petit », je suis polie, sage, je travaille consciencieusement, comme on me l'a appris, elle est contente de moi, j'ai du mérite, qu'elle salue. Je la hais.

Un jour, assise près du front du glacier, je n'y tiens plus, j'écris à Patrick. L'idée de ne plus le revoir m'est tout à coup insoutenable, je lui propose mon amitié. Le soir, il m'arrive encore de sangloter de fatigue, de désespoir – personne ne verra rien, je ne suis ni méritante ni énergique, si mon pauvre père savait, qui me complimente dans ses lettres de ma ténacité ! S'il me voyait vaquer comme une somnambule, s'il m'entendait gémir sur mon amour perdu, la nuit ! Que n'est-elle à refaire, mon histoire ! Que n'est-il près de moi, quand je grimpe jusqu'ici ! Je ne lui refuserais rien, maintenant. Je me tourne et retourne dans le petit lit de fer, le fracas du torrent m'empêche de dormir. Il a dû recevoir ma lettre, elle va attiser son mépris. La neige, vue de près, est sale aussi. Mon histoire, du mauvais théâtre. L'absurde, du toc. Quant au surhomme !

À la fin d'août, un type amène une gamine droguée, qu'il viole dans une chambre. Ça n'existe donc pas que dans les faits divers des journaux. J'ai envie de vomir, en enlevant les draps souillés. Le monde est totalement sordide, les hommes, d'immondes porcs. Madame craint pour la réputation de son établissement, je me sens totalement impuissante devant toute cette saleté.

Soudain, il y a une lettre. Je ne vois, tout d'abord, que le « je t'aime » qui la conclut, mais ce n'est que baratin, pour souligner que c'est fini.

À la rentrée suivante, je change d'univers. Me coltine, bouclée dans l'atmosphère confinée d'un internat de jeunes filles, à Hegel, Spinoza, Racine ou Bossuet, souffre mille morts pour ingurgiter en deux ans un monceau de connaissances, mais j'ai besoin de me prouver que je vaux quelque chose malgré cette première claque de la vie – Eugène m'a insufflé le sens du défi, je ne le trahirai pas. Puisqu'on m'a rudement jetée sur le pavé de la réalité, puisque mon amoureux distribue devant le lycée une feuille d'extrême-droite, il ne me reste qu'à me remettre debout. Mais que de peine, que de doutes, encore !

L'été sur l'île. 3.

La plage s'effile sous la ligne sombre des pins, rousse encore de l'orage récent. Une brume voile le continent, adoucit la lumière, la marée descendante commence à découvrir les rangées de pieux hérissés de bouchots et le soleil retrouve son empire sur les chairs qui s'offrent à lui à profusion. J'aime cette anse, mais déserte, le sable durci par le gel, le vent roboratif de décembre, le sens grégaire me fait absolument défaut, cet étalage de seins, de ventres, cuisses m'indispose, l'aisance avec laquelle chacun exhibe sa laideur sans se soucier d'autrui, puisque tous logent à la même enseigne, sacrifiant dûment huilés à l'immobile frénésie de bronzage qui sied aux temps. J'éprouve un peu de répugnance pour cette exposition en masse d'anatomies plus souvent grasses, informes qu'harmonieuses, serrées comme sardines sur un gril, trop dénudés, trop moches, trop nombreux, surtout, mes semblables, et tellement bruyants !

Ah, le silence des montagnes, au dessus de deux mille mètres !

Je pousse mes parents aussi loin que possible de la foule, mais Léa se faufile entre les corps avec difficulté, le sable qui fuit sous ses pas torture ses genoux et elle aime le monde, elle qui n'en voit pas tant ! Eugène peine en tête, les pliants sous le bras. Le grain n'a pas vraiment rafraîchi l'atmosphère, il a chaud. Il s'arrête sous un pin solitaire, ça ira bien. Il s'est résigné à nous accompagner, mais il préfèrerait au bord son canal, à la plage, il ne sait trop que faire de lui-même, il s'ennuie vite, assis à regarder les gens. Enfin, il n'est plus maître... Il installe sa vieille carcasse sous l'ombre maigrelette du pin pendant qu'elle s'approche en marmonnant quand même, tu me diras pas, ces seins à l'air ! Il rit, depuis le temps, elle devrait s'être habituée, et quelquefois c'est pas désagréable, il irait bien conter fleurette à cette petite, là-bas – ah, tais toi donc, espèce de vieux bouc, s'agace-t-elle, qu'est-ce qu'elle ferait bien de toi ! J'installe le parasol, elle s'assied pesamment sur son fauteuil de toile. J'enduis de crème ses épaules, ses bras, ses pauvres jambes, elle n'ose plus se mettre en maillot, mais elle le regrette, elle exposerait bien son corps fatigué au soleil, elle aussi, comme il y a quelques années – tu te rappelles, à Banyuls ? J'étais moins mal fichue, de ce temps, la mer était plus tranquille qu'ici. Aujourd'hui, si les vagues me renversaient, je serais pas fichue de me relever. Sa voix s'éteint dans cette bouffée de nostalgie, il ne lui reste plus maintenant qu'à paresser, les yeux mi-clos, à s'imprégner des cris mêlés des mouettes et des enfants, du brouhaha, des rires, des radios, s'imprégner de chaleur, surtout, cette bonne chaleur qui l'engourdit. Dire qu'il faudra bientôt rentrer, que l'hiver sera bientôt là, chaque année plus triste, plus long ! Elle soupire. Et lorsque son époux risque une grivoiserie sur les jambes de la belle qui passe devant lui, elle ne se récrie que pour la forme, la vieillesse a vidé son puritanisme de sa rigueur.

Eugène blague, naturellement, mais avec tellement d'insistance que je me dis qu'il aurait pu faire un bon vivant, si elle avait voulu. La crudité de langage de la hlm offusquait ma pudibonderie adolescente, je détestais qu'il ne soit jamais le dernier à en conter une bien bonne, à entonner une chanson paysanne gaillarde qui me faisait rougir, comme je lui en voulais d'être aussi vulgaire ! Si ma mère était obsédée par le « dévergabondage » au point de le suspecter partout, il trouvait la chair innocente, lui, pour peu qu'on n'en abuse pas. Et c'est avec plaisir qu'il regarde les jolies filles, d'elles protégées par l'âge. Quelle fut leur vie amoureuse, à ces deux-là ? Zone interdite s'il en est, que l'existence charnelle des parents dans le huis clos de la chambre conjugale ! J'ai toujours pensé que la leur fut très vite triste, combat, pour lui, contre ses impulsions, pour elle, conjugale corvée. Naturellement, je n'en sais rien, on ne parle pas de ces choses, mais tant d'indices le suggéraient ! Il s'offusqua un jour des facilités qui nous étaient données de n'avoir pas d'enfant, un homme devait savoir se maîtriser, mais l'abstinence qu'ils s'imposèrent après la naissance de ma sœur lui fut sans doute un sacrifice difficile. Heurts des corps et des cœurs, dans le lit partagé par obligation, par routine, tenaillements du désir, quoi qu'il en aie, si convaincu qu'il soit, en bon chrétien, du primat de l'âme et de la raison sur la vie sensuelle, soulagement bien cher payé, pour elle, blessures réciproques de l'amour propre, rancœurs, amertume, désolation, bouffées de haine brute, envies de meurtre, désespoir, et tout cela chacun pour soi, chacun claquemuré dans sa forteresse intérieure, l'un, dans son désir et son refus de ce désir, l'autre, dans sa répulsion et la culpabilité de cette répulsion, tous les deux dans la honte du plaisir extorqué quelquefois par l'un dans la navrance de l'âme, par l'autre concédé à contre-cœur, par lassitude, pitié, mépris, tout cela dans la conscience suraigüe de la béance, de l'abîme qui s'élargissent alors que l'on est étendu à quelques centimètres de l'autre, à quelques centimètres seulement, et cependant à des années-lumière de celui, celle que l'on respire, frôle, cherche, repousse en vain. Chacun tout seul, et contre l'autre, dans la vertigineuse, l'abyssale ambivalence de ce mot, contre l'autre réifié dans une image haïe, aimée encore un peu, envers et malgré tout.

Mais qu'en sais-je, à vrai dire ? Ce fut peut-être bien plus simple, ou plus cruel, ou plus joyeux, leur histoire la plus intime est bien entendu la plus secrète, et il y a des années qu'ils ne partagent plus la même couche et que le corps s'est tu, quoi que dise mon père pour faire le faraud. Aussi loin qu'il m'en souvienne, je n'ai jamais surpris entre eux la moindre tension érotique, à peine un geste de tendresse, de temps en temps, et quand ils furent vieux, à moins que je ne l'aie soigneusement refoulé. Si ce n'est pas tout à fait son cas à lui, ma mère n'a jamais existé, pour moi, comme chair sexuée, désirante, si jolie et coquette qu'elle ait pû être avant son mariage et redevenir sur le tard. Je ne l'ai connue que massive, corps alourdi par les grossesses et la nourriture des pauvres, déformé par le travail, camouflé sous d'éternelles robes, blouses droites, difficilement porté par des jambes tôt abimées, jamais nimbé d'une once de sensualité – instrument de peine et de labeur, pure et simple machinerie de la vie, sans valeur propre, sans le moindre rayonnement. Corps muet, invisible, si pesant ait-il pu être. Sa rigueur parpaillote ? La conviction intégrée jusqu'à paraître aller de soi que le corps, le sexe étaient source de tous les maux, sauf dans le lit matrimonial, et encore ? Le simple fait des circonstances de sa vie ? Quoi qu'il en soit, il me semble la tenir d'elle, cette aptitude à la neutralisation du corps, ne me suis-je jamais découverte désirable sans un sincère étonnement ? N'ai-je longtemps pensé que les autres, les hommes, ne me voyaient pas « femme » ? N'a-t-il été pour moi, n'est-il largement encore qu'instrument, serait-ce de plaisir, ce corps maintenu à distance ? Qu'il fonctionne, voilà tout ce que je demande, je ne l'habite pas vraiment, je « l'ai » plus que je ne le suis, et le plus souvent je l'oublie. Cependant, c'est dans l'instant de l'illimitation charnelle que je me sens « une », enfin.

Breidarlöhn.

Le front bleu sombre du glacier vêle des icebergs dans un craquement sourd, qui coulent dans l'eau grise de la lagune avant que d'émerger un peu plus loin, placides et bleutés, de la minimarée que leur plongeon provoque. Regardant naître, debout sous un soleil féroce, les rejetons de ces noces élémentaires, Luc et moi sommes précipités l'un vers l'autre par l'incandescence d'un désir que nous ne nous connaissions plus – c'est une éruption violente, si magnifiquement accordée à la grandiloquence du paysage que je me fonds, confonds non seulement avec mon compagnon retrouvé, mais avec la caillasse de la rive, les eaux de la lagune, le glacier et le bleu dur du ciel, à l'unisson du cosmos même...

L'éducation trop prude que j'ai reçue n'a donc pas bridé ma libido, mais c'est sans doute de ma mère, qui somnole sous son chapeau de paille, toute au bonheur de lézarder, que je tiens un rapport à mon corps tellement distancié qu'il aurait pu me rendre étrangère aux joies de la chair. Mon père a toujours eu une vraie présence physique, que ce soit sur le mode de la séduction ou de la grossièreté. Mâle je l'ai toujours perçu, et Léa, seulement mère. Le regardant sourire de tant de corps dénudés, et je me demande s'il a aimé ou désiré d'autres femmes que sa Lucie ou ma mère, s'il a dû résister parfois aux tentations de l'adultère, ce charmeur. Autre mystère. Si pareille chose est advenue, il l'a toujours soigneusement célé, et « d'aventures » il n'eut jamais, que je sache. Comme il a dû souffrir, aux côtés de cette femme toujours lasse, toujours en souci de l'un, de l'autre, condamné à la chasteté pour échapper à la misère ! Car selon lui, j'en suis certaine, il n'est pas nécessaire de rabaisser le corps pour exalter l'esprit, Dieu ne nous a-t-il donné l'un comme l'autre ? Tandis que j'en suis encombrée, toute « libérée » que j'ai été par l'époque de la hantise de procréer et de quelques tabous.

Ceux qui se dorent autour de nous « sont » leur corps avec une simplicité qui m'épate, « sont » les bourrelets, les seins tombants, le ventre mou, les cuisses tremblotantes qu'ils donnent à voir sans la moindre hésitation tandis que faire de même offusquerait mon sens esthétique. Certes, les musclés, les adeptes des salles de gymnastique se pavanent, mais les autres se fichent bien de ce qui me heurte, pourquoi n'y en aurait-il que pour les beaux, les bien bâtis ?

Léa elle-même se fichait bien de son apparence, du temps où elle se baignait encore ! Il suffisait de rester dans les bornes de la décence, les maillots d'aujourd'hui, c'était quand même trop, mais chacun avait droit au soleil, à la mer. Peut-être qu'elle a raison, que je suis excessive dans ma condamnation, ne sais-je que la beauté corporelle est un luxe, passé un certain âge, pour la plupart des gens ? Ce rejet, cette gène sont plutôt la conséquence de mon inaptitude à « adhérer » à mon corps, comme cet attachement névrotique au canon grec de l'harmonie qui l'épure, en écho à mon obsession adolescente, le spiritualise et le rend tolérable. Léa n'y est pour rien.

Cette rebellion, entre quatorze et dix-huit ans, contre la fatalité qui m'a faite fille ! Comme je déteste avoir un corps, et celui-là, de femme irrémédiablement, chaque mois saignant, douloureux! Cette poitrine trop lourde, qui menace la « pureté » de mon âme de garçon manqué, que je voudrais dissimuler à tous ! Drôle d'expression, que celle-là, ne suis-je fille manquée, bien plutôt ? En fait, j'aimerais n'avoir pas de sexe du tout, ni seins, ni cet orifice suintant, entre mes cuisses, qu'il faut protéger des regards des garçons, mais pas davantage le bout de chair érectile dont ils sont si stupidement fiers, et que l'on aperçoit parfois par l'entrebaillement des shorts. Ainsi me sentirais-je libre, déliée des impératifs de la vie biologique, du risque de la maternité, délivrée, aussi, de leur mépris, de mon dégoût. Je ressens confusément que les filles doivent se sexuer toutes entières pour leur complaire, se maquiller, se vêtir, se tenir de manière à les aguicher, et cela me révulse, je refuse d'être assimilée au seul corps, qu'ils détaillent en termes trop humiliants, réduite à des nichons, un cul, mais je n'ai pas envie, non plus, de me complaire comme eux dans les saletés dont ils s'amusent – garçon sans sexe, voilà ce que je voudrais être. Surtout lorsqu'il devient inconvenant de m'asseoir n'importe comment, jouer au foot, grimper aux arbres, dangereux de traîner le soir autour du parc. C'était ainsi que s'attrapent les enfants, même si on s'est bien gardé de m'expliquer comment, au juste. Car je ne sais pas grand chose de la façon dont l'espèce se perpétue, en fille honnêtement élevée, seulement que le sexe est le chemin le plus sûr de la perdition.

Comme je les hais, mon corps et ses tensions, ses élans glauques, comme je hais la chair trop compacte, mystérieusement menaçante des hommes qui me déshabillent parfois d'un regard insupportablement concupiscent ! Chaque mois, me tordant dans mon lit, je maudis le sang qui noue mes entrailles, proclame ma femellitude dans la lacération des reins, du ventre. Une fois, mon père ouvre innocemment la porte de ma chambre pour s'enquérir de ce qui ne va pas, et sans savoir pourquoi je bondis, je le mets dehors avant qu'il n'aie pu dire un mot, aurait-il insisté que je l'aurais giflé, mordu. Lui parti, je reste pantelante, honteuse et furieuse à la fois d'avoir cédé à une impulsion aussi obscure, aussi sauvage. Racontant cette scène le soir même dans mon journal, je prends conscience que je l'ai chassé avec cette violence parce qu'il est responsable du malheur pour moi d'être fille, mais aussi, mais surtout, parce qu'il est homme, un mâle, lui aussi, vulgaire, grossier comme les autres. De tant de répulsion, comme j'ai eu du mal à me défaire ! Si je m'en suis jamais défaite tout à fait ! Pour leur sexe, toujours possiblement arrogant, menaçant, imbécile, pour le mien, que j'éxècre plus encore, le pressentant du fait des mises en gardes maternelles comme brèche possible dans l'édifice trop fragile de mon incertitude de moi-même, lieu de possible effraction. Les autres filles s'accommodent parfaitement, semble-t-il, de ce qui « m'écœure », moi qui refuse de toute mon âme la rudesse du milieu ambiant, tandis que je me sens vulnérable, mon corps diverge trop de mon idéal, me tire trop vers la matière, quand je voudrais n'être qu'esprit. Adulte, j'ai eu beaucoup de peine à m'accepter femme, je me suis longtemps réfugiée dans la soi-disant neutralité de l'intellect. Ce n'était pas très confortable non plus, j'étais fière de l'estime que je rencontrais, mais j'aurais voulu séduire, aussi, et j'étais sûre que les hommes ne pouvaient éprouver d'attirance pour quelqu'un comme moi, qu'en m'efforçant de me faire reconnaître par mon intelligence il me fallait renoncer à capter leur désir. Heureusement qu'il s'est trouvé sur ma route quelques jeunes gens assumant leur part de « féminin » !

Allongée au soleil comme les autres, je m'observe sans complaisance même si avec le temps je m'y suis faite, à ce corps qui commence à se faner, si j'ai fini par l'habiter mieux, me sentir plus jeune qu'à trente ans. Le tombeau de l'âme, tout de même pas, sa prison, pas tout à fait. Mais je ne serai jamais de ceux qui le vivent dans l'aisance qui fait la beauté rayonnante. La chair, le bas, le féminin, d'un côté, l'esprit, le haut, le masculin de l'autre, je n'ai pas encore dépassé tout à fait cette correspondance terme à terme qui fait la trame de notre tradition, accentuée par mon éducation calviniste associée aux pesanteurs de la filiation. N'ai-je toujours été certaine que mon père m'aurait préférée fils ? Tout cela se conjuguait si bien, trop bien, dans mon esprit ! Pour « monter », selon l'incitation d'Eugène, ne valait-il pas mieux être homme ? En classe de philosophie, j'ai craint qu'on ne puisse respirer à son aise, dans l'air raréfié où se connectent ou s'affrontent les concepts, je me souviens m'être demandé avec beaucoup d'angoisse s'il me faudrait vivre sans aimer, puisque la pure communion des âmes paraissait impossible, puisque toute mon expérience démentait Platon. Mon journal a tourné à la dissertation malhabile, là-haut, le monde des idées et valeurs éternelles, la philosophie, l'échelle qui y conduit, pour peu qu'on se délivre des chaînes de l'épaisseur sensuelle. Dès les premiers barreaux, ce qu'on entrevoit est tellement chatoyant que je voudrais ne jamais redescendre, ne jamais revenir à l'animalité des amours ordinaires, à la grossièreté qui rend le langage aussi sale que les sécrétions et déjections du corps, à toute cette crasse, cette brutalité qui sont mon lot quotidien. Mais le monde sensible que je dédaigne tant n'est-il, comme je le soupçonne, le terreau d'où monte toute sève ? La vie charnelle humiliée ne proteste-t-elle vivement, dans l'attirance qui me tourne vers Patrick, contre une excessive tension vers l'idée pure ? Comme j'ai, comme j'aurai du mal à les réconcilier, le corps et « l'âme », le féminin et l'esprit, la sensorialité et l'intellect ! À « voir », tout simplement, éprouver, ressentir au premier degré ! Si tant est que je l'aie appris...

Je me suis construite selon l'axe vertical de l'ascèse, de l'épure enlacée à la « noblesse » de mes ambitions. Toute ma fantasmatique personnelle s'est élaborée sur ce mode. Du « bas » vers le « haut », de la pesanteur charnelle à l'immatérialité de l'esprit, du féminin avilissant du corps à la neutralité sexuelle de la raison, de la rusticité trop grande de l'être ouvrier à celui, policé, du professeur, des appétits capitalistes, un peu plus tard, de la seule vénération du Dieu Argent à la purification par le feu révolutionnaire. D'un côté, l'élévation, le mouvement de se dépasser soi-même qui m'ont interdit, la plupart du temps, de jouir simplement de la vie, comme si l'épanouissement de l'esprit ne pouvait se vivre qu'au masculin, de l'autre, la lourdeur de la chair qui vous attache au sol. Depuis des temps immémoriaux, les femmes n'ont-elles été réduites peu ou prou à la seule matière dont nous sommes pétris ? L'esprit qui en est ennemi l'est donc du féminin. Si sommaire soit pareil raccourci, il m'a semblé rendre compte parfaitement de mes trébuchements de débutante ! Rationalisation, bien sûr, mon mal-être avait des sources plus profondes, mais ce dualisme m'allait, me va encore trop bien. D'autant que mon initiation au sexe a rabattu brutalement le sublime sur le vil, le pitoyable du trop humain.

J'ai dix-neuf ans. Après une année de labeur intensif dans l'internat lyonnais où je prépare le concours d'entrée à l'École Normale Supérieure, j'ai trouvé à nouveau du travail pour l'été dans un hôtel des Alpes. J'attends de la splendeur du site qu'elle repose mon esprit surmené, j'ai ingurgité une telle surdose de culture en quelques mois que je plane à des lieues du réel, bien que mon corps dédaigné se rappelle souvent à moi par des manigances douteuses. On m'a accueillie avec une indifférence si glaciale que l'envie de fuir m'a saisie. Mais se dressent juste en face de la fenêtre de ma chambre les aiguilles, les dômes, les parois que je rêve d'escalader depuis que je suis gamine, se dressent dans leur orgueilleux, leur implacable élan, se dressent juste, dans la pure minéralité de leur être de roche et de glace, comme ça, pour rien. Je ne me lasse pas de les regarder, si proches et toujours inaccessibles, fascinée par leur énigmatique présence, leur manière de s'imposer dans l'arrogance sereine de leur surrection, cela m'aide à passer outre les petitesses et les mesquineries de ma nouvelle vie. J'essaye de me faire accepter par des gens que je méprise, mais ne sais comment m'y prendre pour me faire respecter en même temps. Je ne suis pas de leur monde, je suis sûre de passer pour idiote à leurs yeux, une oie blanche, je me sens égarée parmi eux, paralysée de timidité. Il y a là deux femmes déjà flétries, une petite brune sèche et teigneuse qui couche avec le chef, un homme rougeaud et sanguin, une fausse blonde grasse qui ressemble à une vieille putain, le visage lourd, les yeux cernés et les cheveux mal teints. Elles ne me témoignent guère de sympathie, pour elles je suis une intruse, de la chair fraîche qu'elles jalousent, rien de plus. Deux stagiaires de l'école d'hôtellerie partagent avec moi l'entretien de l'immense salle à manger, l'un s'arrange très ostensiblement pour me laisser faire sa part de travail sans que j'ose protester, l'autre est plus franc, plus ouvert, je me tourne vers lui, en quête d'un peu de réconfort. L'homme à tout faire de la maison ne manque pas de gentillesse, il m'aide à la vaisselle, m'offre des fruits, mais il me poursuit d'un regard trop brûlant qui me met mal à l'aise. Il y a encore un bonhomme maigrichon et crasseux qui ne cesse de ricaner grassement et s'arrange pour me frôler en toutes circonstances, et son fils, sale lui aussi, pas très malin, qui prend les repas du soir avec nous avec nous mais travaille dans la vallée. Y repenser m'évoque ce tableau étouffant de Bosch, le Portement de Croix, entassement de visages grimaçants, regards dégoulinants de jouissance impure et de malignité, et moi là au milieu, perdue, pas christique pour deux sous, déboussolée, tiraillée entre la volonté trouble de me faire accepter, dussè-je déchoir à mes yeux, et les aspirations de mon esprit saturé.

Je me sens ridicule, et vaguement traquée. L'atmosphère est lourde de trop d'équivoques, jalousies, haines rentrées ou ouvertes, désirs salaces très crûment exprimés, ah, que me voilà loin des axiomes, théorèmes et scolies de l'Éthique ou de l'épiphanie hégelienne du Concept ! Je suis tombée d'un extrême dans l'autre, de la surchauffe des classes préparatoires à cette grande bâtisse neuve sise, solitaire, sur un col, où je ne suis, une fois le dernier train à crémaillère descendu et les clients dans leur chambre, que proie possible. J'ai surpris l'homme à tout faire dans un sapin, en face de ma fenêtre sans volets, pendant que je faisais ma toilette du soir, le garçon un peu demeuré me propose des courses en montagne sans me dissimuler leur véritable but, son père, ce vicieux, me suit à la jumelle tandis que je cueille sur les pentes, en short, quelques brins de rhododendron pour égayer les tables, les serveurs s'amusent de la bécasse que je suis. Je ne crois pas intéresser le chef le moins du monde, il a femme et enfants quelque part, une maîtresse pour l'été, pourtant il participera à la curée finale, jusqu'à la vieille grosse blonde qui me fait des propositions auxquelles je n'entends goutte. J'essaye de faire bonne figure, de rire de leurs plaisanteries, de passer pour affranchie tout en esquivant leurs gestes, leurs invites. Pour respirer, je m'attarde en son absence dans la chambre d'un jeune homme courtois et charmant que tous moquent parce qu'il serait « pédé », je survole ses livres à la dérobée, ou je me perds dans la pierraille, sous le glacier, pour être seule enfin.

Proie virtuelle, donc, mais c'est à peine si je le soupçonne. Je sors le soir sur la terrasse avec eux tous, il faut vivre, n'est-ce pas ? Puis-je me terrer dans ma chambre dès ma journée finie ? Une nuit, je me retrouve dans les bras de Julien, il est doux, je me sens tellement abandonnée ! Je m'en veux de ma faiblesse, de me laisser enlacer, embrasser par ce garçon que je n'aime pas, qui ne m'aime pas, je me sens insignifiante, plus gourde que jamais, mais sa simplicité me touche, sa chaleur. Les chicanes se multiplient, auxquelles je ne comprends rien, la serveuse brune me fait des crasses à tout propos, le cercle des regards et des intentions troubles se resserre, et moi, au lieu de remettre vertement cette meute à sa place, je ne sais que me réfugier auprès de ce garçon. Je me méprise, ne suis-je contaminée par l'équivoque qui règne à l'office, les insinuations et les sournoiseries ? Je les déteste tous, hormis mon chevalier servant, mais est-ce que je vaux davantage ? Ne souhaitè-je que Julien me rejoigne le soir, mon corps ne cherche-t-il ce que mon esprit réprouve comme une chute ? Je m'enfonce, trop petite, trop esseulée, saisie par un étrange besoin de m'avilir. Il vient dormir avec moi une nuit, ne tente rien, mais sais-je au juste ce qu'il aurait pu faire, dans mon ignorance ? Il s'en va, son stage terminé. Puisque jai passé une nuit avec lui, je ne suis plus intouchable, chacun pense pouvoir prétendre à la place qu'il laisse vacante. La pression s'accroît, Abdel me poursuit de son regard insoutenable de désir brut, je ne peux le laisser dans l'état où je le mets, supplie-t-il en m'apportant du raisin, du melon, le chef essaye une nuit de forcer ma porte, la serveuse blonde me renouvelle ses obscures avances, il me faut les repousser tous du mieux que je peux, mais comment échapper à cet étau ? Cette ambiance me fait horreur, je me fais horreur tout autant, je n'aurais jamais imaginé que ça puisse exister, et juste sous les aiguilles, les dômes, les neiges éternelles – ce monde de pure bassesse où chacun n'est mû, moi comprise, que par les plus bestiales impulsions. Tout me parait sinistre, tout à coup. Les hommes ? Des animaux en rut, incapables de la moindre maîtrise, les femmes, guère mieux, et plus sournoises. Moi, idiote par dessus le marché. Et ce maudit corps qui cherche à se satisfaire, m'entraîne avec insistance où mon esprit ne veut pas aller, le pervertit, me fait comme eux, au bout du compte, derrière mon vernis. Il faut que je me ressaisisse. Et voici qu'il se met à pleuvoir, toute une semaine, l'hôtel reste pris dans les nuages, je travaille en automate dans tout ce gris, ne parlant à personne, souriant à peine aux clients. Extérieure à moi-même. Habituée maintenant et insensible aux plaisanteries grasses, aux sous-entendus, aux gestes déplacés, aux regards. Je les observe même avec curiosité, ces hommes et ces femmes en proie au sexe, maintenant que mon propre trouble s'est éteint. Mais je ne comprends pas. Le besoin qu'Abdel dit avoir de coucher avec moi, je n'en saisis pas la violence, je l'écoute, incrédule, inconsciente, me raconter en termes crus ce que je provoque en lui, mais je ne parviens pas à le prendre au sérieux. Les autres me soulèvent le cœur.

Une nuit, je m'attarde à regarder l'Aiguille du Midi resplendir doucement sous la lune pleine, c'est tellement inespéré, après tant de brouillard. Abdel me plaque soudain dans l'herbe humide de toute sa force d'homme mûr, menace, une main sur mon cou, si tu cries... Et moi, glacée, pétrifiée d'effroi, mais pleine de mépris, dépêchez-vous, demain je travaille – inutile d'essayer de résister, je ne suis pas de taille. Trois jours plus tard, trois journées passées dieu sait comme, je m'enfuis, assaillie d'une brusque épouvante. Je ne lui en veux pas vraiment, je suis convaincue qu'en un sens, je suis la seule responsable de ce qui est arrivé, il m'avait prévenue et j'ai ri, je l'ai peut-être humilié par mégarde, provoqué sans le vouloir, et puis, il est seul ici, bref, je m'ingénie à lui trouver des circonstances atténuantes, mais j'ai peur, une peur panique qu'il ne m'emmène, me séquestre, je n'ose pas même prendre le train, je dévale la forêt en traînant ma valise et j'attends, dans un virage de la route, que les parents d'une amie de Lyon viennent à mon secours.

Cette terreur, comment l'oublier ? Le cours insupportablement long des minutes, dans ce virage, tandis que mon imaginaire se débride...

Plus le singe monte haut, plus on voit son derrière, dit la sagesse africaine, en écho à Pascal. Je ne songe pas une minute à porter plainte, je crains d'alimenter le racisme ambiant, j'ai honte, je me sens fautive, aussi, je l'ai bien cherché, à force de bêtise et de désirs louches... C'est à moi que j'en ai. J'ai été réduite par le désir brutal d'un homme à n'être que ce corps que je méprise, cette fente qu'il a pénétrés de toute sa violence parce que j'ignore tout de la vie malgré mes dires, parce que je ne les ai vécus que désaccordés, jusque là, mon corps et mon esprit. Cette intrusion au plus intime de ma chair, dans l'éclat de la lune, je l'ai subie dans la douleur et la rage, voilà qu'on me niait comme esprit, justement, me rabaissait à n'être que fissure sanglante, souffrance et refus impuissant. Me niait ? On l'essayait, sans doute, mais on n'y est pas parvenu, puisque tout en moi criait le refus, puisque je n'ai fait que m'incliner devant la force. Du seul fait de ce refus, n'ai-je sauvegardé ma dignité, ne suis-je restée un être humain, fut-il humilié, vaincu dans sa superbe par un homme qui ne se possédait plus ? Un être humain, pas cette chose qu'il malmenait, violentait. Tout ma philosophie, qui ne m'avait servi de rien jusque là, est venue à la rescousse tandis que je gisais sous cette poigne, ce souffle, ces coups de reins, elle m'a permis d'*endurer*, sans me briser tout à fait. Ce n'était « que » sur mon corps, qu'on s'acharnait, me disais-je en serrant les dents, mes poings emprisonnés, sur moi en tant qu'esprit il n'avait pas de prise, ce pauvre type.

Pas si simple, naturellement ! J'ai vécu quelques mois dans un dégoût accru de mon corps souillé, cette salissure a bel et bien éclaboussé mon esprit, si fort que j'aie tâché d'en préserver l'intégrité. L'image que j'avais de moi, déjà bien incertaine, fragilisée par les menées de Patrick l'année d'avant a été près de voler en éclats, dire que mes professeurs, mon père, mes amies me tenaient pour une fille volontaire, intelligente, bien armée pour la vie, quand je m'étais pour ainsi dire offerte à cette brute sur un plateau ! La seule idée qu'un homme puisse m'approcher m'a un temps soulevé le cœur, j'ai sursauté souvent, croyant apercevoir dans la rue mon agresseur. En un sens, elle ne m'a jamais complètement quittée, cette peur, chaque homme qui marche derrière moi la nuit m'est menace. J'en ai été secouée, marquée. Mais pas détruite, comme je verrais l'être tant de mes semblables, par la suite. Je l'ai vite muée en défi, cette violence. Parce que j'étais esprit quand même, esprit d'abord, Platon avait raison. Libre. De transformer, selon une expression de Jean Nabert je crois, dont je fis alors ma devise, cette défaite en victoire. En tremplin. Abîmée, sans doute, mais pas détruite. Et lorsque j'entrerais enfin dans l'heureuse aventure de l'amour partagé, il n'en resterait trace.

Eugène rit des efforts d'un véliplanchiste malhabile, mais regarde le, celui-là, quelle tasse ! Léa se tourne lourdement vers lui, le visage écarlate malgré le chapeau de paille trop petit. Mais viens donc là, tu sais bien que le soleil, c'est pas bon, fait-il plein de sollicitude. Laisse-moi donc cinq minutes, rétorque-t-elle avec agacement, on s'en va dans deux jours ! Elle se lève avec difficulté, se dirige vers l'eau d'un pas hésitant, ce n'est vraiment pas drôle, de vieillir ! Je la suis. Elle relève sa jupe, je l'aide à pénétrer dans la frange d'écume, les vagues viennent lui masser doucement les chevilles, ça fait du bien ! Je l'abandonne, j'ai envie de me rafraîchir. Je nage vers le large. L'eau salée me fouette le visage, je suffoque, je nage mal, je ne sais pas respirer dans l'eau, mais j'aime aller droit devant moi, jusqu'à me dissoudre dans la fluidité bleue, jusqu'à ne plus penser, bercée par la tièdeur qui me porte, submerge. Je nage longtemps, avec bonheur. J'aimerais être tout à fait nue, sentir l'eau fluer le long de mon corps, être «à» l'eau sans distance, sans médiation, « d'instinct », comme on dit, libérée enfin des contraintes et nuisances de la réflexivité. Poisson, loutre. Et voici qu'au bout d'un moment je ne suis plus que volupté de me propulser, plus que rythme, dans l'évidence d'appartenir au tout. Ce corps mal aimé, maltraité, assis toute l'année sur une chaise, voici qu'il existe de lui-même, s'abandonne à l'amplitude de la houle, s'accorde aux lames qu'il fend par le travers tandis que la plage s'éloigne, d'où Léa me surveille avec inquiètude. Il a bien fallu quarante ans, pour que j'accepte de vivre corporellement ! Je reviens. Ma pauvre mère fait de grands gestes dans ma direction, je suis toujours aussi peu raisonnable. Nous rejoignons Eugène de concert, qui n'a pas bougé de sa place, sous le pin.

La marée finit de descendre, les bouchots s'alignent à l'infini sur leur lit de gravier, la lumière jaunit. Léa dévore un beignet trop gras, trop sucré, pour une fois ! Elle soupire, comme le mois a passé vite ! On était bien, ici, on a bien fait de venir, pour ce qu'on a pris de vacances, dans notre vie ! Et puis, c'est la dernière fois, ajoute-t-elle, pessimiste comme toujours. Elle essuie ses lèvres, passe un peigne dans ses cheveux, se regarde dans une petite glace, au moins, j'ai bonne mine ! Demain, on ira voir rentrer les chalutiers, comme ça tu seras content.

De vacances ils n'ont guère pris, par le fait. Quelques semaines en bord de Méditerranée, au tout début de leur retraite. Ils ont passé le plus clair de leur vie à trimer pour la perpétuer, et je me plains du flot des copies insipides ! Ma mère s'est « placée » comme bergère dès dix ans, comme domestique à seize, mère de famille elle a encore fait des ménages, ses gosses débrouillés, elle est rentrée à la tannerie. Elle s'est faite ouvrière à ma place, en quelque sorte. Cela n'a jamais été dit, mais j'étais en âge de gagner ma vie quand elle a cherché un emploi, alors que je venais de renoncer à l'École Normale, et c'est ainsi que je me le suis représenté. Je lui en ai d'autant plus de gratitude que les études des filles lui paraissaient du pur gâchis. Le jour où elle nous a fait part de sa résolution, n'en pouvant plus de multiplier ravaudages et ruses pour nous vêtir, de nous gaver de pâtes, de pommes de terre en « criques » à défaut de beefsteak, de ne s'offrir jamais le plus petit plaisir m'est encore présent. À la tannerie, elle ne gagnerait guère, mais assez pour changer les chaises branlantes, nous habiller de neuf plus souvent, elle ne voulait pas avoir honte de nous, ni que nous ayons honte d'elle. Nous mangions en silence sous les deux ampoules tristes du vieux lustre comme chaque fois que le père faisait sa tête des mauvais jours, pressés de fuir la tension qui montait, quand elle a dit je commence lundi chez Chatagner. Il a blémi, rougi sous l'affront qu'elle lui faisait, nous avons vu son poing se crisper sur sa fourchette, les tendons de son cou saillir, ses yeux s'exorbiter, il a ouvert la bouche mais l'explosion attendue n'est pas venue, le silence s'est alourdi. Tremblant d'une fureur qu'il maîtrisait avec difficulté, il s'est levé sans un mot, il a quitté la table et a claqué la porte en jetant, une fois de plus, le chien, voilà ce que je suis. On me dit rien, puis, on m'envoie à la figure que je suis pas capable de nourrir mes gosses ! Saleté ! On entendit sa moto pétarader, lâchement soulagés, nous avons trempé nos cuillers dans la soupe tandis qu'elle murmurait qu'il aille faire le marché, un jour, lui qui est si malin !

Il lui a fallu beaucoup de temps pour accepter la contribution de Léa à l'entretien de la famille, ça le piquait dans son orgueil, dans sa virilité, l'homme était fait pour l'usine, sa « bourgeoise » pour la maison. Non qu'il ait pensé les femmes vouées par nature au foyer, il m'avait poussée aux études autant qu'il l'avait pu, l'intelligence selon lui primait sur le sexe ou la condition sociale, mais les épouses d'ouvriers étaient mieux à leur place à tenir leur ménage que derrière des machines, il revenait aux hommes de nourrir leur « moitié » et les gosses, dussent-ils s'y éreinter. En allant travailler à la tannerie, elle le faisait passer pour incapable, voilà tout. Elle a tenu bon. Elle en avait assez des angoisses de fin de mois, assez de ses vieux meubles déglingués, elle voulait venir en aide aux siens sans mendier, elle sentait aussi qu'elle gagnerait en autonomie, qu'il serait plus facile de lui tenir tête, voire de divorcer. Ce fut peut-être pour quelque chose dans la violence de sa réaction, mais surtout, il tirait tant d'orgueil du fait qu'on lui doive tout ! Quoi qu'il en soit, l'usine a pris place dans la guerre qu'ils se menaient, puis, tout est rentré dans l'ordre, les autres femmes de la cité se sont faites embaucher à leur tour, l'existence était difficile pour tout le monde, les sollicitations plus grandes, l'argent toujours plus nécessaire. J'y ai échappé. Qu'aurait été ma vie, si j'avais dû comme tant d'autres travailler à l'usine dès seize ans ? Je ne peux guère l'imaginer.

Elle y est donc allée à ma place, que c'ait été son propos ou non. Elle a passé vingt ans les pieds dans l'eau dans des bottes de caoutchouc, à la rivière, ou bien à repasser de lourdes peaux avec un fer qui brisait les poignets, à les enduire d'huile avec un tampon de feutre, ou encore, à les étendre, détrempées, dans la chaleur suffocante de la « sèche » – tu sais pas ce que c'est que le travail, ma fille ! Le fait est que de ce travail-là je ne connais rien que par oui-dire, qui ruine le corps, accable l'âme, la maintient au ras des contraintes de la vie, quand on est pauvre, même si l'habitude l'émancipe de l'attention aux gestes et aux outils. Je me souviens qu'elle se levait à quatre heures, descendait en ville à pied par nuit noire, neige et verglas, l'hiver, soulagée de s'engouffrer enfin dans le vestiaire embué pour se réchauffer un peu, plaisanter avec les copines en se changeant, passant sa blouse pour se donner un peu de cœur au ventre avant de gagner l'atelier malodorant, glissant, trop humide ou trop sec. J'imagine que les débuts ont été difficiles, avant qu'elle ne s'habitue aux cadences, au vacarme, à la saleté et à la puanteur. Elle se fatiguait vite sans doute, elle n'était plus aussi solide que les filles de la campagne qui se laissaient surexploiter sans broncher, ses jambes enflaient, de nouvelles varices s'y dessinaient, elle rentrait épuisée le soir, négligeait son ménage, envoyait promener Eugène et nous tarabustait. Non, je n'ai jamais rien connu de semblable aux longues heures passées à enchaîner des gestes mécaniques, sauf peut-être quand je triais des pêches, mais cela n'avait rien de comparable – prendre la peau trop lourde sur le tréteau de gauche, l'étaler sur le marbre, la frotter avec le tampon, la déposer sur le tréteau de droite, en prendre une autre dans l'humidité grise qui pénètre les articulations tandis que l'esprit se débat avec les menus à inventer, les mille choses qu'il faudrait acheter, fuit vers la mère en détresse sur son lit de grabataire, dans cette maison de retraite où elle n'a jamais accepté d'être reléguée. L'usine, je ne l'ai visitée qu'une fois fermée, elle paraissait sortir tout droit d'une gravure du XIXe siècle, avec ses machines archaïques, dire que c'était là qu'elle s'était usée !

Elle est devenue une ouvrière consciencieuse, efficace, mais il ne faut pas qu'on vienne lui chercher noise. Elle met son point d'honneur à rendre un ouvrage impeccable, mais elle a l'intuition exacte du respect qui lui est dû. Ainsi prend-elle à partie le contremaître qui veut augmenter la productivité – cinq de ces peaux à l'heure ? Prenez-le, vous, le fer, qu'on vous y voie ! Et l'homme de s'exécuter, interloqué, avant de s'en aller tout penaud sous les rires. Et elle, impitoyable, ben vous voyez, pendant le temps que vous avez mis à en faire une, il faudrait qu'on en fasse deux! Elle ne manque pas de culot, et on l'aime pour ça, je suis fière qu'elle soit, comme elle s'en vante une rouspéteuse, de la façon naïve qu'elle a de défendre ses droits. Elle ne se perd pas en beaux discours comme Eugène, trouve normal d'être ouvrière, mais elle n'entend pas se laisser marcher sur les pieds, forte d'une conscience de classe spontanée. C'est ainsi qu'elle se syndique, celui qui travaille doit être respecté, seul, il ne peut rien. J'ai d'elle une photographie à laquelle je tiens beaucoup, prise à la veille de sa retraite en guise de souvenir. On l'y voit, en tablier de toile cirée par dessus sa blouse, repasser une peau en souriant à l'objectif, contente de quitter un travail très pénible, le regrettant un peu. Sous la verrière encrassée, elle a reconquis une dignité malmenée par Eugène, la fierté lui est venue qu'a l'ouvrier de son travail, si rebutant fût-il. La fierté du mineur ou du sidérurgiste, née de l'âpreté même de leur labeur, de son ingratitude, de la certitude qu'il faut que certains se dévouent, pour que soit extrait le charbon, trempé l'acier, coulée la fonte, qu'ils sont dès lors bien plus indispensables que la plupart de ceux qui vivent, « en haut », de leur effort. Cette fierté permet d'endurer la fatigue, le risque de maladie, d'accident, elle donne sens à une existence injustement méprisée, elle en tire gloire, ne sont-ils, ses pareils et elle, socle, soubassement, quelle que soit l'emportance dont se gonflent ceux qui trônent sur les sommets ?

Elle n'a pas adhéré au même syndicat que son mari, hasard, ou volonté délibérée. Ce leur sera, toute leur vie active et même encore après, l'occasion de nouvelles bisbilles, Eugène l'accable de toutes les crapuleries réelles ou supposées du parti communiste dont elle ignore tout, elle qui se fiche bien de la politique, et désire seulement qu'on entende sa voix. Elle réplique vertement, ou bien elle le laisse dire, c'en est fini pour elle de se plier à ses décrets. Il ne lui déplait pas de lui tenir tête, de ne pas penser comme lui. Le travail du cuir l'a enfin sortie d'entre les murs de sa cuisine où se sont proférées tant de doléances, d'adresses vaines au ciel, elle a des compagnes avec qui échanger rires, larmes, colère, et elle a gagné un peu plus de foi dans sa valeur. Le travail l'a transformée, la grande grève qui n'a pu empêcher la fermeture de la tannerie achève sa métamorphose. Elle est de toutes les manifestations, elle occupe l'usine de nuit comme de jour, partagée entre insolence et inquiètude comme l'ensemble de ses compagnons d'infortune, appréhendant le couperet du chômage et plaisantant, riant sous les banderoles de la cour, transportée par le flot montant de la lutte, qui lui fait oublier son humilité coutumière. Quelle jubilation, quand on fait plus rudement qu'à l'ordinaire l'épreuve de l'injustice, que de se tenir tête haute malgré ceux qui viennent de vous rayer d'un trait de plume dans un bureau lointain, pour lesquels vous n'êtes qu'une abstraction, un pur néant ! Que de s'administrer la preuve, avant de le leur rappeler, que vous êtes un être humain, une personne ! De découvrir, aussi, dans l'excitation du combat, l'élan d'une solidarité vraie, à la place des petitesses de la vie ordinaire ! De se sentir puissant, emporté par la colère et l'espérance, pas seulement un troupeau de victimes ! Comme elle s'épanouit, Léa, au long de cette année où elle fait corps et chœur avec les autres, où elle sort de la coquille de ses malheurs privés, se fond dans la fraternité complice, l'inventivité, l'élan, l'euphorie de la lutte, où le mot si galvaudé de camarade retrouve densité et sens. Occuper l'usine la nuit lui plait particulièrement. Dans l'inquiètante vastitude des locaux noyés d'ombre, parmi les machines silencieuses, elle partage la crainte d'une provocation, tandis qu'elle veille avec ses compagnons sur le trésor des peaux prises en otage – mais quel plaisir, aussi, que de transgresser l'ordre établi, la légalité ! Elles sont la source d'inépuisables blagues, ces nuits passées hors du domicile conjugal, et voici qu'elle plaisante avec les autres, ma mère murée dans ses soucis, saisie par cette exultation qui transcende la peur du lendemain, née du bonheur de reprendre l'initiative, d'exercer une liberté inconnue, celle de penser, d'oser, si chaotique et contradictoire cela soit-il, traversé par les manœuvres syndicales ou politiques, les ambitions de quelques uns. Comme elle rayonne encore, quand elle le raconte !

Elle gagne, en effet, ce temps d'efferverscence, quelques-uns de ses titres de gloire. Si tu m'avais vue, quand on a décidé d'arrêter le Tour de France ! Je me suis jetée devant les coureurs, j'ai failli me faire casser le bras ! J'avais pas peur, il fallait bien qu'on nous voie à la télé ! Même des CRS, j'ai pas eu peur, quand on est venus à Paris. C'est tout ce qu'il a trouvé à nous répondre, le gouvernement, nous envoyer les CRS, comme si on était des moins que rien ! Elle s'en étouffait encore d'indignation, non mais tu te rends compte ! Quand tu as travaillé honnêtement toute ta vie ! Je leur ai demandé s'ils avaient pas honte, avec leurs boucliers, leurs casques, de nous empêcher d'entrer au ministère, on était que quelques dizaines, pourtant ! Tandis qu'elle fourbit ses premieres armes de lutteuse, Eugène se répand en réunions, discussions, interviews avec les politiques, les journalistes, les délégations d'autres usines, les militants d'extrême gauche qui affluent de partout pour boire ses paroles. Il est un « prolo » de rêve, mon père ! Il sait parler, raconter le métier, les conditions de vie comme personne, démêler les tenants et les aboutissants de ce qui se passe, il sait, aussi, sans même y songer, dire à son interlocuteur ce qu'il a envie d'entendre, elle lui reconnait ce talent, mais elle a su prendre sa part du combat, elle aussi, à sa manière plus obscure. Il acquiesce, ça oui, elle en a pris sa part ! Comme il est fier d'elle, d'elles toutes ! Tu les aurais vues, « nos » femmes ! Et de soupirer, nostalgique, cet ultime combat, bien que perdu, leur a permis, pour une fois, d'exister au grand jour. Et il aime tant batailler, ferrailler, faire valoir son point de vue, même si trop vite il s'énerve !

Il est devenu ouvrier par défaut, je l'ai dit – il ne s'en est jamais senti amoindri dans sa dignité, mais entravé, ça oui, dans l'expansion de son intelligence. L'existence ouvrière non seulement vous rive à la matière, à la machine, mais elle vous vide de votre substance, vous êtes si fatigué, durant le peu de temps libre qu'elle vous laisse, que vous ne pouvez guère faire autre chose que prendre du repos. Comment trouver le temps de lire, sauf le journal local, le dimanche ? De réfléchir ? Se cultiver ? Comme sa curiosité s'en est trouvée frustrée ! Vivre pour travailler pour vivre, vous parlez d'une existence ! et Léa, toujours mal lunée, et les gosses, toujours à se chamailler, impossible d'être un peu tranquille, un peu seul, dans cette foutue baraque ! Il s'est efforcé, pourtant, de ne pas se laisser détruire dans ce qu'il se sentait être, un individu pensant et voulant, pas une bête de somme. Il s'est toujours senti l'égal des « grands », de « François », par exemple, à qui il est fier d'avoir remis une peau lors de la grande grève, parlé d'homme à homme lors des congrès, qu'il aurait tutoyé encore, tout président qu'il fut devenu, si l'occasion s'en était présentée – mais dans le même temps, paradoxalement, comme il se s'est montré humble, quelquefois, presqu'obséquieux! Ce paradoxe, je l'ai retrouvé en moi, toute révolutionnaire que je me sois voulue, toute diplômée que je sois. Quêter l'approbation de ceux que l'on conteste, s'incliner plus qu'il ne sied devant ceux que l'on n'estime pas, j'en ai fait l'expérience désagréable plus d'une fois, et de la volonté paralysée, du mépris de soi qui s'ensuivent. Comme si quitter son rang, sa place, était d'une hardiesse coupable et offensait l'ordre du monde. Ma mère n'a pas connu pas ce genre de fêlure intime – paysanne elle a été, puis domestique, ouvrière avec le sentiment d'éprouver sur l'échiquier social la place qui lui revenait. Elle ne s'est jamais piquée de rhétorique, mais dans l'évidence un peu lourde de son bon sens, elle a été finalement, moins facile à duper que lui. S'il « faut » des patrons et des gouvernants, elle se défie d'eux par principe, il lui suffit de les regarder parader à la télévision dans leurs beaux costumes – ce que je gagne en deux mois ! – pour les savoir d'une autre planête, fussent-ils de gauche, incapables de se rendre compte de ce que c'est que de vivre avec le salaire minimum. Son regard sur le monde repose sur deux principes simples, le respect, et la compassion vraie. À ce crible bien peu résistent !

Eugène a toujours été plus réfléchi, il lui fallait examiner les tenants et aboutissants de toutes choses. Trop individualiste pour accepter la grisaille de l'univers stalinien il a toujours été anticommuniste, mais il a cru, il croit encore que l'on pourrait avec un peu de courage politique, édifier une société plus juste, qui donnerait à chacun la place qu'il mérite. Il a échaffaudé des théories un peu confuses, à mi-chemin entre réforme et auto-gestion, le maître mot des « Lip » qui firent la une sociale des années 70, et il s'est exposé, dans son admiration pour un leader retors, à des lendemains qui déchantent, quand ma mère, qui n'a jamais rien attendu de quiconque, n'a pas été surprise du maîgre bilan de la gauche au pouvoir, pour ceux d'en bas.

Tout ceci est derrière, maintenant, le travail, le combat. Ils ont le sentiment d'avoir bien mérité les quelques années de repos qui les séparent de la tombe. Je les regarde regarder les estivants qui jouent, plongent, rient, crient dans la chaleur qui commence à se faire moins brûlante avec une bouffée de gratitude. Oh oui, ils se sont bien battus, pour nous mettre le pied à l'étrier et garder la tête hors de l'eau, quoi que j'aie eu à leur reprocher. C'est pourquoi je me sens le devoir, mais un devoir qui ne me pèse pas, de les emmener quelques semaines en vacances chaque fois que je le peux. Je leur dois tant ! Ils m'ont enjoint chacun à leur manière de n'oublier jamais fille de qui je suis, parce qu'à le perdre de vue je ne tarderais pas, selon elle, à tomber de mon haut, parce que selon lui il y allait d'une forme d'impératif moral. Elle a appris, jeune fille, ce qu'il en est de n'appartenir pas au monde auquel on se frotte par nécessité, malgré la gentillesse souriante de Madame Desrieux. Elle a partagé assez longtemps l'intimité de cette maison pour connaître d'expérience l'infranchissable de ces barrières imperceptibles qui séparent les classes, qui tiennent dans le regard, l'attitude, l'intonation, toutes sortes de riens, sans même qu'il soit besoin d'un mépris affiché. Il craignait que je ne trahisse. Je les ai si bien entendus que je me suis ingéniée ma vie durant à ne parvenir pas à ce que j'aurais pu être, professeur d'université, par exemple, ou journaliste, comme s'il y avait une limite à ne pas dépasser. Je l'ai toujours vécue dans l'ambivalence la plus complète, mon ascension sociale, comme une sorte d'exil, de perte d'un sol ferme, et d'un monde commun. Dans l'orgueil, de lui hérité, de ne devoir rien qu'à moi-même, hormis la chance de n'avoir dû entrer à l'usine à seize ans. Ce point de départ m'a rendu suspects à jamais le pouvoir et l'argent, inévitablement corrupteurs pensais-je, faire carrière m'a longtemps paru honteux, si ce devait être au détriment de ma dette envers ceux dont j'étais issue. Mais aussi, dans le désir impossible à assouvir de grimper un peu davantage, d'être connue, reconnue. La chance qu'ils m'ont donnée de faire des études m'a contrainte non seulement à ne pas les renier, mais à « rendre », fût-ce symboliquement, ce qu'ils m'avaient permis. Et comment « rendre » mieux qu'en enseignant, tout particulièrement en ces lieux de quasi-relégation que sont les banlieues tristes des grandes villes ? En demeurant obscur rouage de la machine qui m'a promue ? À l'école, toute ma vie. Mais en même temps, comme je m'en suis voulue, d'être restée à mi-chemin, velléitaire comme lui encore ! Convaincue comme l'était ma mère de mon incapacité foncière à monter plus haut ! Bloquée par leur double vœu antagonique et mes propres faiblesses au milieu du gué ! Incapable, par exemple, d'écrire de la « vraie » littérature, ou même une ligne de philosophie, mais tout autant de me satisfaire de la position que j'occupe, de l'ordinaire que je vis ! Que de gémissements, que d'amertume la grisaille de cet entre-deux m'a-t-elle valu ! Quel sentiment d'injustice parfois, ou de gâchis...

Je l'ai assumé fièrement, d'être fille d'ouvriers. Mais aussi, cela n'a cessé de me travailler en sous-main, de m'entraver.

Mon vieux père s'arrache à son fauteuil de toile où il menace de prendre racine, puisque nous ne semblons pas disposées à partir. Il se dirige vers l'eau, sourit à des gamins qui fignolent un château de sable, les félicite et les plaisante, se baisse non sans peine pour ramasser un coquillage, l'observe, l'enfourne dans sa poche. Il va très lentement, il a pris trop de ventre, ses chevilles sont de plus en plus noires du sang qui stagne là, mais il respire avec soulagement le soupçon de brise qui s'est levé. Il boirait bien un petit pastaga ! Quand aurons-nous enfin notre ration de soleil et de sel ? Il revient l'air pensif, les mains croisées derrière son dos, vaincu par l'âge malgré son incroyable résistance. J'ai pour lui un élan d'affection, je trouve beau son visage, serein enfin. Léa se lève à son tour, secoue les miettes de sa jupe, plie sa serviette, range son sac, il faut tout de même prendre du souci, la maison est à l'autre bout de l'île et elle n'a aucune idée de ce qu'elle va préparer à manger, elle toujours obsédée par le repas à venir. Je l'embrasse dans le cou, et ça l'agace, elle n'aime pas les effusions – mais je l'aime, elle aussi, je me sens en paix avec elle, réconciliée. Bon, c'est pas tout, coupe-t-elle, si on y allait ? Je propose que nous dînions d'une éclade parmi les claires à huîtres, comme ça, elle n'aura pas besoin de se mettre martel en tête pour le repas. Et nous filons parmi d'anciens marais salants, longeons des étendues sableuses investies par les oiseaux de mer, jusqu'aux canaux flanqués de cabanes de planches aux couleurs écaillées, délavées par les intempéries, qui portent sur leur fond vaseux de petites barques au repos. Sur la terrasse d'un petit caboulot, nous trinquons aux vacances qui s'achèvent en attendant que les moules soient prêtes, le petit blanc est tout à fait du goût d'Eugène. L'endroit est plein d'un charme un peu mélancolique, il respire une sorte d'exotisme familier, dans la lumière de la fin de journée. Le canal vide, les barques échouées, les baraques de bois aux couleurs pâlies, le vol des oiseaux de mer dans le ciel rose, il faudrait peindre.

Nous voici à la veille du départ, maison briquée, valises faites. Eugène et Léa disent vouloir se reposer, fatigués par tant d'agitation. Je marche seule vers le phare. Le soleil est déjà bas sur l'horizon, il n'y a pas un souffle d'air, les mouettes même se taisent, nuées blanches sur les fucus, les laminaires. Je passe au large pour ne pas les déranger, et tandis que je marche le long de l'écluse à marée basse, ce qui m'attend à Paris s'abat sur mes épaules – le métier qui mange la vie plus qu'il ne conviendrait, le souci de ma fille, Luc qu'il faudrait quitter avant qu'il ne le fasse, le monde, aussi, dont je ne sais plus rien, m'étant gardée d'écouter la radio, de lire le journal. Mais j'essaie de n'y plus songer, il sera toujours temps. Je suis contente de ce mois passé avec mes père et mère, qui m'ont été rendus dans l'étrange permanence de l'amour filial, un amour qui n'a cessé de se transformer, que j'ai bien souvent cru perdu, qui a persisté malgré les éclipses, les assauts de la haine, du ressentiment, le malaise, le désarroi, qui a mûri et s'est teinté de gratitude, maintenant que les ombres ont disparu. Les voici étrangers à mes fantasmes d'eux, Léa, Eugène, et comme tels inoffensifs. Enfin, c'est ce que j'éprouve, comme s'ils étaient un peu mes enfants devenus, de vieux enfants ronchons et prompts à faire des bêtises qu'il faut surveiller, rabrouer, mais avec indulgence, auxquels il est bon de faire plaisir. Sera-ce notre dernier mot ? Je le crois, je ne vois pas ce qui pourrait survenir, qui rompe l'équilibre auquel nous voici parvenus. Je m'en sens apaisée, rassurée.

La lumière se fonce, se fait plus dense, enveloppante. Le soleil se mire un instant sur l'eau, rouge orangé, énorme, comme s'il refusait de basculer, puis, englouti, colore fastueusement les traînées de nuages, comme en cadeau d'adieu. Des promeneurs dérangent les mouettes qui s'envolent dans un criaillement indigné. Je marche sur la murette tandis que l'écluse finit de se vider, l'eau fuit, transparente, vers les grilles qui retiennent deux mulets, quelques petits poissons bleus, que personne ce soir ne viendra prendre, des crabes filent à mon approche, des coquilles se ferment avec un petit clappement, des bigorneaux font un écart, les balanes m'écorchent les pieds comme toujours, quel bonheur, d'avancer vers l'océan ondulé par la houle, d'aller m'asseoir au bout du monde une dernière fois ! Ce matin, Léa est montée aussi haut qu'elle l'a pu dans le phare, elle aurait aimé découvrir depuis la lanterne l'immensité bleue, les plissements d'écume autour de l'île plate comme le dos de la main, mais l'échelle terminale était beaucoup trop raide pour ses mauvais genoux, elle s'est contentée de regarder par le fenestron. Tu te rappelles, quand Cécile est née, que j'ai failli rester coincée dans l'escalier des tours de Notre-Dame ? Elle a ri, j'étais trop grosse, quand même ! Elle a ajouté, un peu triste, je crois pas qu'on reviendra, ton père a même pas essayé de monter, tu vois bien. Mais je voulais te dire, ça nous a changé les idées. Elle a souri à nouveau, la peau toute dorée, les yeux plus verts, plus clairs, plus enfantins. Eugène est resté sur le bord de la falaise, à contempler la grève – il est content d'être venu, lui aussi, d'avoir vu un peu plus de pays, engrangé de nouvelles anecdotes, mais il se fait plus casanier, en vieillissant, il n'est pas fâché de s'en retourner chez lui.

Me voici arrivée sur le front arrondi de l'écluse. Il ne reste qu'une barre dorée sur l'horizon, le soleil a coulé enfin. Le bassin finit de se vider, au-delà de la murette se découvre une splendide prairie marine d'un vert cru, constellée de petites astéries roses, où l'eau de l'écluse se déverse en une petite cascade glougloutante. J'ai du mal en dépit de l'obscurité qui gagne à m'arracher à tant de paix, à accepter de revenir demain aux bornes trop étroites de l'habitude.

Trois étés après.

Je veille mon père agonisant.

Quatre heures du matin. La nuit n'en finit pas de se distendre, les minutes ne se muent l'une en l'autre qu'au plus près de ce point d'impossible rupture où le temps se déchirerait. Je guette l'éclaircissement du ciel sur l'horizon, mais j'appréhende l'aube autant que je l'espère, je sais qu'on meurt au point du jour. Le noir s'obstine. Deux fois déjà j'ai murmuré au gisant qu'il avait triomphé d'une nuit de plus, peut-être qu'aujourd'hui encore...

La chèvre de Monsieur Seguin me traverse l'esprit, qui ne succomba qu'au matin, mais succomba. Le ciel reste imperturbablement sombre, le service des soins intensifs, silencieux, où les condamnés dorment du sommeil de l'anesthésie, des somnifères. Le moniteur souligne les quarts d'heure de quelques grognements électroniques, je pourrais soupeser le temps, en discerner les fractions les plus infimes, tant il se densifie dans l'extrême distension de cette veille – et cependant il passe, Eugène ne sera bientôt plus.

Je prends la main inerte, enflée de l'homme qui m'a engendrée voici un demi-siècle dans les miennes – non seulement engendrée et nourrie, mais façonnée, si puissamment marquée de son empreinte que je lui dois, me semble-t-il, presqu'intégralement ce que je suis, si fort que j'ai pû me cabrer contre. Elle est tiède, tout juste tiède. Si le miracle s'était reproduit ? S'il allait revenir des confins encore une fois ? J'appelle l'infirmière, qui lui glisse un thermomètre sous l'aisselle pour me faire plaisir. Quarante deux degrés. J'ignorais que l'on pût résister si longtemps à pareille fièvre, deux jours entiers. Cette fois, il n'y a plus rien à espérer. Pourtant, sa fin demeure étrangement abstraite. Mon regard va du visage du moribond à la courbe des pulsations cardiaques qui danse, vert vif, sur l'écran, plus régulière que la veille. Illusion ? C'est sans doute seulement qu'il faiblit, ce vieux cœur si vaillant, délabré, comme faiblit la tension, dit la courbe en dessous. L'infirmière estime inutile d'augmenter la dose d'adrénaline, j'acquiesce, tout à été tenté et au delà, insister serait de l'irrespect.

Je le regarde, je surveille les courbes sur l'écran. Dans un instant il va mourir. Totale étrangeté de cet ultime face à face. C'est la première fois que je vois un homme quitter ce monde, et cet homme est mon père. Plus exactement, un organisme épuisé, déserté par l'esprit. Ce n'est pas ainsi que j'avais imaginé l'accompagner. Cet homme, dont le corps s'apprête à cesser le combat, je l'ai aimé, haï bien au delà du raisonnable, mais tout ceci s'est effacé, demeure l'asymétrie opaque de la veille que je me suis imposée comme un devoir aussi impérieux qu'énigmatique. Il s'est décidé en moi, il y a longtemps, que je l'accompagnerais jusqu'au bout. Ma mère, je l'ai mise entre parenthèses, et mes frères, ma sœur. Comme si mon lien avec lui prévalait sur le leur, lourd de plus d'admiration et de détestation. C'est « moi » qui dois être là, Léa n'a veillé qu'une nuit, épuisée, Catherine travaille, mes frères m'ont cédé sans discuter le dernier tiers de veille. Mon vœu est exaucé – mais j'espère quoi, à épier la vie qui s'amenuise ? Qu'il ouvre les yeux pour me bénir ? Je veux expier de l'avoir ramené ici ? Qu'est-ce qui me pousse aussi puissamment à être là, moi seule ? Quel amour, quelle haine, encore ?

Je caresse son front, son épaule, je serre sa main dans les miennes, mais rien n'indique qu'il le sente, pas le moindre frémissement. Nous voici plus éloignés l'un de l'autre que jamais, au maximum de l'éloignement possible entre vivants. Avons-nous jamais été proches ? Complices, quelquefois, semblables, beaucoup trop. Mais proches ? Je voudrais « communier » avec lui, en ses derniers instants, faute de pouvoir communiquer. Qu'il sente que nous ne l'avons pas abandonné à l'inhumanité des machines, que je suis là. Je caresse doucement ses joues d'une pâleur déjà cadavérique, je distingue à peine son souffle, c'est le ballonnet du respirateur qui me l'indique, qui se gonfle, dégonfle selon un rythme auquel je ne m'habitue pas. Je le regarde – et c'est la mort que je veux « voir ». Le moment où... l'âme se délie du corps ? S'élance enfin, libre, exultante, vers la prairie de la Vérité, vieux Socrate ? Ne le sais-je, qu'il n'y a rien à voir, qu'Épicure a raison ? Je regarde pourtant, comme je n'ai jamais rien regardé, ça neutralise même le chagrin.

Il respire encore plus imperceptiblement, la tête rejetée en arrière, plus inerte s'il est possible. Déjà saisi par l'éternel repos. Il a les paupières scotchées, son visage grisâtre et tout gonflé d'œdème est mangé par le sparadrap qui retient les tuyaux du respirateur. La glace fond trop vite au contact de son crâne, je passe un gant de toilette mouillé d'eau de cologne sur son front, j'essuie le filet de bave sur son menton, lui faire un peu de bien... Je voudrais lui parler, nous sommes seuls, nous sommes tête-à-tête pour la dernière fois, mais je n'y parviens pas, parle-t-on à un corps ? Lui demander pardon de lui avoir « volé » sa mort, en l'amenant ici contre sa volonté, lui signifier que je l'aime, au bout du compte et malgré tout. Mais il gît, parfaitement immobile, les quarts d'heure s'effilochent, les courbes scintillent, vertes, sur l'écran du moniteur impavide, les pousse-seringues clignotent, les perfusions se vident tout petit à petit, l'urine goutte par la sonde, les tuyaux du respirateur ne gargouillent plus, mais le ballonnet se gonfle, se dégonfle au même rythme artificiel.

Quatre heures et demie. On se précipite vers la chambre voisine, on s'affaire, on sort les appareils. Le vieillard d'à côté n'est plus, qui délirait encore la nuit dernière. Il est mort comme mon père harnaché, mais seul. Je le regarde plus intensément s'il se peut, en un effort désespéré pour briser la barrière de l'anesthésie – ah, qu'il sache que je suis là, qu'il me le manifeste par le plus minuscule mouvement de la main...

Mais rien. Le pouls s'affaiblit. La tension oscille. La vitesse de sédimentation diminue. On m'a dit que ce serait le premier indicateur, la chute de la vitesse de sédimentation. Je m'efforce de violer l'implacable frontière qui nous sépare de toute mon énergie mentale, de l'atteindre là où il est. Mais est-il quelque part encore ? Que reste-t-il, outre ce corps en extinction, du petit grand homme qu'il fut pour moi ? Le moniteur grogne cinq heures, le jour se lève. Je presse la main bleuie, enflée, indifférente à mon contact, j'embrasse son front, en jetant des coups d'œil furtifs sur les courbes qui tout soudain se lisseront, et c'en sera fini. La vitesse de sédimentation tombe à zéro. Puis la tension. La pile bat encore un peu, puis s'arrête. C'est sur l'écran que j'ai lu sa mort, en vérité, sa poitrine se soulève encore au rythme du respirateur. Elle m'a échappé. Cinq heures deux minutes, lira l'infirmière sur la bande de papier vomie par l'imprimante.

Je n'ai rien vu, pas un tressaillement, un spasme. Pas un signe. La mort machinisée, la mort tout court n'est pas même passage, encore moins délivrance. Pur et simple basculement hors du temps, qu'aucun mot ne saurait saisir. Pur néant. Il était, il n'est plus. Entre les deux, rien qui se puisse imaginer, concevoir. Je m'abîme dans le vertigé de ce « rien ». Quelque chose est encore là, cependant, sa « dépouille ». Ah, la force des mots ! Des points blancs apparaissent sur sa peau rougie, se font pois, taches, se rejoignent, comme elle blémit, verdit vite, sa dépouille ! Comme la mort se hâte d'installer son empire ! Elle rôdait depuis longtemps, maintenant qu'elle a réussi à s'emparer de lui, on croirait qu'elle craint d'être encore dupée. Et le respirateur fait toujours son office.

J'appelle les infirmières. Je me sens calme, vide. Je m'éloigne. Il m'est insupportable de voir un cadavre « respirer ».

Nous étions préparés à sa mort, elle a pourtant vaincu à l'improviste. Nous l'attendions, elle nous a été tout de même brutale. D'avoir eu lieu, tout simplement. Tranché net, avec l'attente, l'espérance. Car l'attente est espérance, lors même que nous sommes convaincus de n'espérer plus rien. Lorsque nous avons décidé, Catherine et moi, de le faire hospitaliser, nous ne le pensions pas si proche de sa fin. Nous la savions comme lui imminente, mais nous n'y croyions pas, il l'avait si souvent frôlée, narguée, la faucheuse ! Par trois fois, en l'espace de quelques mois, on l'avait conduit aux urgences en catastrophe, on l'avait donné pour fichu, et il nous était revenu, alors, pourquoi pas cette fois encore ? J'avais voulu, stupidement sans doute, le priver de sel pour soulager l'œdème de ses jambes. Il s'est plaint de la nourriture insipide et soudain s'est mis à vomir irrépressiblement – vomir si longuement, si douloureusement, arc-bouté sur l'évier, que nous avons pris peur. Il était midi, et juillet, impossible de mettre la main sur un médecin qui le connaisse, j'ai appelé les pompiers. Lâcheté, ou décision de bon sens ? Il voulait mourir dans son lit, il est parti sans m'avoir pardonné – sans me l'avoir signifié, du moins – et j'en ai conservé le remords, de l'avoir reconduit là-haut, dans cet hôpital fatidique où il avait tellement souffert. Pourtant, aurait-il mieux valu qu'il s'étouffe, qu'il râle pendant des heures et peut-être des jours, dans son lit souillé ? Elle n'a jamais rien eu de romantique, la mort, que dans les livres, la résolution de l'être-vers-la-fin, pure rhétorique ronflante ! Pourtant, nous l'avons tous peu ou prou ressenti, ce remords. Moi surtout, qui me représente qu'elle doit se regarder en face, et qui demeurais en compte avec lui.

Nul ne pourra jamais trancher.

Trois, quatre accidents cardiaques de suite. Plus rien qui fonctionnât convenablement, qui n'ait été rafistolé. On ne pouvait plus l'opérer, alors on bricolait, on modifiait la proportion des drogues qu'il avalait sans protester, dont les effets se contrariaient.

Des jambes si enflées que la peau paraissait sur le point de se fissurer, de craquer, de laisser fuser toute cette eau qu'il ne parvenait plus à évacuer, malgré la diarrhée persistante et les diurétiques. Des jambes qu'on avait peine à regarder, noircies, variqueuses, énormes.

Un corps archi-usé qui l'humiliait, le trahissait sans cesse, le soumettait aux diktats implacables de la décrépitude, tremblements, faiblesse, lenteur, fuites impromptues, d'autant plus cruellement que son intelligence était intacte, malgré les insomnies et les trous de mémoire. Un corps qu'il nous a demandé de laver une fois, tout honteux, dissimulant malgré les plaisanteries de ma sœur qui voulait le mettre à l'aise l'instrument rabougri de notre venue au monde. Il n'avait pu faire autrement, mais son orgueil en avait pris un coup, l'estime de lui-même.

De l'esprit et de la matière... C'est bien cachot de l'âme qu'il l'a vécu, son corps, les derniers jours. Je m'étais dit jusqu'alors plutôt mourir que d'en arriver là, et cependant il ne se plaignait pas, il voulait vivre encore un jour, un jour encore... Il riait de lui-même à l'occasion, ironisait, déglingué de partout. Nous faisions semblant d'ignorer les taches sur son pantalon, il feignait de ne pas remarquer que nous nettoyions les toilettes derrière lui, cachait ses slips salis dans le fond de l'armoire. Blaguait, content d'être là, avec nous. J'ai découvert après sa mort la dernière phrase qu'il ait réussi à taper sur sa vieille machine – je sors de l'enfer de l'hôpital, j'ai des jambes d'éléphant. Et je l'y avais ramené, à l'enfer de l'immobilité obligée, du corps ligoté aux machines, de l'intimité partagée avec un moribond, un cadavre parfois, ou bien un vieux ronchon que l'âge avait rendu méchant. L'enfer de la dépossession de soi. Ah non, il ne voulait plus y retourner, malgré la gentillesse des infirmières qui le connaissaient de longue date ! Mais mourir ici, à l'ancienne, les siens autour de lui. En attendant, goûter chaque nouveau lever du jour, le concert de ses oiseaux, le bleu du ciel. Tu trouves pas que mes jambes dégonflent ? mendiait-il le matin. Je ne trouvais pas, mais comme j'aurais voulu n'avoir pas à le démentir ! Je le suivais dans la très brève promenade que son état lui permettait. Il marchait à tout petits pas, fier de chaque mètre conquis. Il voulait échanger encore quelques mots avec les passants, promener sur sa ville le beau regard qui lui était venu, un regard à la fois détaché et avide, curieux et épuré d'envie, regard d'outre-tombe déjà, illuminé par le savoir du prix de l'existence, qui semblait engranger pour l'éternité la quintessence du simple bonheur d'être.

Je l'accompagnais, je m'efforçais de le distraire, mais combien peu je lui ai donné ! Nous jouions aux dominos, aux cartes, nous papotions, nous tuions le temps qu'il n'aurait bientôt plus – la pure superficialité de la routine, quand il vivait ses derniers moments. Remords, encore. Il savait qu'il allait mourir, nous le savions, mais nul n'osait en parler franchement. Lâcheté, compassion, que ce demi-silence ? L'avons-nous laissé batailler seul avec sa terreur ? Mais que dire, comment franchir le pas, bousculer le tabou ? Et pour moi, abolir toute cette distance entre nous installée, malgré l'affection que j'avais pour lui ? Lui-même ne l'a pas rompu, ce silence convenu. Surveillé, espionné, entouré, mais seul. Mais ne le sommes-nous nécessairement ? Pur fantasme sans doute, que l'accompagnement dont je m'étais fait la maxime – comme cet essentiel qui se pourrait signifier *in fine*, cette « réconciliation » dans la compréhension mutuelle que j'avais si longtemps espérée et qui se noyait dans le silence.

Sur la civière, dans le couloir encombré des urgences, il enrage et je me sens coupable, j'ai peut-être cédé à la panique ? Furieux, il repousse mes tentatives de me justifier, je l'ai trompé, en lui racontant qu'on ne ferait que modifier son traitement pour le soulager, on va le garder alors qu'il se sent déjà mieux! On l'installe dans un lit, on lui annonce un énième bilan, il a le haut du corps tellement déshydraté, les jambes si gonflées qu'il est difficile de trouver l'équilibre médicamenteux le plus approprié – il écoute le médecin sans mot dire, mais il m'en veut toujours, je ne pouvais pas le laisser tranquille ! Je me tais, moi aussi, jusqu'à l'arrivée de mes frères.

Le lendemain j'entreprends, pour me faire pardonner, de lui lire la méditation qu'il est supposé partager à distance avec ses « frères » – il s'agit, par un mauvais hasard, de renoncer au monde. Je déteste ce que je lis mais je le lis, puis, j'explique que je l'ai ramené ici croyant bien faire, je lui demande de prendre son mal en patience, il esquive, maugrée. Puis, part dans une diatribe contre l'obligation de se soumettre qui a gâché sa vie. Tout y passe, le monde tel qu'il va de plus en plus mal, les politiques, sa femme enfin, qui incarne le mieux peut-être la contrainte sous laquelle il a ployé, ploie encore à sa dernière heure. Ce déballage me surprend, je croyais son ressentiment éteint – mais c'est peut-être qu'il n'ose exhaler sa rancœur contre moi, à moins qu'il ne tente de se justifier une bonne fois à ses yeux comme aux miens, qu'il essaie de me rallier à lui, là, sur son lit de mort, dans cette salle triste des urgences. Ce qu'il aurait pu faire, si la vie, si ma mère ne s'étaient toujours mises en travers ! « François » devenu président ne l'avait-il reconnu dans la foule, hélé par son nom en rabrouant la meute de ses gardes du corps ? Mais au lieu d'abonder dans son sens je prêche le pardon des offenses au nom de la paix de son âme, consciente que les bondieuseries qui me viennent aux lèvres « pour son bien » ne font que me permettre de m'en sortir à bon compte. La toute dernière fois qu'il a tâché de me parler, de me convaincre, je n'ai pas voulu l'entendre, j'ai refusé comme souvent sa version du dessous des cartes. Nous nous sommes encore ratés.

On l'installe dans la section des soins intensifs du service de cardiologie. Il urine trop peu, la fièvre monte. Il m'en veut toujours ?

Je continue de lui lire ses sermons favoris, ça meuble le silence, ça cache l'impossible à dire en le disant un peu, le disant à la dérobée, que nous savons qu'il est fichu, qu'il paraîtra bientôt devant le suprême juge. Nous nous relayons à son chevet, espérant et désespérant.

Il craque. Il n'en peut plus du bruit, claquements de portes, chariots, il ne supporte plus les bavardages des infirmières, les nôtres, tout l'exaspère, et surtout la musiquette électronique des machines, il essaie de tout arracher. Nous le quittons, notre présence ne lui vaut rien non plus.

Nous l'avons vu conscient pour la dernière fois.

Je redécouvre, le veillant, qu'agonie veut dire combat. Simple combat de la vie contre la dispersion. Une phrase de Bichat remonte d'entre mes cours, la vie, c'est l'ensemble des fonctions qui résistent à la mort. Rien de plus. La vie « veut » vivre, si tant est qu'elle « veuille » quelque chose. Se perpétuer. Le cœur bat irrégulièrement mais bat, soutenu par la pile. Les poumons encrassés par la drogue des tanneries, le tabac, oxygènent tant bien que mal le sang qui se fraie un chemin par les artères rétrécies, assistés par le respirateur. Les reins se bloquent, puis reprennent quand on ne l'attend plus leur distillation sourde et l'urine goutte à nouveau dans le sac de plastique. Le foie essaie de filtrer le trop plein de toxines comme il peut. Le tout de l'organisme inerte lutte silencieusement contre la désorganisation, justement, la désintrication, la pure négativité de la mort qui gagne du terrain.

Du monde, perçoit-il quelque chose ? Cette chair blafarde, immobile, est-ce encore mon père ? Il suffirait de débrancher la seringue d'hypnovel, dit le médecin, et il reviendrait à lui tout de suite. Reviendrait à lui, étrange formule ! Qu'est-ce qui reviendrait, d'où, à quoi ? Qu'en est-il de l'esprit, dans l'anesthésie ? Plus rien, sans doute, que flux de sensations hyperconfuses. Les infirmières lui commentent les soins qu'elles lui donnent, je ne peux lui parler, pour ma part. Ou alors, intérieurement. Tenir sa main, tantôt glacée tantôt gluante de sueur. Caresser son épaule. Poser mes lèvres sur le haut de sa joue. C'est bien lui qui est là, tout de même – mais le seul contact que nous puissions avoir est peau à peau, me dis-je. Et encore, s'il le ressent...

Pleuvent à foison les vérités premières. À son chevet, j'éprouve le commun de l'humain dans le saisissement de l'évidence, l'intuition virulente de notre finitude – j'éprouve avec la même intensité le « moi » comme trou noir d'où rien n'échappe, malgré les orgueilleuses cathédrales de concepts de toute ma philosophie. La lente et pénible agonie de mon père a élargi assez les brèches ouvertes par le reste de mes tourments pour que que je « vive » combien s'enracine dans la chair la pensée, comment elle tisse ses diaprures d'abstractions à partir de ce qu'il m'est donné d'entrevoir en une sorte de révélation en mineur, l'inscrutable à partir duquel nous disons tant bien que mal « je ». Si vives, lumineuses, ces fulgurances, qu'elles me paraissent neuves – elles le sont pour moi, surgies du noyau plus scellé que le magma terrestre où les antinomies se dissolvent, les contraires se nouent, dont les mots ne peuvent rien dire puisqu'ils en émanent, qui par nature se dérobe puisqu'il n'est rien de substantiel, de tangible. Noyau pas même, en fait, pure ligne de fuite, évanescence. Se connaître soi-même, tâche purement impossible...

Se dénude à son tour la matrice du religieux – le désir d'être accueilli dans l'au-delà par un dieu de miséricorde, c'est de cette misère qu'il m'est donné de contempler qu'il naît, du refus, organique déjà, de se dissoudre dans le grand tout de ce qui est, qui s'enfle de l'effroi face à l'idée de n'être plus, que les autres augmentent en s'acharnant à vous faire durer. Plus pathétique qu'orgueilleux, ce désir de persévérer quelque part, si humble qu'on ait été... Cependant, cela n'ébranle pas mon athéisme, ma conviction que la mort est entière. Ma mère le soupçonne quelquefois, mais le besoin l'emporte de consolation, de retrouvailles quelque part. Quand il sera mort, elle demandera au pasteur de dire quelque chose, elle ne saurait le laisser porter en terre comme un chien, c'est-à-dire civilement. Je déplore pour ma part qu'il n'y ait pas de rituel laïc, le dieu de mon père me demeure comme toujours muet.

Je me surprends parfois à supplier le gisant de s'en aller vite, s'il ne doit reprendre conscience. Ce corps branché sur toutes ces machines, c'est inhumain.

Accordons-lui encore vingt-quatre heures, dit le médecin. Pour un peu je lui en voudrais. Des jours que ma mère se ronge, que personne ne dort. Vingt-quatre heures pour quoi ? Ce n'est pas de l'acharnement, je vous le promets, fait-il – c'est seulement qu'on l'a déjà vu revenir de si loin ! Vingt années qu'il le soigne, ça doit créer des liens ! Demain, si ça ne va pas mieux, nous arrêterons tout, sauf le respirateur, qu'il ne s'étouffe pas. Je remercie. Il est là pour faire vivre, pas mourir. Il sait, moi pas. Métier ou pas, ça ne doit pas être facile, de débrancher ! Surtout que Léa espère encore, quoi qu'elle dise.

On lui « donne » vingt-quatre heures, et encore vingt-quatre heures. Nous continuons de nous relayer à son chevet. Nous y prenons le petit-déjeuner. On s'habitue à tout. S'habitue ? J'admire les infirmières et leurs aides, celles de nuit, surtout. Toutes le connaissent et l'aiment, il les a tant fait rire, ce blagueur ! Elles sont contentes que nous soyons là. On ne s'y fait pas, à la mort, dit l'une, on ne le montre pas, c'est tout.

Un jour d'automne d'il y a bien longtemps, j'ai appris une première fois qu'il venait d'échapper à la faux. Écoutant Catherine bouleversée me raconter son infarctus au téléphone, je me suis aperçue que je ne lui en voulais plus d'exister, que toute cette haine était devenue fiction froide. J'ai dû faire effort, déjà, pour me souvenir de l'âpreté avec laquelle j'avais souhaité sa disparition, qui seule me délivrerait de son vouloir. Et j'ai mesuré tout le prix de ce qu'il m'avait légué, cet orgueil, cette volonté de se hisser au delà de soi-même qui m'avait empêchée de sombrer complètement lors de chacun de mes naufrages, de m'enliser à jamais lors des interminables traversées de mes marécages intimes, de reprendre pied en un mot. J'ai senti que je lui avais pardonné d'être, d'avoir été cela aussi, égoïste, méchant et de mauvaise foi, pardonné sa part d'ombre, il en avait souffert le tout premier. J'ai eu envie de lui dire merci. Mais je n'en ai jamais trouvé l'occasion, la simplicité. Pour ça peut-être aussi, que je tiens tant à être là.

Ma mère va d'une infirmière à l'autre, toute perdue, leur photo de mariage sur le cœur – c'était après la guerre, voyez comme on était beaux, répète-t-elle. La mort d'Eugène, je la lui ai dérobée à elle aussi.

Je termine l'été avec ma mère, ma sœur, dans l'appartement trop grand, trop bruyant où elles ont emmenagé juste avant la mort du père, avec très courte vue sur le béton et petite échappée sur une montagnette, au fond.

Léa « réalise » tout petit à petit, comme on le dit si justement, que l'absence de l'homme auprès duquel elle en a tant « vu » est sans retour. Elle ne l'a pas éprouvé tout de suite, le « jamais plus », pour commencer, il n'a hurlé en elle que par instants. Alors elle s'est abandonnée au souvenir, silencieuse. Du meilleur plutôt que du pire. Elle s'est faite au fil des jours à cette manière si particulière des morts d'être là, parmi nous, tantôt neutre, tantôt insupportablement vive, mêlée au soulagement un peu honteux d'avoir cessé d'attendre. Elle ne parvenait pas à pleurer, goûtait les condoléances autant qu'elle les fuyait, pas encore installée dans le veuvage, balançant entre le repli sur elle-même et le désir qu'on la plaigne, la vraie douleur et ce qu'elle pensait convenable de montrer, bien qu'elle ne se vêtît de noir ni ne fût, selon ses dires, « une femme de cimetière ». N'osant encore exister par elle-même, hors du rôle que la vie commune lui avait assigné. Dans son mal à imaginer la vie sans lui, elle s'est immergée dans le flot de ses remembrances, ou dans celui des papiers à remplir.

Catherine vit comme devant, les soins au père en moins. Elle a très vite retrouvé son empire sur elle-même, tu son chagrin, faisant ce qu'elle avait à faire avec la nonchalance fataliste et teintée d'humour qu'elle affiche depuis longtemps, l'efficacité de toujours. Nous nous sentons un peu plus proches, bien qu'elle reste presqu'aussi secrète qu'auparavant, m'assurant que d'elle il n'y a rien à connaître, comprendre. Je ne sais comment passer outre la culpabilité vague que j'éprouve envers elle sacrifiée aux « vieux » quand je m'en suis allée, dans mon fantasme, le père m'a projetée vers l'avant, vers le « haut » quand il l'a retenue, elle, empêchée de prendre son essor, bien qu'elle prétende n'avoir pas eu, et elle seule, l'énergie de les quitter. Les derniers mois l'ont soumise à une tension que je n'aurais pas supportée, mais elle n'a laissé paraître qu'une fois quelque chose comme le désespoir d'avoir laissé le piège se refermer sur elle en venant s'installer ici avec eux, quelque chose comme de la haine, un éclair de révolte aussitôt refoulé contre l'existence triste qui est la sienne. Lisse à nouveau, hermétique, et souriante.

Je la soulage des paperasseries, des doléances de notre mère autant que je le peux, manière de prendre une part, même toute petite, de ce qu'elle a dû, devra encore prendre sur elle – manière de relever ces mots jetés un jour sans acrimonie mais jetés tout de même, sur le « tout » que j'ai pris et le « rien » que je lui ai laissé – de me faire pardonner de m'être toujours mise « au centre », comme sur la photo des noces d'or de nos parents que Léa vient d'installer en bonne place dans la salle à manger. Je voudrais éclaircir tout cela avec elle mais ne l'ose, confronter nos liens respectifs à celui qui n'est plus, tirer au clair ce qui nous sépare et nous attache l'une à l'autre, bref, faire véritablement « connaissance » avec elle, l'occasion est propice, et pourtant je ne sais comment m'y prendre, et par où commencer. Des fous rires nous prennent, au grand dam de Léa, nous nous rencontrons dans ces rires pour rien qui rompent la pesanteur du deuil, mais de là à parler... D'ailleurs, suis-je vraiment certaine de pouvoir assumer ce qu'elle aurait à dire de notre enfance, de pouvoir, de vouloir revisiter ma préhistoire avec elle et de son point de vue ? De l'entendre dire la sienne ? De porter en pleine lumière ce qui s'est noué là, dont je me sens fautive ? Je voudrais qu'elle ne m'en veuille pas, qu'elle m'aime – mais de quoi me sens-je tellement coupable, en fin de compte ? Du supposé désir d'Eugène de me pousser hors du nid quand il l'y a gardée, dans lequel je ne suis pour rien davantage que d'être venue au monde la première, ou de m'en être trop bien accommodée, comme de son dévouement ? Ténèbres, là comme partout. Glauque inéluctablement, le fond de l'âme, et tortueux, l'affect. Pas plus simple qu'avec le père de laisser sourdre la vérité...

Ensemble, et chacune enclose sur elle-même.

Étrange été, dans cette ville où j'ai grandi, où presque plus rien ne me parle, cette avenue qui n'existait pas de mon temps, ville triste, ville morte, affaissée dans la touffeur des jours, boutiques fermées le temps des vacances ou à jamais, ville presque fantôme, tuée par la faillite progressive de ses industries. Étrange année. J'ai eu cinquante ans au printemps, et trois signes de la fuite des ans se sont noués comme pour souligner le poids de ce demi-siècle, de mon entrée dans le dernier tiers de la vie, au mieux. Ma fille est autonome désormais, j'ai rompu le lien trop distendu qui me liait à celui qui me fut lumière éclatante d'abord, intermittente depuis longtemps mais toujours ravivée jusque-là, le père est mort. Rien qui ne soit dans l'ordre de la vie, l'ordre des choses, mais cette conjonction m'a rendue vulnérable à nouveau à l'énigme d'être, et celle-là, privée de toute emprise sur ses proches. Plus au centre de rien.

L'installation de Cécile dans la vie, je l'ai assez souhaitée, elle me projette juste un peu plus franchement vers la solitude de la vieillesse, la mort du père, je l'ai trop pensée, trop écrite, je l'ai tuée de mots, comme à mon habitude. Je l'aimais, cet homme au bout de son rouleau, le stoïcisme avec lequel il a supporté, savouré ses derniers jours lucides m'a profondément émue. Mais était-ce encore mon père, ce vieillard à peu près apaisé ? Celui qui m'a faite ce que je suis, l'homme auquel je me suis si longuement, si rudement heurtée, que j'ai aussi farouchement haï que vénéré ? Il s'était évanoui, celui dont j'aurais voulu me faire entendre, avec qui j'avais passé plus d'une décennie à m'expliquer sur des milliers de feuilles de papier qui finirent à la corbeille ou en haut d'un placard en tapuscrits impubliables sans jamais parvenir à le faire de vive voix. Il ne l'était plus, ce vindicatif, ce violent, cet entravé – il n'était plus temps de lui parler. De lui avouer tout le temps passé à méditer sur lui, sur moi, ce livre qui n'en finissait pas de naître et de renaître, rejeté et repris dans la vaine obsession de lui rendre justice et d'éclairer un peu l'énigme de la filiation. À présent, je l'aimais de la tendresse un peu condescendante qu'on a pour les enfants, le combat que j'avais dû mener contre lui n'était plus, de temps à autre, qu'un combat entre moi et moi. Ébranlée, attristée plutôt que malheureuse – comme s'il s'était éteint en moi depuis longtemps.

À ma stupéfaction, c'est de la rupture vieille de quelques mois avec Luc que je souffre le plus crûment – en fait, je n'ai cessé de tricher avec moi-même, cet amour que je croyais si fermement en coma dépassé lorsque j'ai pris l'initiative de mettre un terme à notre vie commune, et voici qu'un désir torturant me vient de lui, un désir si violent qu'il me précipite, toute petite et misérable et implorante, au téléphone, comme si se condensaient en cette perte-là toutes les autres. Je reste des heures durant à tricoter sur le balcon, à vivoter, à pensoter, le ménage terminé, les formulaires du jour remplis. Je ne m'ennuie pas même, je « suis » cette langueur, cette dolence, comme je suis la confusion des sentiments qui agite mes nuits, le raz-de-marée pulsionnel qui fait sauter les pauvres digues de ma raison, je me sens littéralement broyée et concassée de l'intérieur, et je le cache tant bien que mal, stupéfaite encore une fois du décalage tant de fois éprouvé qu'il y a entre savoir et vivre, se représenter et subir. L'homme est un pont et non un but... Narquoise, la sentence de Nietzsche dont je concluais mes dissertations de lycéenne se profile dans mon esprit. La candeur de ce temps me permettait de me doper d'envolées flamboyantes pour résister aux premières plaisanteries mauvaises de la vie, mais elle s'est évaporée depuis longtemps, c'est la rivière Djorsa sous pluie battante qui m'apparaît, dont la berge opposée se noyait dans la brume, dont les eaux puissantes roulaient, gris sombre et glacées, sur l'étendue sinistre des scories et des cendres... L'homme, arche fragile jetée vers une rive indiscernable par-dessus l'inextricable des ruses et des leurres du subconscient, à quoi bon mes efforts névrotiques de lucidité ? Je ne saurais assécher la plainte sanguinolente qui sourd de mes tréfonds comme la pourpre des bibliothèques en feu de Veira da Silva.

Disloquée. Fracassée. Décidément, que sommes-nous, si ce n'est le patchwork mouvant des images que nous nous faisons de nous-mêmes, que nous cousons à celles que les autres nous donnent à voir ? Écoutant les gens rendre hommage à mon père le jour de son enterrement, évoquant qui le bon vivant, toujours le mot pour rire et la bouteille prompte, qui le fervent chrétien, le voisin serviable, le militant zélé, tout, sauf l'odieux personnage qu'il fut aussi pour nous, il me vint à l'esprit qu'un homme n'est pas tant la somme de ses actes que celle, inachevable, de toutes ces images, une somme que Dieu seul pourrait opérer s'il existait – que je n'étais moi-même que le point de jonction instable de strates entr'aperçues parfois, sitôt perdues, et pour les autres, celle-ci, celle-là, qu'il ne m'est pas toujours agréable de découvrir. Si précaire, la conscience que l'on a de soi-même ! Dans l'ébranlement qui me tient éveillée des nuits entières, je me vis avec une puissance inédite comme un simple voile d'illusions jeté sur un magma impénétrable – est-ce le sentiment suraigu de ma fragilité mentale qui me jette dans le regret éperdu de Luc ? L'incapacité où je suis d'assumer ma nouvelle solitude ? De devoir exister sans l'enfant devenue adulte, le compagnon épris d'une autre, le père qui laisserait un vide si béant qu'il me faudrait l'occulter derrière la résurgence énigmatique de la peine d'amour ? D'exister sans être aimée, portée par le besoin ou le désir des autres, de ces autres ?

Je sais bien que trop d'introspection nuit, qu'une rationalisation en chasse une autre. Mais je ne parviens pas à m'y soustraire, je me sens toute muselée, contusionnée de l'intérieur, il me faut colmater les fissures, tisser un nouveau voile, m'en draper, cesser de creuser, de chercher, refaire surface et y rester.

L'été s'achève enfin. Assise dans le jardin de mon frère, je caresse du bout des doigts le plumage d'une petite chouette par lui cueillie à la tombée du nid, qui me foudroie de son œil jaune. Cette bestiole furibonde et tremblante ne ressemble que peu à l'emblème de la sagesse ! Et j'en suis tout autant éloignée qu'elle, même si les répliques du séisme se font moins violentes. Dans quelques jours, elle s'envolera, il me faudra entrer dans ma troisième vie, apprendre à être autrement mère, autrement fille, amie plutôt qu'amante – dépouillée des oripeaux anciens, mais pas encore costumée pour ces nouveaux rôles. De la brutale commotion qui vient de me secouer pourrait naître une liberté nouvelle, si je sais prendre ce virage. La chevêche m'échappe soudain, elle bat maladroitement des ailes et se prend dans le grillage qui clôt le jardin. Je la remets dans sa cage, je lui tends une boulette de viande qu'elle refuse, furibonde toujours – il est trop tôt, pour elle. Pour moi, il est grand temps. De mettre un terme à cette prière infantile, regardez-moi, aimez-moi, distinguez-moi – d'achever la traversée de moi-même à laquelle je m'obstine depuis tant d'années, d'apprendre à laisser venir, à goûter, simplement, le bleu si pur du ciel d'automne ou l'odeur de la pluie, au lieu de tout corseter, planifier dans une peur panique de ne pouvoir tout dominer. De me convertir s'il se peut à la joie d'être.

Achevé d'imprimer
en juin 2003
chez Louis Jean Imprimeur
à Gap, dans les Hautes-Alpes
pour le compte et le plaisir des éditions

La Fontaine
de Siloé

à Montmélian, en Savoie

louisjean
IMPRIMEUR

59, Av. Émile Didier
05003 Gap Cedex
Tél. 04 92 53 17 00
Dépôt légal :
385 – juin 2003
Imprimé en France